Jürgen Seibold
Pferdefuß

PIPER

Zu diesem Buch

In der Nebensaison ist es ruhig auf dem Campingplatz am Oberrieder Weiher bei Krumbach. Bis auf die Dauercamper herrscht Flaute. Darum ist der Betreiber des Platzes heilfroh, dass wenigstens dieser seltsame Mann um die vierzig eine der Trekkinghütten bezogen hat. Schriftsteller will er sein, an seinem großen Roman will er arbeiten, aber man sieht ihn dann doch nie schreiben, sondern immer nur durch die Umgebung streifen, Kleinigkeiten in Tütchen packen und Fotos machen. Bis er plötzlich eines Tages verschwindet, ebenso sein komplettes Gepäck – und das obwohl er die Hütte für eine weitere Woche gemietet und den ganzen Preis im Voraus bezahlt hat. Als kurz darauf bei der Kripo Kempten die Nachricht eingeht, dass in einer ausgebrannten Scheune östlich von Krumbach eine verkohlte Leiche gefunden wurde, ahnt Kommissar Hansen bald, dass die Lösung des immer rätselhafter werdenden Falls kompliziert werden könnte. Etwa so kompliziert wie das Abpassen des richtigen Moments, um Resi endlich die alles entscheidende Frage zu stellen.

Jürgen Seibold, geboren 1960 in Stuttgart, arbeitete als Journalist für Tageszeitungen, Zeitschriften und Radiostationen. 1989 veröffentlichte er seine erste Musikerbiografie. Es folgten weitere Sachbücher, Jugendbücher, Thriller und die sehr erfolgreiche Allgäu-Krimi-Reihe. Nach »Rosskur«, »Gnadenhof« und »Landpartie« ist »Pferdefuß« der vierte Fall des beliebten Hauptkommissars Eike Hansen.

Jürgen Seibold

Pferdefuß

Ein Allgäu-Krimi

PIPER
München Berlin Zürich

Mehr über unsere Autoren und Bücher:
www.piper.de
Aktuelle Neuigkeiten finden Sie auch auf Facebook, Twitter und YouTube.

Von Jürgen Seibold liegen im Piper Verlag vor:
Rosskur
Gnadenhof
Landpartie
Pferdefuß

MIX
Papier aus verantwortungsvollen Quellen
FSC www.fsc.org
FSC® C083411

Originalausgabe
Februar 2016

Umschlaggestaltung: Cornelia Niere, München
Umschlagabbildung: Cornelia Niere (Artwork); Shutterstock (Montagebilder)
Satz: Kösel Media GmbH, Krugzell
Gesetzt aus der Adobe Garamond
Druck und Bindung: CPI books GmbH, Leck
Printed in Germany ISBN 978-3-492-30543-3

»Du hast Neuigkeiten über Lilo?«

Anna Kalkar hatte ihrem Mann den Hörer aus der Hand genommen und stand nun stocksteif im Flur. Sie hielt das altmodische Gerät so fest umklammert, dass ihre Knöchel weiß hervortraten. Das leichte Zittern ihrer Hand setzte sich an dem geringelten Kabel fort, das den Hörer mit dem Telefon verband.

»Und warum kommst du nicht kurz zu uns rüber? Hast du sonst nicht schon Feierabend um diese Uhrzeit?«

»Tut mir leid, Frau Kalkar, ich habe gleich eine Besprechung mit den Kollegen, das wird vermutlich eine ganze Weile dauern. Aber gerade habe ich gehört, worum es in der Besprechung gehen soll. Natürlich komme ich etwas später am Abend gern noch bei Ihnen vorbei, aber ich wollte nicht, dass Sie das von jemand anderem erfahren – deshalb rufe ich jetzt kurz an. Aber ich komme nachher noch vorbei, versprochen.«

»Und … und was ist nun?«

Am anderen Ende der Leitung entstand eine Pause. Der Anrufer räusperte sich.

»Jetzt red schon!«, flehte Anna Kalkar. »Bitte!«

»Die Ermittlungsgruppe«, setzte er an, unterbrach sich aber noch für einen Moment, bevor er weiterreden konnte. »Die Ermittlungsgruppe wird aufgelöst.«

»Aber warum? Lilo ist noch immer spurlos verschwunden, da könnt ihr doch nicht einfach …« Sie wurde bleich und unterbrach sich. »Oder hat man … sie …«

Der Anrufer schwieg.

»Hat man sie gefunden?«

»Nein, wir haben nach wie vor keine richtige Spur von ihr.«

»Aber dann dürft ihr doch nicht einfach aufgeben. Ich meine, was sollen wir denn machen, mein Mann und ich?«

»Meine Vorgesetzten glauben nicht mehr, dass Lilo das Opfer eines Verbrechens geworden ist.«

»Wieso?«

»Das fragen Sie mich wirklich, Frau Kalkar?«

Auf ihrer Miene mischten sich Empörung und Scham.

»Sie haben gelogen, und das nicht nur einmal.«

»Aber es geht um das Leben meiner Tochter! Da habe ich vielleicht das eine oder andere …«

»Schon gut, Frau Kalkar. Mir müssen Sie das nicht erklären. Aber Ihre Schwindeleien und die Anschuldigungen, die sich als falsch erwiesen haben – das alles hat keinen guten Eindruck gemacht.«

»Das tut mir inzwischen ja auch leid, aber …«

»Inzwischen gibt es weitere Hinweise darauf, dass Ihre Tochter freiwillig von zu Hause weggegangen ist. Und dass sie das tut, was man ihr seit ihrem achtzehnten Geburtstag schlecht verbieten kann: mit dem Mann zusammen zu sein, den sie offenbar wirklich liebt.«

»Pah – den sie liebt!«, brauste sie auf. »Dieser alte Kerl könnte ja ihr Vater sein! Der hat garantiert …«

»Bitte, Frau Kalkar, lassen Sie es gut sein. Wenn ich darüber zu entscheiden hätte, würde die Ermittlungsgruppe weiterhin nach Lilo suchen, aber ich kann es nicht ändern. Vielleicht … vielleicht lässt sich doch noch etwas erreichen. Ich werde natürlich in der Besprechung alles versuchen, aber allzu viel Hoffnung kann ich Ihnen nicht machen. Tut mir leid. Ich komme nachher noch bei Ihnen vorbei, dann können wir gern in Ruhe über alles reden.«

Anna Kalkar zitterte nun am ganzen Körper wie Espenlaub. Ihr Gesicht war kreideweiß. Ihr Mann Gert, der das Telefongespräch über die Lautsprecherfunktion mit angehört hatte, trat nun direkt neben sie, um sie im Notfall stützen zu können. Auch er war erschüttert, machte aber einen leidlich gefassten Eindruck.

»Frau Kalkar? Es bleibt doch dabei? Wir reden nachher?«

Anna Kalkar legte auf. Minutenlang stand sie vor dem Telefon und starrte auf den Hörer. Dann sah sie ihren Mann traurig an und fuhr ihm mit den Fingerspitzen über die Falten um seinen Mund, die sie so mochte. Er ließ es gerne geschehen und sah sie forschend an.

»Und jetzt?«, fragte er nach einer Weile.

»Jetzt werden wir unsere Lilo wohl nie mehr zu Gesicht bekommen. Nicht lebend und nicht tot.«

»Ach, du wirst schon sehen: Die steht eines Tages putzmunter vor unserer Tür. Braun gebrannt von der langen Zeit im Süden. Und inzwischen ist es mir egal, wenn sie diesen alten Deppen mitbringt. Meinetwegen soll er sogar auf einen Kaffee oder ein Bier mit hereinkommen. Hauptsache, wir haben dann unsere Lilo wieder, findest du nicht auch?«

Ein trauriges Lächeln spielte um ihren Mund.

»Ja, Gert, so wird das sein.«

Sie stellte sich auf die Zehenspitzen und gab ihm einen Kuss auf die Lippen. Er sah sie an, nicht ganz sicher, wie er ihre Miene einschätzen sollte.

»Kommst du klar, Anna? Sollen wir spazieren gehen? Soll ich uns was kochen, oder fahren wir raus zum See?«

Um ihre Mundwinkel zuckte es ein wenig, und ihre Augen schimmerten.

»Du bist süß, Gert. Ja, koch uns was Schönes. Haben wir nicht noch das Fleisch für dein wunderbares Gulasch im Kühlschrank?«

»Schon, aber es dauert eine Stunde, bis ich das fertig habe.«

»Lass dir Zeit, Gert, ich hab eh noch keinen Hunger. Ich geh solange in Lilos Zimmer, ja?«

»Oder setz dich doch zu mir in die Küche, und wir reden nebenher ein bisschen. Ich schenk dir ein Bier ein oder mach dir einen Tee.«

»Lieb von dir, Gert, aber ich möchte jetzt ein bisschen allein sein. Ist das für dich in Ordnung?«

Er zögerte, dann nickte er.

»Und du machst uns ein schönes Gulasch«, sagte sie und schenkte ihm noch ein wehmütiges Lächeln.

Er sah ihr hinterher, wie sie den Flur entlangging, wie sie einen Moment zögerte, bevor sie die Tür zu Lilos Zimmer öffnete, wie sie ihm noch einen liebevollen Blick zuwarf und wie sie schließlich ganz leise in das Zimmer … ja, schwebte, so kam es ihm vor.

Und so beschrieb er es allen, denen er später von diesem Moment erzählte. Dem Notarzt. Der Polizei. Dem Psychologen. Dem einzigen Interessenten, der das Haus in der Hildesheimer Straße in Laatzen trotz der dramatischen Ereignisse dieses Spätnachmittags kaufen wollte.

Das Gulasch gelang ihm wie immer ausgezeichnet, aber an diesem Tag brachte Gert Kalkar keinen Bissen mehr herunter.

Samstag, 30. April

Jörg Burghamer hörte den alten Frieder schon kommen, noch bevor er ihn sehen konnte. Zwar hatte er ihm gestern gesagt, er solle endlich seinen rostigen Drahtesel in Ordnung bringen und vor allem die quietschenden Pedale ölen, aber so schlecht, wie Frieder inzwischen hörte, störte ihn der Geräuschpegel vermutlich nicht mehr allzu sehr. Also drückte Burghamer seinem Campinggast die letzte Broschüre in die Hand, die er für seinen morgigen Tagesausflug brauchte, und ging nach draußen. Unterwegs griff er sich das Ölfläschchen, das er für solche Fälle im Regal stehen hatte, und winkte dem heranrumpelnden Frieder zu.

»Hallo, Jörg!«, rief der Alte mit schwerer Zunge, und der Gast, der in diesem Moment ebenfalls aus der Rezeption des Campingplatzes trat, sah erschrocken zu ihnen hinüber, weil Frieder so laut gerufen hatte. »Na, ausgeschlafen?«

Burghamer grinste gutmütig und hob das Ölfläschchen hoch. Frieder stoppte sein dreirädriges Vehikel und verzog sein faltiges Gesicht zu einer zerknirschten Miene.

»Oh, die Pedale?«, lallte er. »Hab ich ganz vergessen, entschuldige.«

Burghamer winkte ab und ging vor Frieders Gefährt in die Knie. Frieder hob erst das eine und dann das andere Bein an und sah dem Betreiber des Campingplatzes dabei zu, wie er den Pedalen mit ein paar Tropfen Öl das Quietschen austrieb.

»Danke, Jörg«, krähte Frieder schließlich. »Ich muss dann auch wieder, es ist sechs, und du weißt ja: Da mach ich meine Runde!«

Der Alte tippte mit dem Zeigefinger kurz an seine Hutkrempe, trat in die Pedale und brachte sein rostiges Dreirad wieder in Fahrt. Gemächlich rumpelte er ein paar Meter weit in den Campingplatz hinein und dann über die Zeltwiese zum Seeufer. Auf der Ladefläche des Lastenrads schepperten ein Blecheimer, eine Sichel und einige andere Utensilien. Eine Sense war notdürftig befestigt, deren langer hölzerner Griff hinten herausragte und mit jedem Rumpler des Rades mal in die eine, mal in die andere Richtung schwankte.

Burghamer holte eine Limo aus dem Kühlschrank in der Rezeption und setzte sich in seinen kleinen Biergarten. Hier hatte er einen schönen Blick auf den Platz und auf den See, und nach Hause konnte er auch in einer Stunde noch fahren. Der Campingplatz war sein Leben, sein Garten, sein Beruf und sein Hobby zugleich, während der Hauptsaison auch sein Wohnsitz. Deshalb wussten die meisten Gäste auch, dass das Schild mit den Öffnungszeiten der Rezeption nicht ganz ernst gemeint war. »Täglich von 9.00 bis 13.00 und von 15.00 bis 18.00 Uhr«, stand dort – aber außerhalb dieser Zeiten war sie immer offen, wenn Burghamer ohnehin gerade da war.

Bob und Werner, die gemächlich näher schlurften, jeder mit drei Flaschen Bier in der Hand, wollten aber nichts Geschäftliches von ihm. Burghamer stand auf und holte ihnen zwei Weißbiergläser. Werner setzte sich zu ihm, während Bob ein drittes Glas holte und es vor dem Campingplatzbetreiber abstellte.

»Feierabend, Jörg«, knurrte er mit seinem gutmütig dröhnenden Bass. »Jetzt kommt dieses Zuckerwasser weg, wir trinken ein Weißbier miteinander.«

Frieder radelte am Biergarten vorbei und winkte den Männern, dann wurde das Gerumpel und Geschepper seines vollbeladenen Gefährts auch schon wieder leiser und verklang in Richtung der Trekkinghütten.

Bob, Werner und Burghamer lachten über alte Geschichten, die sie sich schon dutzendfach erzählt hatten, und als aus einiger Entfernung metallisches Klopfen zu hören war, prosteten sich die drei Männer zu.

»Auf den alten Frieder«, deklamierte Werner. »Und darauf, dass er noch lange fit genug ist, um seine Sense zu dengeln!«

Es war wirklich ein Glück, dass Frieder eine Aufgabe gefunden hatte, und Burghamer ließ ihn dafür gerne auf seinem Campingplatz werkeln. Früher war er ein geschickter Schreiner gewesen, selbstständig mit einer kleinen Werkstatt drüben im Dorf, am Ortsrand von Oberried, in demselben windschiefen Häuschen, in dem Frieder noch heute wohnte. Dann erlitt er daheim einen Schlaganfall, wurde erst recht spät von einer Nachbarin auf dem Boden liegend entdeckt – und als er endlich wieder aus dem Krankenhaus entlassen wurde, konnte er nicht mehr arbeiten. Doch anstatt aus lauter Verzweiflung das Saufen anzufangen, kämpfte Frieder tapfer gegen die Folgen des Schlaganfalls an und war irgendwann wieder so weit, dass er sich mit gelegentlichen Aufträgen ein paar Euro dazuverdienen konnte. Stühle und Tische bekam er zwar nicht mehr hin und seine Arbeiten fielen recht grob aus, aber jeder im Dorf, der etwas brauchte, was nicht allzu elegant werden musste, ging damit zu Frieder.

Als der Campingplatz seinerzeit eröffnet wurde, hatte Frieder alle Schreinerarbeiten erledigt. Er hatte auch die Trekkinghütten gebaut, die mit ihren bunt lackierten Holzwänden neben der Rezeption wie ein winziges skandinavisches Dorf beisammenstanden. Heute reparierte er beschädigte Bretter an den beliebten Unterkünften, so gut es ging, und Burghamer übertrug ihm auch andere Arbeiten, selbst wenn er manchmal danach noch einmal selbst Hand anlegen musste – natürlich ohne dass es Frieder mitbekam.

Zu Fuß war der Alte seit dem Schlaganfall nicht mehr besonders gut unterwegs, er humpelte stark, aber auf seinem Dreirad kam er ordentlich voran. Obendrein hatte seine Aussprache sehr gelitten, oft gelang ihm nur noch ein manchmal schwer verständliches Lallen, und viele, die ihn nicht kannten, hielten ihn deshalb für betrunken – dabei rührte Frieder fast nie Alkohol an. Am schlimmsten war es mit seinen Ohren: Schon vor dem Schlaganfall hatte er schlecht gehört, inzwischen aber war er beinahe taub.

Für die Arbeiten, die für ihn auf dem Campingplatz anfielen, spielte das nur selten eine Rolle. Schwieriger waren da schon seine Marotten zu ertragen. Seine Wachgänse zum Beispiel, die er vor zwei Jahren angeschleppt hatte: Frieder hatte sie Burghamer angepriesen, weil sie ihm doch einen Wachhund ersparten, wenn man sie nachts draußen ließ. Da hatte er zwar recht, aber die Gänse regten sich leicht auf – und nicht jeder Gast fand es witzig, wenn ihn mitten in der Nacht wildes Geschnatter aus dem Urlaubsschlaf schreckte. Deshalb durfte Frieder die Viecher nur außerhalb der Hauptsaison am Westrand der Campingwiese halten, wenn nur Dauercamper wie Bob und Werner hier waren. In der Ferienzeit musste er seine Wachgänse rüber auf sein Grundstück am Dorfrand bringen, wo sie in einen Verschlag mit angrenzender Wiese kamen.

Anton hingegen durfte das ganze Jahr über am See bleiben. Er war zu seinen besten Zeiten der fleißigste Deckhengst eines Pferdezüchters drüben in Deisenhausen gewesen, und als er nicht mehr gut genug seinen Mann stand, wollte ihn sein Besitzer an den Pferdemetzger verkaufen. Frieder, der dem Züchter seit Jahren die Zäune und Ställe gerichtet hatte, überredete ihn, ihm den Gaul zu überlassen. Zum Ausgleich arbeitete er einige Stunden unentgeltlich für den Pferdebesitzer – der sparte dadurch vermutlich mehr Geld, als ihm der Metzger bezahlt hätte, und Anton landete erst auf Frieders Grundstück am Ortsrand und später in einem kleinen »Offenstall«, einem umzäunten Stück Weide, für dessen Bau Burghamer dem Alten nicht weit von den Trekkinghütten entfernt eine Ecke seines Platzes überlassen hatte.

So hatten alle Beteiligten etwas davon: Der frühere Besitzer machte keinen Verlust, Frieder hatte einen schönen Flecken für sein Pferd, Burghamer kam kostenlos zu einer Attraktion für die Kinder, und Anton hatte einen schönen Platz mit Blick auf den See – und in Frieder einen treuen Freund, der mehrmals täglich nach ihm schaute und sich ausgiebig mit ihm unterhielt.

Dann kam der Schlaganfall.

Anton war völlig durch den Wind, als Frieder ihn von

einem Tag auf den anderen nicht mehr besuchte. Immer wieder riss er aus seinem Gehege aus und suchte nach Frieder, anfangs nur auf dem Campingplatz, später auch drüben in Oberried. Burghamer kümmerte sich natürlich um den Gaul, und die Kinder auf dem Platz – Frieder hatte es mitten in der Hauptsaison umgehauen – balgten sich beinahe darum, ihm dabei helfen zu dürfen. Anton war trotzdem kaum zu beruhigen, ständig stellte er die Ohren auf und schaute auf den Weg, über den Frieder immer zu ihm gekommen war. Er schnaubte und wieherte, immer häufiger auch nachts, und es klang, als wollte er seinen alten Freund zu sich rufen.

Burghamer musste sich einige Beschwerden anhören, aber er brachte es nicht übers Herz, den Gaul hinter Frieders Rücken zu entsorgen. Bald darauf war er froh, dass er ausgehalten hatte. Anton wirkte zwar anfangs etwas ungehalten, als die Therapeutin den weitgehend gelähmten Frieder im Rollstuhl zu seinem Gatter rollte. Aber als das Pferd nach kurzem Zögern seine schwarzen Nüstern gegen den Oberkörper des Alten rieb und wie der mit viel Mühe seine weniger gelähmte Hand hob und sie dem Gaul auf die Schnauze legte – da wandte sich Burghamer schnell ab, um sich die Tränen unbeobachtet in der geschlossenen Rezeption abtupfen zu können.

Ohnehin hätte Burghamer gewettet, dass es die Freundschaft zu Anton war, die Frieder die nötige Kraft verlieh, seine Therapien, seine Übungen und all die Untersuchungen und Behandlungen durchzustehen. Während sich Burghamer und seine beiden Gäste wieder auf ihr Gespräch und ihr Bier konzentrierten, stand Anton dicht am Holzzaun, der seine kleine Weide umgab, und äugte zu seinem Besitzer hinüber, der sich in ruhigen Sensenschnitten und kleinen Schritten auf der Wiese zwischen dem Zaun und den Trekkinghütten voranarbeitete. Die Nüstern des Gauls bebten, als genieße er den Geruch des frisch gemähten Grases und die Vorfreude auf den bevorstehenden Leckerbissen. Denn ganz sicher hatte er schon den Apfel entdeckt, der bei jedem Schritt aus Frieders linker Hosentasche lugte.

Hansen ging im Wohnzimmer auf und ab. Das Bier, mit dem er sich etwas Mut antrinken wollte, war schon zur Hälfte geleert.

Den Samstagvormittag hatte er in der Füssener Innenstadt verbracht, und weil er kein Gespür dafür hatte, welcher Schmuck schön und stilvoll und welcher fad oder protzig wirkte, hatte er den Juwelier fast in den Wahnsinn getrieben mit seinem ewigen Hin und Her, mit seinem Zögern und Bemerkungen wie: »Könnte ich die ersten noch einmal sehen?« Als er sich endlich entschieden hatte, schob ihm der Juwelier das Kästchen mit den Verlobungsringen sehr erleichtert über den Tresen.

Nun war es später Nachmittag, und Hansen wartete auf Resi Meyer, die als Rechtsmedizinerin in München arbeitete und mal dort, mal bei ihren Eltern in Roßhaupten und immer häufiger auch bei ihm übernachtete. Dass er sie zur Freundin hatte, war das Angenehmste, was ihm seine Stelle als Leiter des Kemptener Kriminalkommissariats 1 bisher beschert hatte – das untere Ende der Skala markierte der Kater Ignaz, mit dem er sich das gemietete Bauernhaus am Ufer des Forggensees teilen musste.

Er hörte Frauenstimmen, und als er sah, dass Resi nicht allein aufs Haus zulief, war er für einen Augenblick enttäuscht. Er tastete nach dem Schmuckkästchen in seiner Tasche, das nun leider nicht zum Einsatz kommen konnte, dann gab er sich einen Ruck und ging zur Tür, um die beiden Ankömmlinge zu begrüßen.

»Hallo, Chef!«, rief ihm Hanna Fischer strahlend zu. Sie und Willy Haffmeyer waren seine liebsten Mitarbeiter, und seit seinem Dienstantritt in Kempten vor knapp drei Jahren waren sie auch privat ein gutes Gespann geworden.

Hansen bat die beiden Frauen herein. Unterwegs flüsterte er Resi zu: »Wolltest du nicht allein kommen und Hanna später abholen?«

Sie zuckte nur mit den Schultern. »Hanna hat mich auf dem Handy angerufen, und wir haben beschlossen, dass wir uns etwas mehr Zeit zum Umziehen nehmen.«

Die beiden hatten einen großen Rollkoffer ins Haus geschafft, aus dem Hanna nun ein Kostüm nach dem anderen hervorzog. Offenbar besaß Hansens füllige Mitarbeiterin einen großen Fundus an Kleidung, die sich für eine zünftige Party in der Walpurgisnacht eignete. Für Resi waren die meisten Sachen zu kurz und alle viel zu weit, aber die beiden hatten einen Heidenspaß, und Hanna führte ihnen fröhlich vor, was ihr neuerdings wieder alles passte.

Sie hatte ihrem Freund Thomas zuliebe fünf Kilo abgenommen, was ihr außer ihm allerdings niemand ansah. Hansen hatte sie zwar artig gelobt, als sie ihn auf den Erfolg ihrer Diät hinwies, aber jedes Wort war gelogen: Ihre Figur war so üppig, dass es auf fünf Kilo mehr oder weniger nicht ankam.

Nur ihrem Thomas, einem Polizeikollegen von der Inspektion Memmingen, war es wirklich aufgefallen – und er hatte sich prompt bei ihr beschwert, weil er wohl fürchtete, sie würde nach einer noch länger andauernden Hungerkur einen Teil ihrer Rundungen verlieren, die er so an ihr liebte. Wobei Hungerkur nicht ganz das richtige Wort war: Hanna aß noch immer mit Genuss Sahnetorte und fetten Braten, aber wenn sie satt war, hörte sie auf und ließ sich nicht wie bisher einen weiteren vollen Teller reichen.

Während die Frauen Kleider probierten, saß Ignaz auf der Kommode, aufrecht wie eine Statue und mit gespitzten Ohren. Er ließ weder die beiden Frauen noch seinen zweibeinigen Mitbewohner Hansen aus den Augen.

Nach gut einer Stunde hatte sich Resi für ein Outfit entschieden. Mit Maske, schwarzem Umhang, weitem Rock und spitzen Stiefeln machte sie einiges her als alte Hexe – mächtige Hakennase, fette Warze und ein umgeschnalltes Kissen als Wampe inklusive. Als sie Hanna zeigte, was sie alles unter den Gürtel stopfen musste, bis ihr die Kostümierung nur halbwegs passte, prustete diese lauthals los.

Hanna hatte sich als Otfried Preußlers kleine Hexe ausstaffiert. Irgendwo hatte sie eine Maske aufgestöbert, die tatsächlich an das Gesicht der Kinderbuchfigur erinnerte. Auch der spitze Hut passte, das rote Kostüm war allerdings einige Nummern größer als das des Originals, doch Hanna gefiel sich, als sie sich vor dem großen Spiegel im Flur ein paar Mal um sich selbst drehte.

Kichernd hakten sich die beiden Frauen unter, Hanna schnappte sich den Reisigbesen, den sie mitgebracht hatte, und Resi bedankte sich bei Hansen mit einem kurzen Kuss dafür, dass er ihr ein Fluggerät aus dem Schuppen beschafft hatte. Sie eilten den Flur entlang, aufmerksam verfolgt von den Blicken des Katers. Dann waren sie auf dem Weg zur großen Frauenfete am Riedener Ufer des Forggensees. Als die Tür ins Schloss fiel, musterte Ignaz seinen zweibeinigen Mitbewohner, fand aber offenbar nichts Interessantes an ihm und sprang schließlich von der Kommode, um in der Küche nach etwas Essbarem zu fahnden.

Hansen sah ihm grinsend hinterher und schenkte sich im Wohnzimmer etwas Bier nach. Dann fiel ihm ein, was er fürs Abendessen vorbereitet hatte. Er flitzte in die Küche und konnte den Leckerbissen gerade noch vor dem ständig hungrigen Kater in Sicherheit bringen. Der Fisch war noch nicht ganz aufgetaut, aber Ignaz machte nicht den Anschein, als würde ihn das abschrecken.

Sonntag, 1. Mai

»Kruzifix!«, schimpfte Frieder, als der Schlüssel kurz vor zwei Uhr in der Nacht nicht gleich ins Schloss passen wollte. Doch dann klappte es endlich, und er ließ das Eingangstor zum Campingplatz weit genug aufschwingen, damit er mit seinem sperrigen Lastenrad aufs Gelände konnte. Erst hatte er überlegt, ob er sein Gefährt der Nachtruhe wegen nicht lieber draußen stehen lassen sollte – aber dann war ihm eingefallen, dass Jörg Burghamer ihm doch erst vor ein paar Stunden die Pedale geölt hatte. Also sollte das Dreirad nun leise genug sein, um nicht alle aus dem Schlaf zu schrecken.

Langsam rollte er den Weg entlang. Nirgendwo brannte mehr ein Licht. Natürlich nicht. Wer sollte auf dem Campingplatz um diese Uhrzeit auch noch wach sein? Frieder hatte früher auch gern und gut geschlafen, aber mehr als drei oder vier Stunden am Stück schaffte er nicht mehr. Dann radelte er auf den Feldwegen rund um Oberried herum oder auch mal hinüber zum Günzstausee. Nach der Bewegung an der frischen Luft konnte er in der Regel noch einmal für einige Stunden einschlafen, bevor er sich gegen halb sieben den ersten Kaffee kochte.

Doch am liebsten drehte er nachts seine Runde über den Campingplatz, sah nach Anton und nach den Gänsen. Da sie sich schon an ihn gewöhnt hatten, schnatterten sie nicht, wenn er zu ihnen auf das umzäunte Wiesenstück kam. Auch diesmal machte er es wie immer: Erst streute er kleine Kartoffelstückchen vor den Gänsen aus, dann wollte er mit Anton reden und ihn mit einem Kanten Brot fürs Zuhören belohnen.

Anton war unruhig, und er ließ die Ohren sogar aufgestellt, als der Alte ihm zuwinkte. Frieder radelte zu den Gänsen hinüber: Er konnte ihr Schnattern zwar kaum hören, aber er sah, dass sie ganz aus dem Häuschen waren. Drüben war wohl jemand aus seinem Wohnwagen geklettert – das Gefährt selbst war von Frieders Position aus nicht zu sehen, weil es ein Stück entfernt stand und vom Sanitärgebäude verdeckt war. Doch den Mann, der da auf dem Weg stand und gähnend zu ihm herüberschaute, konnte er auch auf diese Entfernung und im schwachen Mondlicht als einen der Dauercamper ausmachen. Als er Frieder sah, winkte er ihm müde zu und trollte sich wieder in seine Unterkunft. Die Gänse machten ganz sicher nicht seinetwegen so einen Radau.

Frieder wandte sich in die Gegenrichtung, wo Anton noch immer mit hochgestellten Ohren auf der Weide stand und mal zu den Trekkinghütten, dann zur Straße hinschaute, die um den Campingplatz herum verlief. Der Alte rumpelte mit dem Lastenrad vom Gänsegatter weg und an der Rezeption vorbei, dann fiel ihm ein dunkler Schatten außerhalb des Campingplatzes auf. Er brauchte einen Moment, dann erkannte er, dass dort in der Dunkelheit ein dunkel lackierter Kombi stand. Jemand drückte gerade den Kofferraum des Wagens zu, huschte am Fahrzeug entlang und schlüpfte auf den Fahrersitz.

Frieder trat fester in die Pedale. Die Ecke vor ihm war die einzige Stelle, an der der Campingplatz nicht von einem

Drahtzaun, sondern nur von einem Erdwall begrenzt wurde, der mit Büschen, Brennnesseln und allerlei Unkraut bewachsen war. Vor dem Wall kletterte er von seinem Rad und ging zu Fuß weiter. Jemand hatte eine Schneise in das Dickicht geschlagen, dahinter war noch immer der dunkle Wagen zu sehen. Der Alte ignorierte den Schmerz, der ihm in Hüfte, Oberschenkel und Knie schoss, und arbeitete sich, so schnell es ging, den Wall hinauf. Der Kombi setzte sich plötzlich in Bewegung, fuhr erst mit ausgeschalteten Scheinwerfern an ihm vorbei, dann flammten die beiden Lichtkegel auf und leuchteten die Straße in Richtung Breitenthal aus. Mit zusammengekniffenen Augen versuchte Frieder, das Kennzeichen zu erkennen. Als er gerade aufgeben wollte, bremste der Fahrer stark ab. Frieder sah im grellen Scheinwerferlicht eine Katze davonhetzen – und hatte zumindest einen Teil des Kennzeichens entziffert: LI für Lindau.

Bis Frieder endlich die Stelle erreichte, wo das Auto gestanden hatte, war der Wagen längst über alle Berge, und der Campingplatz lag wieder im dämmrigen Licht des fahlen Mondes. Frieder bückte sich. Am Boden vor ihm war das Gras niedergetreten. Er kramte seine kleine Taschenlampe aus der Hosentasche: Schleifspuren waren zu erkennen, aber einzelne Schuhabdrücke konnte er nicht unterscheiden.

War ein Einbrecher hier gewesen? Aber wozu? In der Rezeption gab es nichts zu holen, und die Wohnwagen der Dauercamper waren vermutlich zu eng, als dass jemand nachts hineinkonnte, ohne dass die Bewohner etwas davon mitbekamen.

Ganz in der Nähe war ein dünner Ast abgebrochen, und als

sich Frieder noch einmal bückte und auf den Boden leuchtete, entdeckte er das kleine Holzstück: An seinem Ende hatte sich ein Stück Stoff verfangen. Frieder hatte schon genug Fernsehkrimis gesehen, um zu wissen, dass man solche Fundstücke nicht einfach mit der Hand anfasste. Also zog er ein Stofftaschentuch hervor, legte es sich über die Fingerspitzen und zupfte so lange an dem Fetzen herum, bis er ihn endlich von dem abgebrochenen Ast gelöst hatte.

Es schien ein kleines Stück von einem Holzfällerhemd zu sein. Frieder überlegte, ob er in den vergangenen Tagen jemanden in einem solchen Kleidungsstück auf dem Campingplatz gesehen hatte. Er wusste natürlich nicht, was die Dauercamper alles in ihrem Gepäck hatten, aber meistens trugen die Männer T-Shirts und einfarbige Polohemden, die Frauen eher Blusen aus dünnem Stoff, und später am Abend legten sie sich wollene Jäckchen oder Blousons aus einer dieser neumodischen Kunstfasern um.

Holzfällerhemden … Hatte nicht der Mann in der einen Trekkinghütte so etwas ab und zu getragen? Dieser Schriftsteller oder was immer er wirklich war?

Frieder humpelte zu der Hütte hinüber, in der sich der Fremde vor gut einer Woche einquartiert hatte. Auf der Terrasse waren die Gartenstühle ordentlich gegen den weißen Kunststofftisch gelehnt. Die Tür des kleinen Gebäudes stand offen, und von außen schien sie leer zu sein. Er leuchtete mit seiner Taschenlampe hinein: Nichts.

»Hallo?«, rief er und hoffte, dass es ihm diesmal leiser gelungen war als sonst. Er wollte nicht schon wieder die anderen Gäste aufwecken.

Es kam keine Antwort aus der Hütte. Schritt für Schritt näherte er sich dem Holzgebäude, stand schließlich auf der Schwelle und ließ seinen Blick durch den Innenraum schweifen. Hier war niemand, es lagen auch kein Gepäck und keine Kleider herum. Die Hütte wirkte wie frisch gereinigt. Frieder humpelte in den Raum hinein. Das Doppelbett in der rechten Ecke war leer und ordentlich bezogen. Er leuchtete die steile Treppe hinauf, aber auch oben in der Schlafkoje schien niemand zu liegen.

Mit schlimmen Vorahnungen tappte er auf die Toilettentür zu, doch auch dahinter verbarg sich niemand. Alles war leer geräumt und so bereit für den nächsten Gast, wie es sich Jörg Burghamer nur wünschen konnte.

Diese verdammten Gänse hatten ihn wirklich erschreckt. Erst war alles gut gegangen. Er war über den Erdwall recht bequem auf den Campingplatz gelangt und anschließend die paar Meter zur Trekkinghütte geschlichen. Wie ein Schatten war er in die Hütte eingedrungen. Noch bevor sein Opfer wusste, wie ihm geschah, hatte er ihm auch schon die Nase zugehalten und ihm die Atemmaske mit der angeklebten Plastiktüte über den Mund gestülpt. Wenige Atemzüge später hatte das Opfer tief und fest geschlafen.

Durch das Fenster überprüfte der Hagere, ob noch immer niemand auf ihn aufmerksam geworden war. Als er den ganzen Platz verlassen vor sich sah, versuchte er sich den Bewusstlosen über die Schulter zu werfen. Doch der Mann war schwerer als erwartet, weshalb er ihn unter den Achseln packte und zum Erdwall schleifte. Hier lud er ihn sich doch noch auf den

Rücken, so gut es ging, und schleppte seine Last ein Stück den Wall hinauf. Als es fast geschafft war, blieb der bewusstlose Mann an einem kleinen Ast hängen, und er musste zwei-, dreimal fest ziehen, bevor er ihn wieder losgezerrt hatte.

In diesem Moment begannen die Gänse zu zetern. Und während die blöden Vögel wenigstens ein gutes Stück von ihm entfernt waren, schnaubte ganz in seiner Nähe ein Pferd. Er ließ sein Opfer auf der Außenseite des Erdwalls auf den Boden gleiten, kauerte sich in den Schatten der Büsche und suchte den Platz mit den Augen ab. Niemand war zu sehen, aber vom Einfahrtstor des Campingplatzes her war das Fluchen eines älteren Mannes zu hören.

Der Alte schien den Krach der Gänse nicht zu bemerken. Jedenfalls schloss er in aller Seelenruhe das Tor auf und schob ein dreirädriges Gefährt aufs Gelände, bevor er das Tor hinter sich wieder schloss. Der Hagere öffnete die Heckklappe seines Wagens und strich noch einmal die Plastikfolie glatt, die er im Kofferraum ausgebreitet hatte.

Der Alte radelte nun ganz langsam den Hauptweg des Campingplatzes entlang und bog gleich hinter dem kleinen Rezeptionsgebäude nach rechts ab, dorthin, wo dem Krach nach zu urteilen das lästige Viehzeug untergebracht war. Der Hagere nutzte die Gelegenheit, zerrte den Bewusstlosen zum Auto und schaffte ihn mit einem heftigen Ruck auf die Folie. Als sich der Mann ein wenig bewegte, stülpte er ihm eine zweite Atemmaske über, die er wie die erste mit einer Plastiktüte versehen hatte. Dann drückte er ganz leise die Heckklappe zu, huschte zur Fahrertür und schlüpfte hinters Steuer.

Ihm war es, als hätte er Rufe gehört und Schritte und natürlich immer noch diese verdammten Gänse. Aber jetzt war es beinahe geschafft, also gab er Gas und fuhr zügig davon. Weil er das Licht erst nach ein paar Metern einschaltete, sah er die Katze, die vor ihm die Straße querte, erst sehr spät. Aus einem Reflex heraus trat er auf die Bremse, bevor ihm die Unsinnigkeit bewusst wurde. Da bremste er für eine Katze, und der Mann im Kofferraum würde in ein paar Minuten sein Leben lassen.

Er lachte rau und gab wieder Gas. Nach einer guten Viertelstunde begann er den Straßenrand nach einer geeigneten Stelle für den nächsten Schritt abzusuchen.

»Sag mal, Frieder, weißt du eigentlich, wie spät es ist?«

Jörg Burghamer hatte schön geträumt, bis ihn das Klingeln seines Telefons aus dem Schlaf gerissen hatte. Schnell war er in den Flur gegangen, um abzuheben, damit wenigstens seine Frau weiterschlafen konnte.

»Wir haben es jetzt zehn nach zwei am Sonntag!« Frieder war ganz aufgeregt, was sein Lallen noch schwerer verständlich machte.

»Jetzt beruhige dich doch erst mal. Ganz langsam, okay?«

Die Schlafzimmertür schwang auf, und Jenny Burghamer tappte heraus. Sie sah ihren Mann fragend an, doch der zuckte nur mit den Schultern und flüsterte ihr zu, dass sie sich wieder hinlegen solle.

»Frieder!«, raunte er dann noch und deutete auf den Telefonhörer.

Sie schüttelte den Kopf, rieb sich die Augen und wandte sich zur Toilette.

»Wo bist du denn gerade?«, fragte Jörg Burghamer.

»Auf dem Platz«, antwortete Frieder. Inzwischen hatte er sich wieder so weit im Griff, dass man ihn mit etwas Übung durchaus verstehen konnte. »Ich ruf dich aus der Rezeption an.«

»Und was, um Himmels willen, machst du da um diese Zeit?«

Der Alte war ihm in der letzten Zeit etwas wunderlicher erschienen als sonst, und nun dachte Burghamer ernsthaft darüber nach, ob er ihm die Schlüssel zum Campingplatz abnehmen musste. Das würde ihn zwar hart treffen, aber bevor er dort noch irgendeinen Blödsinn anstellte …

»Der Mann in der Trekkinghütte ist weg«, erklärte Frieder.

»Was meinst du damit?«

»Der ist nicht mehr da. Und die Hütte ist komplett leer geräumt.«

Burghamer erschrak.

»Da hat einer die Möbel und alles geklaut?«

»Nein, alles noch da. Aber das Gepäck von diesem … diesem … wie hieß der noch?«

»Rockford, Hans Rockford.«

So früh in der Saison war noch nicht viel los auf dem Platz. Und von den Trekkinghütten war im Moment nur diese eine vermietet.

»Genau der. Spurlos verschwunden. Ich habe vorhin nur noch einen dunklen Kombi gesehen, der davongefahren ist.«

»Komisch«, dachte Burghamer laut. »Ist der nicht mit dem Taxi gekommen?«

»Das Auto stand auch nicht auf dem Platz, sondern draußen auf der Straße. Gleich hinter dem Erdwall, ganz in der Nähe der Hütte, die dieser Rockford gemietet hat.«

»Ja, klar, so spät am Abend kommt er ja nicht mehr durchs verschlossene Tor. Du hast ihn ja nicht rausgelassen, oder?«

»Nein, natürlich nicht. Um zehn am Abend ist zu, da gibt's nichts, keine Angst, Jörg.«

»Schon recht.«

Burghamer dachte nach.

»Kommt dir das nicht komisch vor, Jörg?«, meldete sich Frieder, als ihm die Pause zu lang wurde.

»Ach, die Leute machen die seltsamsten Sachen. Du zum Beispiel geisterst mitten in der Nacht auf meinem Campingplatz herum.«

»Vielleicht wirst du darüber jetzt sogar ganz froh sein.«

»Aha, und warum?«

»Na, weil sonst keiner mitbekommen hätte, dass da mitten in der Nacht einer der Gäste spurlos verschwindet.«

»Na ja, spurlos verschwindet – wie sich das anhört. Der ist halt überraschend abgereist.«

»Und das geheimnisvolle Auto?«

»Was soll daran geheimnisvoll sein? Ihn wird ein Freund abgeholt haben. Ich hab dir ja schon gesagt, dass er mit dem Taxi gekommen ist – selbst hatte er also kein Auto dabei.«

»Sag mal, Jörg, willst du gar nichts unternehmen?«

»Unternehmen? Was soll ich denn deiner Meinung nach tun? Die Polizei anrufen, oder was?«

Frieder hielt einen Moment inne. »Ja«, brummte er dann, aber es klang verunsichert.

»Und was sag ich denen? Heute Nacht ist ein Gast abgereist

und hat sein Gepäck mitgenommen? Da werden die wohl kaum mit dem Sonderkommando anrücken! Oder ist irgendetwas kaputt an der Hütte?«

»Nein, alles aufgeräumt, alles sauber. Sieht so aus, als wäre alles in schönster Ordnung.«

»Gut. Das wird's dann ja auch sein. Und jetzt geh schlafen, Frieder, und mach mir meine Gäste nicht verrückt.«

»Aber …«

»Es ist doch keiner aufgewacht von dem Radau, den du gemacht hast, oder? Du warst doch sicher nicht gerade leise. Und deine Gänse?«

»Haben ein … kleines bisschen geschnattert, aber das kann nicht sehr laut gewesen sein.«

Das schlechte Gewissen war dem Alten deutlich anzuhören.

»Jetzt mach, dass du nach Hause kommst.«

»Aber der verschwundene …«

»Frieder! Es reicht!«

Damit legte Burghamer auf und ging kopfschüttelnd zurück ins Bett.

Alles lief perfekt. Der Feldweg irgendwo draußen in der Pampa war von der Straße aus nicht einzusehen, obendrein war um diese Uhrzeit niemand unterwegs, und die nächsten Ortschaften waren weit genug entfernt. Er hielt an, öffnete die Heckklappe, zog zwei Plastikhandschuhe über und nahm aus einem Plastikbeutel im Kofferraum ein langes Küchenmesser. Der andere schlief noch, bewegte sich aber schon wieder ein wenig.

Bedächtig knöpfte der Hagere das Hemd des anderen auf,

hob das Messer an und setzte die Spitze in Höhe des Herzens auf die Haut des Mannes. Dann ertastete er die Stelle, an der er zwischen die Rippen hindurch das Herz treffen würde. Schließlich packte er den Griff des Messers, legte die andere Hand oben auf das Griffende, drückte einmal fest zu und ließ die Klinge genau so weit in den Körper des Bewusstlosen gleiten, dass das Herz durchstoßen wurde, sich aber die Klingenspitze noch innerhalb des Körpers befand. Das Messer ließ er stecken, damit es die tödliche Wunde einstweilen gut genug verschloss, dass es im Wagen nicht zu einer starken Blutung kommen konnte. Er wartete, bis auch die letzte Zuckung aufgehört hatte, dann deckte er den Toten mit einer schwarzen Plastikfolie zu, schloss die Heckklappe wieder und fuhr nach Hause.

Auf der Bundesstraße war nicht viel los, auf der Autobahn auch nicht, und er kam zügig voran. Nicht immer hatte er alle Tempolimits im Blick, weil er nachdachte – aber auf der ganzen Strecke kannte er zwei, drei Stellen, an denen mit Radarfallen zu rechnen war, und tatsächlich schreckte ihn bis nach Hause kein greller Blitz aus seinen Gedanken. Er stellte fest, dass es sich diesmal anders angefühlt hatte. Dabei schien es eine Rolle zu spielen, *warum* man jemanden tötete. Er fuhr sich mal von der einen, mal von der anderen Seite her durch die Haare, schloss einmal sogar kurz die Augen und schnupperte – aber natürlich war jetzt noch nichts zu riechen. Der Mann lag dort hinten, nicht weit von ihm entfernt und mit der Folie vor allen neugierigen Blicken verborgen.

Der grelle Scheinwerfer eines Lastwagens auf der Gegenspur strich über ihn hinweg, und für einen Moment war er unsicher, ob die Folie auch richtig lag. Die Autobahn vor ihm war leer, kein Hindernis und kein anderes Fahrzeug waren zu sehen, also wandte er sich im Fahrersitz halb um und tauchte ein wenig ab, um mit der freien Hand ein wenig an einem Ende der Folie zu ziehen. Das beruhigte ihn, aber es war auch vorher schon alles so gewesen, wie es sein sollte. Langsam richtete er seine Frisur wieder und drückte sie zum Schluss ein wenig glatt. Dann war er auch schon da.

Der kleine Weg zu seinem Anwesen, der von hinten um das Dorf herum und ein langes Stück durch den Wald führte, schließlich am Waldrand entlang und selbst noch auf dem letzten Abschnitt quer über die Wiese von Büschen gedeckt war, kam ihm für sein Vorhaben gerade recht. Er hatte sogar eigens eine befahrbare Holzbrücke über das mickrige Rinnsal bauen lassen, dem dieser Flecken seinen Namen verdankte.

Auf diesem Weg konnte ihn keiner sehen, wenn er mitten in der Nacht nach Hause kam. Und es konnte auch keiner beobachten, dass er mit der Schubkarre eine schwere Last in seine Scheuer schaffte und dass er anschließend einen Blecheimer aus dem Haus nach hinten schleppte und eine ganze Weile in dem Holzbau beschäftigt war. Das diffuse Licht der kleinen Campinglampe war ausreichend und würde nicht nach draußen dringen – zumal er sie ganz hinten in der Scheuer zwischen mehreren Kisten auf den Boden gestellt hatte.

Am Ende war er zufrieden mit seiner Arbeit. So sollte es bis zum Vormittag gehen, und wenn er alle paar Stunden wiederkam, müsste er alles im Griff haben. Das Gesicht des Toten wirkte im Halbdunkel wie aus einem alten Gruselfilm. Ein böses Lächeln spielte um den Mund des Hageren, dann bedeckte er auch den Kopf des Leichnams, nahm den Blecheimer mit und ging zurück ins Haus.

Er würde noch zwei, drei Stunden schlafen und dann am Morgen wie immer zum Metzger gehen. Er würde auch alles andere so machen wie jeden Tag.

Das war das Wichtigste.

Hansen hatte nicht mitbekommen, wann Resi nach Hause gekommen war. Als er kurz vor fünf aufwachte, weil er zur Toilette musste, lag sie neben ihm, die Decke bis unter die Nasenspitze hochgezogen. Ihr leises Schnarchen mischte sich in das Röcheln, das der neben ihr ausgestreckte Kater von sich gab. Als Hansen sich zu ihr hinüberbeugte, um die Decke so zurechtzuzupfen, dass es auch ihr hervorlugender Zeh warm hatte, blitzte ihn das Tier kurz aus seinen zu Schlitzen geöffneten Augen an. Dass er sich nur zu dieser halbherzigen Drohgebärde aufraffte, zeigte Hansen wieder einmal, dass der Kater ihn als ernstzunehmenden Widersacher längst abgeschrieben hatte.

Hansen stand auf. Resi hatte das leichte Knarren des Gestells und die Bewegung der Bettfedern offenbar mitbekommen. Sie bewegte sich ein wenig, und als ihre Hand dabei das Fell von Ignaz berührte, fuhr sie ihm mit den Fingerspitzen durchs Fell. Ignaz schloss genießerisch die Augen, drückte sich behutsam gegen Resis Hand und rollte sich dabei halb auf den Rücken.

Dabei streckte er die Beine weit auseinander und hielt die Vorderpfoten leicht angewinkelt vor sich. Hansen wusste aus leidvoller Erfahrung, dass dies keineswegs eine Einladung des Katers bedeutete, ihm den Bauch zu kraulen. Die Kratzer und Bisse, die ihm die blitzschnelle Reaktion des Viehs eingebracht hatte, musste er über Tage behandeln, bevor alle Entzündungen wieder abgeklungen waren.

Durch das geöffnete Toilettenfenster drang würzige Morgenluft herein. Hansen blickte auf die große Wiese hinter dem Haus. Am hinteren Ende des Grundstücks befand sich die Zielscheibe, im weiten Halbkreis drum herum lagen die Pfeile verteilt. Direkt dahinter sah man den Forggensee, Waltenhofen und Schwangau und auf seinem Bergsporn das majestätisch wirkende Schloss Neuschwanstein.

Vielleicht lag es an dem atemberaubenden Blick, den er von seinem Garten aus hatte, dass er nicht richtig auf die Zielscheibe achtete und sich als Bogenschütze nach wie vor ziemlich jämmerlich anstellte. Aber letztlich war ihm das egal: Er liebte die Ruhe, die Konzentration, die Anspannung vor dem Schuss ohnehin mehr als das Treffen. Zum Glück, denn sonst hätte er bisher nicht viel Spaß an seinem Hobby gehabt.

Burghamer hatte sich gleich nach seiner Ankunft auf dem Campingplatz die verlassene Trekkinghütte angesehen, war aber zu demselben Schluss gekommen wie der Alte: alles sauber, alles in Ordnung, nichts gestohlen. Er wunderte sich zwar, warum der Gast extra eine Schneise ins Unkraut auf dem Erdwall geschlagen hatte, wo er doch einfach durch das Fußgängertor hätte hinausspazieren können – aber egal. Danach sprach er mit den verbliebenen Gästen. Der eine, dem er gestern die Broschüren für seine Tagestour gegeben hatte, war schon aufgebrochen, bevor Burghamer an den See gekommen war – die anderen hatten nichts bemerkt.

Allerdings zögerte der Dauercamper Bob Wencke kurz, bevor er behauptete, die Gänse in der Nacht nicht gehört zu haben – und zwinkerte dabei dem alten Frieder verschwörerisch zu. Also hatte er die Gänse wohl doch gehört, seine Frau Edit vielleicht auch. Burghamer vergewisserte sich deshalb noch einmal, ob ihm in der vergangenen Nacht auch wirklich nichts Ungewöhnliches aufgefallen sei – doch nachdem er ganz entschieden verneint hatte, ließ es Burghamer dabei bewenden. Wenn Bob jemanden nachts über den Platz hätte schleichen sehen, hätte er es bestimmt zugegeben. Sollte er die Ruhestörung durch die Gänse doch für sich behalten, wenn er glaubte, dass er damit dem Alten Ärger ersparen konnte.

Frieder wirkte völlig übernächtigt und zugleich furchtbar aufgeregt und gab seit dem frühen Morgen keine Ruhe. Er war davon überzeugt, dass dem Gast in der Trekkinghütte etwas Schlimmes widerfahren sei. Außerdem habe er ein Stück Hemdstoff auf dem Boden gefunden und gesichert. So drückte er sich wirklich aus, und als sich Burghamer dazu ein spöttisches Grinsen gestattete, wirkte Frieder ein wenig eingeschnappt.

Gegen halb zehn gab sich Jörg Burghamer geschlagen. Er versprach, die Polizei anzurufen. Und als er die Nummer der Kriminalpolizeiinspektion gewählt hatte, ließ er sich zu Polizeihauptkommissar Jan Bogner durchstellen, einem Bekannten und Nachbarn, der in seiner Freizeit ab und zu auf ein Weißbier zum Campingplatz radelte – und der zum Glück am heutigen Maifeiertag Dienst hatte.

»Und was genau sollen wir deiner Meinung nach jetzt unternehmen?«, fragte Bogner, als ihm Burghamer alles geschildert hatte – mit etwas erhobener Stimme übrigens, damit Frieder, der neben ihm stand, wenigstens einen Teil des Gesprächs mitbekam. Jetzt nickte er dem Alten aufmunternd zu und sprach etwas leiser weiter.

»Nichts, vermute ich, das hab ich dem Frieder auch schon gesagt. Aber er hat halt keine Ruhe gegeben, bis ich endlich die Polizei angerufen habe. Deshalb wollte ich ja auch unbedingt mit dir reden. Ich meine: Da ist am Morgen ein Gast weniger da, und vielleicht ist er einfach nur überraschend früher abgereist – ich finde nicht, dass das ein Fall für euch ist, aber …«

Frieder sah ihn fragend an, Burghamer zuckte mit den Schultern und wartete auf die Antwort seines Nachbarn.

»Und dir wurde nichts gestohlen, und beschädigt ist auch nichts?«

»Nein. Frieder will ein Stück Hemdstoff gefunden haben, aber … na ja …«

»Okay«, sagte Bogner. »Eins noch: Hat der Gast schon im Voraus bezahlt?«

Burghamer stutzte, dann hörte er Bogners Lachen.

»Ja, und die Hütte war noch bis Ende nächster Woche gebucht.«

»Ach, dann wird er vermutlich in ein, zwei Tagen wieder auftauchen. Vielleicht hat er einen Kumpel in der Gegend, und mit dem zieht er heute los und macht einen drauf. Du weißt ja: 1. Mai, Bier, Bollerwagen.« Bogner seufzte. »Ich freu mich schon auf den Nachmittag, wenn den Ersten die Lichter ausgehen. Jedes Jahr dasselbe. Und am Donnerstag ist Vatertag, da geht's grad so weiter.«

»Und dann nerv ich dich auch noch mit Frieders Wahnvorstellungen. Sorry, Jan. Vergiss es einfach, ich werd's dem Alten schon irgendwie beibringen, dass ihr da nichts machen könnt. War mir eh klar.«

»Grüß mir den Frieder«, antwortete Bogner. »Und sag ihm, wir hören uns um wegen des verschwundenen Gasts. Ich nehm das mal in unseren Bericht mit auf, und wenn wir wieder mal einen Besoffenen aus dem Straßengraben ziehen, behalten wir den Namen deines Touristen im Hinterkopf. Wie heißt er denn?«

»Hans Rockford.«

»Rockford? Ist nicht dein Ernst, oder?«

»So hat er sich bei mir eingetragen. Jedenfalls habe ich das so gelesen – der hat eine richtige Sauklaue. Da fällt mir gerade ein: Den Ausweis wollte er mir noch zeigen, aber na ja … jetzt ist er weg, das wird wohl nichts mehr.«

»Aber Rockford, also ehrlich!«

»Wieso?«

»Na, hast du früher kein Fernsehen geschaut? James Rockford, dieser Privatdetektiv, der in seinem Wohnwagen haust?«

Burghamer dachte nach, dann beschloss er, dass ihm das wurscht war.

»Meinetwegen soll er heißen, wie er will. Bezahlt hat er, wie gesagt, im Voraus. Wegen des Ausweises, den er mir immer zeigen wollte, was er dann aber doch jedes Mal vergessen hat, wird mir hoffentlich keiner an den Karren fahren.«

»Will doch auch keiner, Jörg. Du hast das jetzt gemeldet,

ich geb's weiter, und falls ich irgendetwas zu diesem …« Er kicherte. »… zu diesem Rockford höre, geb ich dir sofort Bescheid. In Ordnung?«

Die beiden verabschiedeten sich voneinander. Als Burghamer aufgelegt hatte, sah ihn Frieder erwartungsvoll an.

»Und, was passiert jetzt?«

»Die Krumbacher Polizei hat sich die Meldung notiert. Sie halten Augen und Ohren offen und geben uns Bescheid, sobald sie etwas über unseren abgereisten Gast wissen.«

»Wie jetzt? Kommt keine Spurensicherung, Hunde, was weiß ich?«

Jörg Burghamer starrte Frieder an, dann schüttelte er den Kopf. »Frieder, du spinnst«, brummte er und trat auf den Platz hinaus.

Solche Träume hasste er. Und er genoss sie zugleich.

Der Mann, der noch warm, aber schon betäubt und wehrlos vor ihm liegt. Die Klinge, die sich langsam den Weg tief ins Fleisch bahnt. Die Augenlider, unter denen es erst zuckt wie in einem wirren Traum und dann ganz still wird. Die Leiche, vor ihm ausgebreitet in aller Friedlichkeit und Unschuld.

In seinen Träumen mischten sich hart aneinandergereihte Bilder, wild durcheinandergewürfelte Sequenzen, aus jedem zeitlichen Zusammenhang gerissen. Und immer wieder: der tote, vom Leben befreite Körper, das Gesicht, in völliger Entspannung und Ruhe, der stechende Geruch der austretenden Körperflüssigkeiten, der erst zunimmt und später wie ein langsam verwehender Geist immer schwächer wird. Dann das warme Gefühl der Zufriedenheit, weil das lange Planen so klar und logisch zum Erfolg geführt hat.

Und schließlich das Gesicht. Kühler werdende Haut, ein regloser Körper, nur noch Fleisch und Knochen. Kein Wort, kein Blick, kein Widerstand. Das Gesicht. Der Körper. Die Gesichter. Die Körper.

Sein Atem ging schneller und flacher, und am Ende wachte er auf, schreckte hoch und stützte sich auf seine Ellbogen, während er blinzelte und sich im abgedunkelten Zimmer orientierte. Der Wecker zeigte sechs Uhr, noch hatte er nicht geklingelt. Der Hagere schwang die Beine über die Bettkante, zog den Rollladen hoch und sah an sich hinunter.

Er dachte mit einem wehmütigen Lächeln daran, dass seine Träume früher mehr mit ihm gemacht hatten.

»So, dann gehen S' heut wieder allein auf die Maiwanderung?«

Die propere Verkäuferin plapperte in einem fort, und er gab sich wie immer Mühe, ihr atemloses Geschwätz stoisch und mit einem verbindlichen Lächeln zu ertragen. Manchmal, wenn sie es übertrieb, stellte er sie sich tot vor. So tot wie die Schweinehälften, die hinter der gekachelten Rückwand des Verkaufsraums in der Kühlzelle hingen. Dann malte er sich aus, wie das rosige Rot aus ihren feisten Wangen wich und die Lippen sich für immer schlossen. Würde sie jemals erfahren, was sich in seinem Kopf abspielte, würde sie wohl der Schlag treffen. Aber wie sollte sie es erfahren? Oder jemand anders hier in seinem Ort? Er hatte stets darauf geachtet, sein Geheimnis für sich zu behalten.

»So«, sagte sie und ließ noch einmal ihren Blick prüfend über die vor ihr aufgereihten Waren gleiten. »Ripperl, Wammerl, Bockwurst – schaut alles lecker aus, ich würd's am liebsten gleich selber essen.«

Sie strahlte über ihren lahmen Scherz, und ihr Kunde sah kurz auf ihre straff gespannte Schürze.

»Ja mei«, sagte sie leichthin, als sie seinen Blick bemerkte, und lachte. »Wenn's halt schmeckt ... Brauchen S' noch was?«

Er räusperte sich, verscheuchte die Fantasie ihres wächsernen Gesichts aus seinen Gedanken und deutete auf einen bräunlichen Ring in der Auslage.

»Ein Stück Leberwurst würd ich noch nehmen.«

Das Wammerl und eine der beiden Bockwürste aß er während der Fahrt, auch die Leberwurst packte er aus und legte das aufgeschlagene Papier auf den Beifahrersitz. Er fuhr gern flott, am liebsten auf Autobahnen. Doch heute ging es nicht über die Autobahn, und heute fuhr er höchstens zügig, aber nicht zu schnell.

Als er das Ortsschild von Krumbach vor sich auftauchen sah, lächelte er. Niemand würde je von dem Scherz erfahren, den er sich durch die Verbindung von Krumbach in Schwaben und Krumbach in Vorarlberg erlaubte – aber er war es gewohnt, allein zu genießen und niemanden an seinen Gedanken und Erlebnissen teilhaben zu lassen. Mit der linken Hand fuhr er sich ein paar Mal durch die Haare und rubbelte hin und her, bis sie in alle Richtungen abstanden. Dann spreizte er die Finger, kämmte damit seine Strähnen wieder zurück und glättete sie am Ende mit der flachen Hand.

Vor ihm tauchte das Hinweisschild zum Staudamm Bolgenach auf. An der Abzweigung befand sich eine Bushaltestelle, doch weder dort noch vor den Firmengebäuden, die er nach dem Linksabbiegen passierte, war jemand zu sehen.

Den Wagen stellte er auf dem geräumigen Parkplatz ab, nach dem das kleine Sträßchen für den Verkehr gesperrt war. Er stieg aus, setzte den Schlapphut auf, schulterte den Rucksack und wanderte das letzte Stück bis zum Staudamm hinunter.

Auch hier war er allein. Er kraxelte am Rand des Damms entlang bis zum Wasser hinunter und ging in die Hocke. Aufmerksam sah er sich nach allen Seiten um: Der See lag still und einsam vor ihm.

Einige Male atmete er ein und aus, bis sein Puls wieder ruhiger ging. Dann musterte er noch einmal das gegenüberliegende Ufer, die Metalltreppe ein Stück links von ihm, die imposanten Aufbauten der Schleusentore weiter hinten. Er schaute nach links und rechts. Er horchte. Und als er sicher sein konnte, dass sich niemand in seiner Nähe aufhielt, griff er mit einer Hand in den Rucksack und zog das Küchenmesser hervor. Natürlich hatte er es inzwischen mit Küchenkrepp abgewischt und das Papier im Herd verbrannt. Nun schleuderte er das Messer im hohen Bogen nach vorne. Es klatschte ins Wasser und ging auf der Stelle unter.

Er schloss die Augen und schnupperte den Aromen nach, die der leichte Wind vom See und den bewaldeten Uferhängen zu ihm herüberwehte. Dann stand er auf und ging ein paar Schritte. Vor ihm trieb Totholz im Wasser. Er fischte sich zwei Stücke aus dem See, auf der einen Seite ausgebleicht von der Sonne, auf der anderen ganz weich und dunkel vor Nässe.

Er schnupperte, aber der Geruch nach Verfall, auf den er gehofft hatte, war nur ganz schwach wahrzunehmen. Immerhin. Er schnupperte noch einmal, dann lächelte er.

Montag, 2. Mai

Hansen hatte es sich angewöhnt, montags immer etwas früher als seine Mitarbeiter ins Kommissariat zu kommen, um sich vor der Besprechung einen ersten Überblick zu verschaffen.

Wie üblich waren der im vorigen Jahr zum Polizeipräsidenten beförderte Kripochef Benedikt Huthmacher und seine Nachfolgerin Veronika Schliers auch schon im Haus, und Sekretärin Rosemarie Schwegelin flitzte längst schaffig durch die Flure und verteilte frisch gekochten Kaffee. Seit seinem schwierigen Beginn als Chef des Kommissariats 1 der Kripo Kempten hatte sich das Verhältnis der etwas bissigen Schwegelin zu dem anfangs ungeliebten Preußen gebessert, und seit sie wusste, dass Hansen ihrem Duzfreund Rolf Hamann, dem früheren Leiter des K1, mit seinen verdeckten Ermittlungen in Bad Hindelang einen großen Gefallen getan hatte, las sie ihm jeden Wunsch von den Augen ab.

»So, Herr Hansen«, flötete sie und stellte ihm die Tasse hin. »Ganz frisch und extra stark, etwas Zucker, keine Milch. Und etwas Süßes aus der alten Heimat.«

Sie zwinkerte ihm zu und legte einen rechteckigen Keks mit gekerbtem Rand neben die Bechertasse auf den Schreibtisch. Hansen bedankte sich artig, obwohl er das Zeug nicht ausstehen konnte – aber Rosemarie Schwegelin hatte eine solche Freude daran, ihm Spezialitäten aus Hannover zu servieren, dass er es nicht übers Herz brachte, ihr das zu sagen. Außerdem stammte er ja nicht aus Hannover, sondern aus Wunstorf-Klein Heidorn – aber egal: Er tat ihr den Gefallen und spielte jedes Mal den freudig Überraschten, wenn sie ihm einen Hannoveraner Keks oder eine Schwarzteemischung aus dem ältesten deutschen Teeladen brachte. Zu Weihnachten hatte sie ihm sogar mal einen Rübenbrand geschenkt – offenbar hatte sie das im Onlineshop des Hannoveraner Tourismusportals aufgestöbert. Auch dafür hatte er sich artig bedankt, den Schnaps aber gleich an seine Vermieterin Frau Walburga weiterverschenkt, die für hochprozentige Überraschungen immer zu haben war.

Immerhin: Der Kaffee war vorzüglich, die Milch und den meisten Zucker dazu hatte er sich Resi zuliebe abgewöhnt, die manchmal kritische Blicke auf seine Hüfte warf. Die Kekse ließ er in einem unbeobachteten Moment in der Schublade verschwinden – und nahm sie alle paar Tage mit nach Hause, ebenfalls als kleine Gabe für Frau Walburga.

Fünf Minuten vor Beginn der Morgenbesprechung hörte er draußen Schritte und Gelächter. Wenig später erfuhr er, warum die Kollegen so guter Dinge waren.

»Die Krumbacher Kollegen haben eine tolle Meldung reinbekommen«, tönte Hardy Koller. »Ich darf grad mal vorlesen?«

Koller war Hansens Stellvertreter als K1-Leiter, und sosehr er ihm anfangs das Leben schwer gemacht hatte, so viel Mühe gab er sich inzwischen, Pluspunkte bei seinem neuen Vorgesetzten zu sammeln. Heute sah er allerdings etwas mitgenommen aus. Am vergangenen Freitag hatte er von seinen Plänen erzählt, am Maifeiertag mit Freunden, einem Bollerwagen und einem Fass Bier auf Tour zu gehen – seinen Augenringen und der nachlässigen Rasur nach zu urteilen, hatte das geklappt.

»Also, es geht los«, erklärte Koller. »Mann vermisst, Name falsch. In der Nacht zum Sonntag, dem 1. Mai, verschwand ein Urlaubsgast spurlos vom Campingplatz am Oberrieder Weiher bei Breitenthal-Oberried. Einem Zeugen zufolge hatte der Mann gegen zwei Uhr den Campingplatz verlassen und war danach in einem dunklen Kombi weggefahren. Das Gepäck des Mannes ist ebenfalls verschwunden, und seine Unterkunft, eine Trekkinghütte, wurde offenbar gereinigt. Die Hütte war noch bis einschließlich Freitag, 6. Mai, bezahlt, gebucht auf den Namen Hans Rockford.«

Koller sah grinsend in die Runde, bevor er den Rest der Meldung vorlas: »Eine routinemäßige Überprüfung ergab, dass sich der Unbekannte auf dem Campingplatz unter falschem Namen angemeldet hatte. Eventuelle weitere Zeugen oder Personen, die Hinweise auf einen gewissen ›Hans Rockford‹ geben können, werden gebeten, sich mit der Polizeiinspektion Krumbach in Verbindung zu setzen.«

»Immerhin eines wissen wir«, meldete sich Sabine Altmahr mit gespieltem Ernst zu Wort. »Aus dem Raum Stuttgart kann er nicht stammen.«

»Ach? Und woher wissen wir das?«

»Na, Hardy, du hast doch eben vorgelesen, dass er abgehauen ist, obwohl die Hütte noch bis Freitag bezahlt war. Die Spätzlesschwaben gelten ja eher als geizig, nicht wahr?«

Gelächter reihum, dann räusperte sich Hansen.

»Sehr nett, Herr Koller. Aber sonst hat sich in diesem … nun ja … Fall nichts ergeben, oder?«

»Nein. Ich hab mit den Krumbachern schon telefoniert. Ursprünglich wollte einer der Kollegen, die gestern Dienst hatten, einem Nachbarn einen Gefallen tun mit der Aufnahme der Vermisstenmeldung – bis auf den Zeugen selbst scheint niemand daran zu glauben, dass etwas Ernsthaftes dahintersteckt.«

»Gut«, sagte Hansen. »Die Kollegen haben also nur den Namen gecheckt und festgestellt, dass er nicht stimmt. Wollen die denn noch mehr unternehmen in dieser Sache?«

»Nein. Die hatten gestern auch so genug zu tun, und es ist ja nicht wirklich etwas passiert. Solange kein weiterer Hinweis eingeht, wird die Sache wohl im Sand verlaufen. Die Lokalzeitung hat die Meldung heute früh natürlich gebracht – nicht allzu groß, aber ganz nett aufgemacht. Ich hab mir den Artikel vorhin in der Pressestelle durchgelesen. Der Redakteur kennt sich offenbar ziemlich gut aus mit der Serie ›Detektiv Rockford – Anruf genügt‹. Jedenfalls trieft der kleine Artikel nur so vor Anspielungen.«

Ein paar Scherze gingen hin und her, dann ergriff Hansen wieder das Wort.

»Schön. Und was liegt heute wirklich an? Mir ist eine Meldung aus Bad Wörishofen aufgefallen: Da hat eine Frau eine Altenpflegerin beschuldigt, deren Mutter getötet zu haben. Wer hakt da bitte mal nach?«

Sabine Altmahr hob die Hand und zog einen Ausdruck der Meldung aus den Papieren, die vor ihr auf dem Tisch lagen. Ansonsten gab es nichts Neues zu tun. Für einen zurückliegenden Fall mussten die Unterlagen für die Staatsanwaltschaft aufbereitet werden, davon abgesehen schien es ein ruhiger Tag zu werden.

»Herr Hansen, haben Sie denn am kommenden Donnerstag Zeit?«, erkundigte sich Koller, als sie den Besprechungsraum als Letzte verließen.

»Ich muss meine Freundin noch fragen, aber ich glaube schon. Warum?«

Einen Moment lang überlegte Hansen, ob der kommende Feiertag vielleicht eine gute Gelegenheit war, um Resis Hand anzuhalten. Doch Koller redete schon weiter, und Hansen beschloss, den Antrag noch ein wenig hinauszuschieben.

»Na ja … ich war gestern mit Freunden unterwegs, Sie wissen schon: Bier und Bollerwagen, ein Männerausflug am Maifeiertag. Dasselbe haben einige Kripo-Kollegen für den Vatertag vor – und da wollte ich Sie fragen, ob Sie nicht mitwandern möchten.«

Hansen dachte nach. Er hatte nicht viel übrig für diese Scheinverbrüderungen außerhalb der Dienstzeiten, aber wenn es der Arbeitsatmosphäre diente, konnte man sich schon mal auf eine gemeinsame Wanderung einlassen. Koller hatte Hansens Zögern bemerkt.

»Wir wandern auch nicht allzu lange«, setzte er hinzu und grinste. »Dazu ist das schöne Bierfass auf dem Bollerwagen auch viel zu groß und zu schwer. Wir starten beim Kollegen Rabner in Wildpoldsried, von seinem Haus sind es nur fünf-, sechshundert Meter bis zu einem schönen Wäldchen direkt an der Leubas – und da werden wir wohl schon unsere Rast machen.«

Hansen lächelte.

»Gut, dann gehen Sie also mit? Zu essen müssen Sie nichts mitbringen. Die Frau von Hannes macht uns ein paar Brote, und wir wollen nach der ersten Rast noch ein paar hundert Meter weiter – da hat's direkt am Waldrand ein schönes Gasthaus mit einem tollen Biergarten. Sie sehen also: Alles bedacht und geplant.«

Das alte Holztor ächzte, als er es aufzog. Aus dem Raum schlug ihm muffige Luft entgegen. Er schnupperte. Feuchtigkeit, Moder, alter Kram in halb verfaulten Holzkisten – einen anderen Geruch konnte er nicht erkennen. Zum Glück nicht. Noch nicht.

Er schleppte den großen Blecheimer ins Halbdunkel der Scheuer. Seinem hageren, hochgewachsenen Körper war anzusehen, dass er sich nicht regelmäßig körperlich anstrengte, und tatsächlich reichte auch schon der kurze Weg mit dem gut gefüllten Eimer, um ihn ins Schwitzen zu bringen. Durch Ritzen zwischen den alten Wandbrettern schimmerte die Abendsonne und sorgte noch für genug Licht, um sich in dem Durcheinander aus Werkzeugen, alten Geräten und einem maroden Anhänger zurechtzufinden.

Als er die hinterste Ecke des Raums erreicht hatte, stellte er den Eimer ab und zog eine fleckige Decke weg, die er über einen Schragen gelegt hatte. Daneben stand ein zweiter Blecheimer, in den er nun Bettflaschen, Eiswürfelbeutel und allerlei andere Behältnisse füllte, auf denen die Decke gelegen hatte. Darunter wurde Stück für Stück die Leiche des Mannes sichtbar, die auf dem Holzgestell aufgebahrt war. In Höhe der linken Brust verklebte getrocknetes Blut das Hemd des Toten. Als der Hagere den letzten Plastikbeutel im Eimer verstaut hatte, wischte er mit einem Lappen etwas Flüssigkeit auf, die sich neben dem Toten auf der Decke gesammelt hatte.

Konzentriert bedeckte er den Leichnam mit den frischen Kühlelementen, die er aus dem Eimer holte, und drapierte die alte Decke wieder auf dem Toten. Schließlich prüfte er den Boden unterhalb des Schragens. Alles war trocken. Das Holzgestell war früher für Hausschlachtungen genutzt worden, und die wasserdichte Thermodecke, mit der er die sanfte Mulde des Schragens ausgeschlagen hatte, bevor er den Leichnam darauf ablegte, ließ wirklich keine Flüssigkeit durch.

Zufrieden hob er den Eimer mit den verbrauchten Kühlelementen hoch und ging zurück ins Haus, um alles in die Gefriertruhe zu legen. Die ganze Zeit über war er darauf bedacht, dass ihn dabei niemand beobachtete. Dann duschte er sich und zog sich um. In einer Stunde war er im »Löwen« mit den anderen zum Schafkopfen verabredet. Und später in der Nacht würde er neues Eis in die Scheuer bringen.

Nur noch gut zwei Tage musste er diese Prozedur durchhalten, dann sollte alles ausgestanden sein. Endlich. Nach all der Zeit.

Dienstag, 3. Mai

Die Türglocke riss ihn aus seinen Gedanken.

Er klickte die Homepage der Tageszeitung weg. Noch einmal hatte er den Artikel der Lokalzeitung aufgerufen, in der es um den verschwundenen Campinggast vom Oberrieder Weiher ging und um den falschen Namen Rockford, den der Unbekannte angegeben hatte. Auch im Pressebereich des Polizeipräsidiums Schwaben Süd/West hatte er die entsprechende Meldung nachgelesen. Auch sie wirkte nicht so, als würde die Polizei in Krumbach allzu viel Anstrengung darauf verwenden, einen Mann zu suchen, der sich unter falschem Namen eine Trekkinghütte gemietet, aber sonst vermutlich nichts Ungesetzliches angestellt hatte. Seither hatte seine Internetrecherche nichts Neues ergeben.

Es läutete wieder. Er rollte mit dem Schreibtischstuhl so weit nach hinten, dass er die Haustür im Blick hatte. In der oberen Hälfte war ein Milchglaselement eingelassen, und als Schattenriss sah er dort eine einzelne Person stehen, normal groß, normal schlank und vor allem allein. Polizisten kamen in der Regel zu zweit, da war er sich sicher. Also schied der unwahrscheinliche Fall aus, dass sie ihm trotz aller Vorsichtsmaßnahmen auf die Schliche gekommen waren. Als sich die Person vor der Tür zur Seite drehte, war ohnehin klar, wer dort stand: Der alte Rüben-Bichler war es, leicht zu erkennen an seinem krummen Zinken, den er teils den Genen seines hässlichen Vaters und teils einigen Schlägereien im Wirtshaus zu verdanken hatte.

»Isch koiner do?«

Bichlers Stimme war rau vom Alkohol und von der schlechten Angewohnheit, immer zu dünn angezogen zu sein.

»Doch, ich bin da, Bichler«, rief er. »Ich komm schon.«

Er erhob sich, schob den Schreibtischstuhl wieder vor den Computer und ging zur Tür.

»Worum isch do gschlossa?«

Bichler hatte schon wieder eine Fahne, obwohl es erst früh am Abend war.

»Na, hör mal«, versuchte der Hagere einen Witz, »nachher kommt noch der Rüben-Bichler ins Haus und säuft mir alles weg.«

Kurz stutzte der Bichler, dann sah er das breite Grinsen des anderen, lachte und klopfte ihm ungelenk auf die Schulter.

»Du bisch mir fei oiner!«

Er sah sich um und schnupperte in die Wohnung hinein.

»Hosch koine, die wo bei dir putzt, sag amol?«

»Ach, ich riech das schon lange nicht mehr. Du hast doch seit dem Tod deiner Maria auch einen Junggesellen-Haushalt. Sieht's bei dir denn wirklich besser aus?«

Er erinnerte sich an seinen Besuch bei Bichler vor einer Woche: an halb leere Essenspackungen vom Metzger, an vergammelten Schokokuchen und einen Packen mit ranziger Butter, den er wohl irgendwo vergessen hatte. Vermutlich roch es in seiner Wohnung um einiges besser – und vor allem hatte er nicht vergessen, irgendwelche Lebensmittel in den Kühlschrank zu legen. Der Apfel auf der Fensterbank, das

Rauchfleisch auf der Kommode, das kleine Bündel Heu in der Bodenvase, das er regelmäßig wässerte, um herauszufinden, welches Aroma sich daraus noch entwickeln ließ – alles war mit Bedacht platziert, so wie andere Leute sich Schnittblumen auf den Tisch stellten oder Räucherkerzen entzündeten. Und alle paar Tage lüftete er gründlich durch, bevor er neue Gerüche kombinierte. Fast bedauerte er es, dass sein stummer Gast in der Scheuer nicht zu riechen beginnen durfte – aber man konnte halt nicht alles haben.

Der Rüben-Bichler war natürlich gekommen, weil er etwas Alkoholisches schnorren wollte. Und weil Bichler ihm mit der Zeit auf die Nerven ging, ließ sein Gastgeber das Bier im Kühlschrank und stellte lieber gleich eine Flasche Enzian und zwei Wassergläser vor sich und den Besucher auf den Küchentisch. Fast eine Stunde lang setzte Bichler einen Enzian nach dem anderen unter seiner krummen Nase an, dann erhob er sich mühsam und stützte sich mit beiden Händen fest auf den Tisch.

»Komm, Bichler, ich bring dich raus. Kannst dich einhängen.«

Bichler krallte sich mit erstaunlicher Kraft in den Oberarm seines Gastgebers und ließ sich von ihm aus dem Haus führen. Vor der Tür schwenkte er schwungvoll nach links und machte Anstalten, den Pfad in Richtung Scheuer zu nehmen. Der Hagere war so überrascht von der unerwarteten Richtungsänderung, dass er Bichler erst nach ein paar Schritten zum Stehen brachte.

»He!«, maulte der mit schwerer Zunge. »Jetza lass mi soicha! Dr Enzian will wieder naus!«

»Der bleibt schon noch drin, bis du dein eigenes Klo erreicht hast, Bichler, glaub mir.«

Damit bugsierte er ihn wieder auf den richtigen Weg zurück, schob ihn behutsam durch die Gartentür und gab ihm mit einem sanften Schubs etwas Schwung mit auf den Weg. Und wirklich hielt Bichler leidlich Kurs auf sein Haus, das genau gegenüber stand, mit sperrangelweit geöffnetem Gartentor und offen stehender Haustür. Hier im Ort war das kein Problem, und wer den Rüben-Bichler kannte, würde eh nicht ohne zwingenden Grund einen Fuß in seinen Saustall setzen.

Der Hagere sah ihm nach, wie er taumelnd, aber alles in allem recht zügig sein Heim erreichte. Tor und Tür ließ er offen stehen. Der Hagere überquerte die Straße, drückte erst Bichlers Haustür zu und schloss dann auch das kleine Gartentor. Die alte Hermine im Nebenhaus hatte alles aufmerksam beobachtet. Als er sie jetzt prüfend ansah, breitete sich ein freundliches Lächeln auf ihrem faltigen Gesicht aus. Er nickte ihr zu, forschte noch ein wenig in ihrer Miene, aber unter ihren straff nach hinten gesteckten grauen Haaren schien sie sich nichts zu denken, was ihm hätte Sorgen bereiten müssen.

Egal. Es wurde höchste Zeit, dass der Mittwochabend kam.

Mittwoch, 4. Mai

Im Wirtshaus war es leidlich nett gewesen. Sie hatten über dies und jenes gelacht, hatten gekartelt und zu Wurst und Brot ordentlich getrunken – anders als sonst hatte er nach dem ersten Bier aber nur noch zum Sprudel gegriffen. Der Schafkopfrunde hatte er eine beginnende Erkältung vorgespielt. Zwar hatten sie ihm daraufhin sofort eine Enziankur empfohlen, sich dann jedoch damit zufriedengegeben, dass er heute nur Alkoholfreies trank. Die Enziankur hatte dafür der Bichler auf sich genommen, den er dann gegen halb zehn nach Hause begleitet hatte.

Als er den Alten gut daheim abgeliefert und sich mehrmals vergewissert hatte, dass »eisokee« sei, ging er hinaus und atmete die würzige Abendluft ein. Hermine von nebenan stand wieder am Fenster. Nun nestelte sie an dem altertümlichen Metallverschluss herum und zog den einen Flügel des alten Sprossenfensters auf.

»Des isch abr nett, wia Sie emmer noch dem arma Rudi schauat«, krächzte sie.

Sie war die Einzige im Dorf, die den Bichler bei seinem Vornamen nannte, und manchmal hatte er den Verdacht, dass sie ein kleines bisschen in ihren Nachbarn verliebt war. Vermutlich hätte sie ihm schon lange vorgeschlagen, dass sie beide ihre Witwenhaushalte zusammenlegen könnten, wenn der Rüben-Bichler nur nicht so ein Trunkenbold wäre.

»Mach ich gern, Frau Hermine, kein Problem. Aber jetzt muss ich ins Bett. Ich glaub, ich krieg eine Erkältung.«

»Tee«, rief sie ihm zu. »Mit am ordentlicha Schuss Rum.«

»Ich werd's probieren, danke.«

Er lächelte ihr zu, dann winkte er und ging über die Straße. Zu Hause machte er die Lichter an, die den Nachbarn zeigen sollten, dass er sich fürs Bett richtete. Dann ließ er den Rollladen im Schlafzimmer herunter, bis keine Ritze mehr auch nur das kleinste Licht durchließ. Hier blieb er eine halbe Stunde lang sitzen und ging in Gedanken noch einmal alles durch, was er in dieser Nacht vorhatte.

Eine Autofahrt von knapp eineinhalb Stunden. Einmal noch alles richtig machen, einmal noch konzentriert dem Plan folgen, einmal noch nicht gesehen werden, dann war es überstanden.

Mehrere leere und halb gefüllte Flaschen mit billigem Wein und Schnaps lagen schon in seinem Wagen bereit, außerdem eine fleckige Wolljacke und ein ramponierter Parka, den er vor einigen Tagen aus einem Altkleidercontainer in der Nähe von Memmingen gefischt hatte. Dazu eine Packung Grillanzünder, eine halb geleerte Schachtel mit billigen Zigarren, einige Streichhölzer und einen protzigen Metallring mit kitschigem Adlermotiv, den er vor mehreren Jahren auf einem Trödlermarkt erstanden hatte und der nun seinen letzten Dienst tun sollte. Und schließlich der alte Rucksack, den er auf einer seiner Wanderungen in den Österreicher Alpen gefunden hatte. Vielleicht taugte das alles ja wirklich als falsche Spur, für den Fall, dass die Polizei noch mehr Verwertbares vorfinden würde, als er geplant hatte.

Und während ihn seine Nachbarn krank im Bett vermuteten, würde er die letzten Spuren beseitigen, die ihm noch gefährlich werden konnten. Ein grimmiges Lächeln legte sich auf sein Gesicht. Dann stützte er sich mit den Armen an der Bettkante ab und erhob sich. Er blieb im stockdunklen Zimmer stehen, horchte und wandte sich dann mit geschlossenen Augen zum Flur. Nirgendwo musste er Licht anknipsen, um seinen Weg zu finden. In den schwarzen Kleidern, die er inzwischen trug, hätte ihn auch niemand gesehen, wenn die Büsche nicht ohnehin jedem Passanten die Sicht in seinen Garten verwehrt hätten. Er ließ die Augen geschlossen, bis er langsam die Seitentür einen Spalt öffnete, durch die er ungesehen zur Scheuer kam. Nichts war zu hören, niemand war zu sehen.

Er schlich sich in die Scheune, um seinen gut gekühlten Gast für die letzte Reise vorzubereiten.

Donnerstag, 5. Mai

Mit Hardy Koller und den anderen Kollegen wollte sich Hansen an Christi Himmelfahrt gegen halb zehn treffen. Resi hatte ihn mit einem Kuss verabschiedet, Ignaz mit einem misstrauischen Blick, und das herrliche Wetter weckte nun doch die Vorfreude auf die gemütliche Wanderung. Er gab gerade die Daten von Hannes Rabners Haus in Wildpoldsried ein, dem Startpunkt ihrer Bollerwagentour, da regte sich sein Handy. Willy Haffmeyer war dran.

»Es gibt Arbeit, Chef«, sagte er knapp.

Am östlichen Ortsrand von Ziemetshausen bei Krumbach war in der Nacht eine Scheune abgebrannt. Die Feuerwehr hatte den Brand erst unter Kontrolle bekommen, als die Flammen schon auf den angrenzenden Pferdestall übergegriffen hatten, aber da waren die dort untergestellten Tiere alle längst aus dem Gebäude geflohen. Der Besitzer der abgebrannten Scheune war am Abend vor dem Brand in den Urlaub nach Gröbming in der Steiermark gefahren. Die österreichischen Kollegen waren bereits informiert, und sie hatten den Besitzer, einen Valentin Kurzinger, auch schon ausfindig gemacht und zum Brand befragt.

»Sagen wir es mal so«, merkte Haffmeyer an. »Dem Bauern kam der Brand nicht so furchtbar unrecht. Und es gibt dazu auch eine interessante Vorgeschichte. Kann ich später noch erzählen.«

Um fünf Minuten nach halb neun war während der Aufräumarbeiten und der Spurensuche eine Leiche entdeckt worden. Die für den früheren Landkreis Krumbach zuständige Kripoinspektion Memmingen war wegen des Brands ohnehin schon mit einigen Kriminaltechnikern vor Ort gewesen, inzwischen waren weitere Kollegen auf dem Weg. Die Polizeiinspektion Krumbach hatte schon am frühen Morgen mit der Befragung der Ziemetshausener begonnen. In Österreich war die Nachricht von dem Leichenfund mitten in das Gespräch mit Bauer Kurzinger geplatzt. Im Moment wurde er von zwei Beamten des Bezirkspolizeikommandos Liezen nach Ziemetshausen gebracht.

»Das sieht nicht gut aus für meinen Bollerwagenausflug«, seufzte Hansen.

Zwar würden sich die Polizisten der verschiedenen Dienststellen vor Ort vermutlich gegenseitig im Weg stehen, und die Kripobeamten der Memminger Inspektion konnten den Fall auch allein lösen, aber es machte natürlich keinen guten Eindruck, wenn im Zuständigkeitsbereich des Polizeipräsidiums Schwaben Süd/West eine Leiche gefunden wurde und Hansen sich als Leiter des Kemptener Mordkommissariats nicht am Fundort der Leiche blicken ließ, sondern stattdessen lieber mit einem Fässchen Bier durch Wald und Wiese stapfte.

»Der schnellste Weg nach Ziemetshausen führt übrigens über die Autobahn«, gab Haffmeyer zu bedenken, und Hansen musste grinsen.

Seit ihren Ermittlungen während des Jochpass Memorials vor eineinhalb Jahren war er mit Haffmeyer und Hanna Fischer per Du, wenn keine anderen Kripobeamten anwesend waren. Ein eingespieltes Team waren sie schon seit seinem Start im Allgäu, und der Gedanke an die Zusammenarbeit mit den sympathischen, wenn auch etwas schrulligen Kollegen ließ ihn die geplatzte Wanderung viel leichter verschmerzen.

»Gut, Willy, ich hole dich in Kempten ab. Warum bist du heute eigentlich im Kommissariat? Heute ist schließlich Vatertag.«

»Eben, und ich bin ja kein Vater«, kam es knurrend zurück.

Hansen wusste, dass Haffmeyer nicht sehr gesellig war und von Wanderungen im Allgemeinen und Betriebsausflügen im Besonderen nichts hielt.

»Soll ich Hanna auch gleich mitbringen?«

Die Kollegin wohnte wie er in Füssen, im Süden der Stadt, nicht weit vom Eisstadion, wo sie manchmal einige Runden mit den Schlittschuhen drehte. Das lag für Hansen beinahe auf dem Weg nach Kempten.

»Ja, das wäre gut. Ich ruf sie gleich an. Sie hatte heute eh nichts vor, soweit ich weiß.«

Haffmeyer lag richtig. Er informierte Hanna und rief dann Hardy Koller und die anderen Wandervögel des K1 an, die größtenteils inzwischen bei Hannes Rabner eingetroffen waren und bei Kaffee und Kuchen auf Hansen warteten. Ihre Pläne für die Wanderung brauchten sie nicht aufzugeben, aber Haffmeyer musste Koller versprechen, ihn auf dem Laufenden zu halten.

In Kempten erklärte sich Hanna bereit, im Kommissariat den Telefondienst zu übernehmen, und als sich Hansen Ziemetshausen näherte, hatte ihm sein Beifahrer Haffmeyer schon ein recht genaues Bild von dem Besitzer der abgebrannten Scheuer gezeichnet. Ein eigensinniger Typ, der sich nicht groß um Regeln und Verbote scherte, sofern sie ihm nicht nützten. Der Erbe eines mittelgroßen landwirtschaftlichen Betriebs, der es nicht so mit Buchhaltung und Zahlen hatte und deshalb immer wieder einmal für mehrere Monate alle Hände voll zu tun hatte, seinen Betrieb vor dem Konkurs zu retten. Die eine oder andere Wiese hatte er deshalb schon verkaufen müssen, und soweit Haffmeyer in einem Telefonat mit der Polizeiinspektion Krumbach erfahren konnte, stand es um den Zustand seines Wohnhauses und seiner technischen Geräte nicht zum Besten.

Wenn man dann noch wusste, dass der Pferdestall und die abgebrannte Scheune außerordentlich gut versichert waren – was in Ziemetshausen offenbar seit Längerem Dorfgespräch war –, lag der Verdacht nahe, dass Valentin Kurzinger womöglich etwas nachgeholfen hatte, damit die Scheuer einem »warmen Abriss« zum Opfer gefallen war.

Gegen elf hatten sie den Fundort der Leiche fast erreicht. Von Krumbach in Richtung Augsburg ging es auf der B 300 in einem weiten Bogen südlich und südöstlich am Ort vorbei. Auf einigen der Wegweiser, an denen sie vorbeikamen, stand der schöne Ortsname »Maria Vesperbild«. Und schließlich erhob sich rechts der Bundesstraße ein mächtiger L-förmiger Erdwall, bewachsen mit Gras und einigen Büschen.

»Diesen Wall hat Kurzinger aufschütten lassen, damit niemand auf sein Areal schauen kann«, erklärte Haffmeyer. »Da vorne müssen wir rechts rein.«

Durch die Lüftung drang der Geruch von Rauch in den

Wagen. Hansen bremste ab und nahm die Abfahrt auf einen Wirtschaftsweg. Ein uniformierter Beamter ließ sich von Hansen den Ausweis zeigen. Dann winkte er ihn weiter auf das Sträßchen, das dem Wall folgte und schließlich auf das flache Areal dahinter führte.

Hansen parkte den Wagen direkt neben dem Wall, um keinem im Weg zu stehen, der die Zufahrt zum Gelände nutzen wollte. Auf der anderen Seite gab es ebenfalls eine kleine Straße, die vom Areal führte und gut achtzig Meter entfernt von ihnen wieder in die Bundesstraße mündete.

Vor ihnen lag eine weite, asphaltierte Fläche, auf der einige landwirtschaftliche Maschinen und Anhänger abgestellt waren. Linker Hand reihten sich eine Scheune, ein beschädigtes Stallgebäude und die verkohlten Überreste eines dritten Gebäudes aneinander. Die beiden Seiten des Geländes, die nicht vom Wall umgeben waren, wurden von einem nicht allzu hohen Zaun markiert. Die beiden Zufahrten konnten durch Metalltore verschlossen werden, die heute jedoch weit offen standen. Weiter hinten befanden sich mehrere eingehegte Weiden mit einigen Pferden, die Gras fraßen oder aufmerksam zu den Menschen herüberschauten.

»Hallo, Willy.«

Die Stimme riss Hansen aus seinen Beobachtungen. Ein etwas untersetzter Mann Mitte fünfzig, relativ schlank, aber mit einem Bäuchlein, stand vor Haffmeyer und schüttelte ihm die Hand. Dann wandte er sich Hansen zu.

»Ich bin Sebastian Fettler«, stellte er sich vor und legte eine kurze Pause ein.

Wie erwartet spielte ein Lächeln um Hansens Mund.

»Nett, gell? Aber ich fahre viel langsamer als mein Beinahe-Namensvetter. Und dass die Kollegen sich seit ein paar Jahren den Spaß machen, meistens mich rauszuschicken, wenn wir irgendwo eine Radarkontrolle einrichten … geschenkt!«

»Sebastian ist Polizeihauptmeister in der Inspektion Krumbach«, erklärte Haffmeyer. »Er hat mich am Telefon über die Vorgeschichte der Scheuer informiert. Er kennt jeden Winkel hier in der Gegend und die Leute sowieso.«

»Jetzt hör schon auf, Willy, ich werd ja noch ganz rot. Inzwischen wissen wir auch schon wieder etwas mehr – und manches scheint gut zu dem zu passen, was die Kollegen von der KT vorgefunden haben.«

Ein weißer Kleinwagen kam recht flott aufs Gelände gefahren und bremste wenige Meter vor den Brandresten sportlich ab. Ein Endvierziger in Jeans und Turnschuhen sprang heraus, klappte den Fahrersitz nach vorn und nahm sich einen weißen Ganzkörperanzug von der Rückbank. Er wollte gerade mit dem ersten Bein in das unförmige Kleidungsstück klettern, als er Hansen und Haffmeyer mit dem uniformierten Kollegen zusammenstehen sah. Also warf er sich den weißen Überzug über die Schulter und ging zu den drei Männern.

»Hallo, Herr Hansen und Herr Haffmeyer«, rief er schon auf halber Strecke und nickte den beiden zu. Dann hielt er Fettler die Hand hin. »Ulf Kayserling, Leiter der KT Kempten, wir kennen uns, glaube ich, noch nicht.«

Fettler stellte sich vor.

»Könnten Sie für mich bitte die wichtigsten Punkte noch einmal ganz kurz zusammenfassen?«, bat Kayserling ihn. »Ich muss mir diese Sauerei gleich noch genauer ansehen – und ich habe noch was vor.«

Über Fettlers Gesicht huschte ein genervter Ausdruck, dann legte er los. »Eigentümer: Valentin Kurzinger. Wohnt drüben im Ort. Hier: nur der Pferdestall und ein Geräteschuppen, bis heute Nacht außerdem noch eine Scheuer. Dreimal Feuer seit 2011, angeblich durch zündelnde Obdachlose.«

Kayserling hatte kurz verblüfft zugehört, dann brach er in schallendes Gelächter aus. »Nicht schlecht, Herr Fettler! Aber ganz so kurz und knapp brauch ich's dann doch nicht. Also bitte weiter, und lassen Sie sich Zeit.«

Fettler grinste kurz, dann fuhr er fort, als wäre nichts gewesen. »Kurzinger ist nicht der Netteste hier im Ort, nicht der Hellste und ganz sicher nicht der Geschickteste, wenn es darum geht, eine Landwirtschaft auskömmlich zu betreiben. Und mindestens zwei der bisherigen Brände wirken – im Hinblick darauf, dass er öfter mal etwas klamm ist – durchaus verdächtig. Im August 2011 ist die Feuerwehr zum ersten Mal hierher ausgerückt. Erst gut ein Jahr zuvor war das Gelände angelegt worden, und die Feuerwehr sah zwei Männer mit Rucksäcken wegrennen, als sie hier eintraf. Das Feuer richtete keinen großen Schaden an, und hinterher wurden ein paar Kornflaschen, ein Kanten Brot, ein Stück Rauchfleisch und Hinweise darauf gefunden, dass ein kleines Lagerfeuer auf dem Scheunenboden angezündet worden war – vermutlich hatten da wirklich zwei Obdachlose Unterschlupf gesucht und es sich etwas zu gemütlich gemacht.«

»Und die anderen beiden Male?«

»Kommt gleich. Jedenfalls hat Kurzinger nach diesem Vorfall seine Gebäude hier draußen ziemlich hoch versichert. Und zwei Jahre später war es dann wieder so weit: Im Juni und im Juli 2013 musste die Feuerwehr gleich zweimal ausrücken, beide Male entstand nur geringer Schaden.«

»Wieder Penner?«

Fettler hob die Augenbrauen. »Obdachlose«, korrigierte er den Kollegen. »Das weiß man nicht mit Sicherheit. Die Feuerwehrleute haben diesmal niemanden gesehen, und die Flaschen, die in einigen Ecken des Schuppens gefunden wurden, hätten dort auch schon länger liegen können. Das eine Mal waren wohl einige brennende Kippen die Brandursache, das andere Mal erneut ein Lagerfeuer, aber ob das die großen Unbekannten waren oder jemand anderes?«

Er zuckte mit den Schultern, aber es war ihm anzusehen, dass er dabei eher an den so gut versicherten Valentin Kurzinger dachte.

»Gab es damals Zeugen, oder wurde Kurzinger kurz vor Ausbruch der Brände hier gesehen?«, schaltete sich Hansen ein.

»Nein, aber das muss nicht viel heißen. Kurzinger lebt allein. Sein Wohnhaus steht am Ortsrand, da ist es für ihn eine Kleinigkeit, ungesehen von seinem Haus zum Stall zu kommen und umgekehrt. Außerdem konnte so natürlich auch niemand bezeugen, wann er daheim war und wann unterwegs.«

»Die Ermittlungen verliefen also im Sand, richtig?«

»Kann man so sagen. Die Feuerwehr war ja immer rechtzeitig eingetroffen, um größeren Schaden zu vermeiden. Da wurden schon Spuren gesichert, aber es war nichts Größeres passiert – selbst zu einem lukrativen Versicherungsbetrug, wenn es denn einer gewesen sein sollte, war es nicht gekommen. Irgendwann wurden die Ermittlungen eingestellt.«

»Und was wird im Dorf darüber geredet?«

»Natürlich, dass es der Kurzinger war. Den mag hier keiner wirklich, viele würden ihn lieber heute als morgen im Knast sehen oder sonst wo, nur halt nicht mehr in Ziemetshausen. Wenn er im Gasthaus einen im Tee hat, kommt es schon mal zu einer Rauferei. Wenn ihm die Nachbarskinder einen Ball in den Garten schießen, gibt er ihn zurück – nachdem er ihn mit der Mistgabel aus dem Gemüsebeet gepikt hat. Und wenn einer seinen Wagen zu nah an seine Einfahrt stellt, nimmt er die Kurve mit dem Traktor auch schon mal eng genug, dass hinterher der Lack zerkratzt ist. Die meisten gehen Kurzinger lieber aus dem Weg, und ihn anzuzeigen traut sich auch keiner.«

Hansen und Kayserling sahen sich vielsagend an.

»Wünschen Sie sich einen solchen Nachbarn lieber nicht«, gab Fettler zu bedenken. »Einem, der sich gegen den Bau dieser Gebäude hier draußen wehren wollte, hat er eines Nachts die erschlagene Katze vor die Tür gelegt. Dann war der auch still.«

»Und diese Pferde da drüben: Sind das seine?«

»Zwei oder drei der Tiere gehören ihm selbst, die anderen stellt er gegen Bezahlung unter. Er ist ja immer wieder mal klamm, da kann er jede mögliche Einnahme gut brauchen.«

»Auch die von der Versicherung«, sagte Hansen halb zu sich selbst.

»Immerhin: Dass er in seinen Gebäuden häufiger Obdachlose erwischt hat, ist aktenkundig. Nach dem ersten Feueralarm sind zwei Männer mit Rucksäcken weggerannt, das habe ich ja schon erzählt. Und Kurzinger hat sich immer wieder bei uns beschwert, dass ständig Fremde in seiner Scheuer übernachten würden. Schon vor dem ersten Brand. Ab der dritten Beschwerde brachte er immer Fotos mit: Männer und Frauen unterschiedlichen Alters, alle ziemlich mitgenommen, wie sie im Heu liegen oder sich dort drüben ein Feuerchen machten.«

Er deutete auf die Ecke, in der die beiden Flügel des Erdwalls aufeinandertrafen.

»Aber was sollten wir da groß unternehmen? Und etwas später hat Kurzinger den ganzen Kram hier höher versichert.«

Hansen musterte den Zaun. »Weiß man, warum er keinen höheren Zaun um das Gelände gezogen hat?«, fragte er schließlich.

»Hätte ja nichts gebracht: Über den Erdwall kommt man hier immer noch gut rein.«

»Dort hätte er ja auch einen Zaun errichten können.«

»Wurde ihm nicht genehmigt, und diesmal hat er sich sogar dran gehalten. Ich glaube übrigens, dass nicht einmal der Erdwall eine Genehmigung hat. Kurzinger ist bekannt dafür, vollendete Tatsachen zu schaffen. Manchmal kommt er damit durch, und den anderen geht vor Wut das Messer in der Tasche auf.«

»Scheint ja wirklich ein ganz besonders netter Kerl zu sein«, knurrte Hansen.

»Danke, Herr Fettler, ich schau mir das Elend dann mal an.

Meine Kollegen sind wahrscheinlich eh schon bald fertig mit ihrer Arbeit. Danke für die Infos.«

Kayserling verabschiedete sich, schlüpfte in seinen Ganzkörperanzug und ging gemächlich zu der Brandruine hinüber.

Um halb eins hatte sich in Krumbach die Soko Scheunenbrand fast vollständig versammelt. Einige Kollegen waren noch unterwegs, um mögliche Zeugen zu befragen, und die Leiche war inzwischen ins Memminger Klinikum gebracht worden, wo sie obduziert werden sollte. Hansen hatte die Überreste des Toten auf Kurzingers Gelände nicht zu Gesicht bekommen, aber er konnte sich den Zustand des Leichnams gut vorstellen. Verbrannte menschliche Körper waren ein ähnlich schlimmer Anblick wie Wasserleichen. Die große Hitze des Feuers erzeugte eine hohe Körperspannung, und die verkohlten Reste nahmen eine »Fechterstellung« ein, wie manche es nannten: Die unteren Gliedmaßen wurden in den Knien zu O-Beinen gebeugt, die Arme lagen an der Hüfte an und waren ebenfalls leicht angeknickt. Und lag ein Körper lange genug im Feuer, wurde auch eine Identifizierung der Leiche unmöglich oder zumindest sehr schwer.

Hansen hatte eine Nachricht von Resi auf sein Handy bekommen: Sie war vom Memminger Gerichtsmediziner Dr. Kurrleitner als Verstärkung angefordert worden und saß bereits im Auto. Seit dem Dreifachmord im Bauernhofmuseum Illerbeuren, dessen Opfer Resi und Kurrleitner gemeinsam seziert hatten, hielt der Gerichtsmediziner einen losen Kontakt zu seiner jungen Kollegin – und obwohl sie eigentlich in der Rechtsmedizin der Münchner Ludwig-Maximilians-Universität arbeitete, erklärte sie sich ab und zu bereit, auch an Fällen in Hansens Zuständigkeitsbereich mitzuarbeiten. Ohnehin war eine verbrannte Leiche aus beruflicher Sicht eine interessante Sache für Resi – auch wenn Hansen auf einen solchen Anblick auch nach all den Jahren als Kripobeamter gut verzichten konnte.

An die Wand des Besprechungsraums war ein Luftbild projiziert, das Kurzingers Areal an der B 300 zeigte, noch in unversehrtem Zustand. Etwa dreihundert Meter nordwestlich seiner drei Gebäude begann ein Gewerbegebiet, erst dahinter folgte der Ort Ziemetshausen selbst. Man konnte sich gut vorstellen, dass Kurzinger hier schalten und walten konnte, wie er wollte, ohne dass es jemanden störte – und dass vor allem die Scheune mit ihren Heuballen aus demselben Grund ein guter Ort für alle war, die einen geschützten Platz für die Nacht suchten.

Am anderen Ende des Ortes Ziemetshausen war das Wohnhaus von Valentin Kurzinger markiert. Fotos zufolge, die ans Whiteboard gepinnt waren, handelte es sich um ein altes, nicht besonders gut in Schuss gehaltenes Bauernhaus mit einigen Nebengebäuden. Es war so am Dorfrand gelegen, dass es zwar einen großen Umweg bedeutete, den Pferdestall über diverse Feldwege im weiten Bogen um den Ort herum zu erreichen, aber es war nicht unmöglich und im Grunde genommen nicht einmal besonders schwer.

Staatsanwältin Doris Brunckhorst, eine etwas mollige Frau von gut vierzig Jahren, mit schwarzem Pagenschnitt, randloser Brille und mäßiger Laune, hatte die Soko-Besprechung auf eine Art eröffnet, dass jedem klar war, dass sie nicht viel

Spaß an diesem Feiertagseinsatz hatte – und nun wenigstens schnell zu Ergebnissen kommen wollte.

Gerade hatte der Kommandant der Freiwilligen Feuerwehr Ziemetshausen seinen Bericht beendet. Seine Wehr war als Erste vor Ort gewesen, seine präzise Schilderung der vorgefundenen Verhältnisse versprach nützliche Hinweise auf mögliche Brandursachen. Er versicherte, nichts habe darauf hingewiesen, dass sich in dem lichterloh brennenden Schuppen jemand befunden hatte. Es seien keine Schreie zu hören gewesen, und es habe kein Fahrzeug in unmittelbarer Nähe des Geländes gestanden. Als einige Feuerwehrleute gerade herausfinden wollten, ob sich womöglich noch Pferde im benachbarten Stall befanden, gaben mehrere tragende Balken nach, und das Dach der Scheune fiel funkenstiebend in sich zusammen. Erst nach einigen Minuten konnten sie sich wieder zum Stall vorwagen und fanden ihn leer vor.

Das Einbrechen des Scheunendachs brachte auch einen mit Hohlblocksteinen gemauerten kleinen Raum zum Einsturz, in dem ein Schaltkasten für die Stromversorgung und die Anschlüsse der Fotovoltaikanlagen auf den drei Dächern untergebracht war. Der Kommandant ließ ein vergrößertes Foto herumgehen, das den Schuppen in unversehrtem Zustand zeigte, entstanden nach dem zweiten Einsatz 2013. In der Holzfassade war für die Front des gemauerten Raums eine Lücke gelassen worden, und durch eine grau lackierte Stahltür hatte man Zugang zu der kleinen Technikkammer.

Die Mauern dieses kleinen Raums waren sehr schlampig errichtet worden, offenbar hatte der Erbauer kaum Mörtel verwendet, sondern die recht großen Steine fast trocken aufeinandergestapelt. Dadurch war die Mauer nicht einfach umgestürzt, sondern regelrecht in ihre Bestandteile zerfallen – und über einen daneben abgestellten kleinen Anhänger und einige Heuballen kullerten zwei der Steine bis zu dem Leichnam und begruben den linken Fuß und einen Teil des Unterschenkels unter sich. Dem Fuß war das nicht gut bekommen, aber auf diese Weise war der Körper zumindest an einigen kleinen Stellen nicht ganz verbrannt, und die Polizei durfte auf DNA-Vergleichsproben hoffen, mit denen die Leiche vielleicht identifiziert werden konnte.

Die Staatsanwältin machte sich eifrig Notizen, und der neben ihr sitzende Kriminalrat Fritz Marle, Leiter der Kripoinspektion Memmingen und der Soko, dankte dem Feuerwehrkommandanten und erteilte nun Kriminaltechniker Ulf Kayserling das Wort. Kayserling erhob sich und ließ den Beamer ein neues Bild an die Wand projizieren. Darauf war ein fürchterliches Durcheinander aus verkohlten Balken, Steinbröseln, Löschschaum und einigem anderen zu sehen – und es dauerte einen Moment, bis Hansen erkannte, dass das nicht alles war, was das Foto zeigte.

»Bevor ich mich hier mit falschen Federn schmücke, will ich gleich mal klarstellen: Viel mehr, als die bisherigen Ergebnisse der Spurensicherung zusammenzufassen, bleibt mir diesmal nicht. Die Hauptarbeit haben meine Kollegen von der KT Memmingen gemacht – und das übrigens wie immer sehr gut.«

Zwei Männer winkten lässig ab und grinsten ihn an.

»Doch, doch, hört euch das ruhig an. Also: Wir sehen hier

ein paar Glassplitter unterschiedlicher Herkunft, und vor der Scheune lagen einige Tabakbrösel und zwei abgebrochene, nur teilweise abgebrannte Streichhölzer. Der Mann könnte in der Scheune geraucht und getrunken haben, er könnte eingeschlafen sein und mit einer brennenden Zigarre das Heu um sich herum in Brand gesetzt haben. Wir haben neben dem nicht ganz verbrannten Bein des Toten auch Reste von Grillanzünder gefunden – er könnte damit ein Lagerfeuer angezündet haben, wie es wohl schon mehrmals in dieser Scheune vorgekommen ist. Da dürfte er schon einen intus gehabt haben, ich meine: Auf eine solche Idee kommt man doch nicht in nüchternem Zustand!«

Er schnaubte und schüttelte den Kopf, dann rief er das nächste Foto auf. Auf einer asphaltierten Fläche lag ein abgebrochenes Stück einer Zigarre. Es war noch die papierene Banderole zu sehen – das Zigarrenstück musste recht weit von der brennenden Scheune entfernt gelegen haben, und die Marke, die auf dem Papier zu lesen war, hatte Hansen nicht in guter Erinnerung.

»Wie wir hier sehen können, handelt es sich um sehr billige Zigarren. Und so, wie das Deckblatt hier aussieht, wurde sie nicht besonders sorgfältig gelagert. Das Ding muss feucht geworden sein, ein Genussraucher würde eine solche Zigarre wohl eher wegwerfen. Wenn er sich überhaupt auf ein solches Kraut eingelassen hätte.«

Die Staatsanwältin hatte ihre Notizen unterbrochen. Sie sah Kayserling mit gerunzelter Stirn an. Ihre Ungeduld war ihr ins Gesicht geschrieben.

»Gut«, fuhr der Kriminaltechniker fort. »Wir hätten bis

hierher also ein stimmiges Bild: Vor der Scheune und darin deutet einiges darauf hin, dass sich auf Kurzingers Gelände jemand aufgehalten hat, der für Zigarren und Alkohol nicht viel Geld ausgibt, der zum Saufen nicht ins Gasthaus geht, sondern sich ein ruhiges Plätzchen außerhalb eines Dorfes sucht. Die tote Person in der Scheuer könnte also durchaus ein Penner …«

Er unterbrach sich und warf Fettler, der ebenfalls mit im Raum saß, einen schnellen Blick zu.

»Entschuldigung«, setzte Kayserling neu an. »Es könnte also durchaus ein Obdachloser sein, der im Suff eingeschlafen ist und dabei unbeabsichtigt seinen Schlafplatz in Brand gesetzt hat.«

»Sie sehen nicht so aus, als seien Sie von dieser Theorie überzeugt«, merkte Doris Brunckhorst an.

Kayserling nickte und deutete auf Fettler.

»Polizeihauptmeister Fettler und seine Krumbacher Kollegen haben sich diesbezüglich schon umgehört. Es wurde in jüngster Zeit von keinem Bettler in den Ortschaften berichtet, auch keiner der befragten Landwirte hat in einem Radius von vier, fünf Kilometern um Ziemetshausen herum jemanden beobachtet, der zu Fuß unterwegs war und nicht aus der Gegend stammte. Es ist natürlich möglich, dass sich die fragliche Person erfolgreich versteckt hat – aber zumindest haben wir keinen Zeugen dafür, dass sich wirklich jemand in der Gegend aufgehalten hat, der zu der Obdachlosen-Theorie passt.«

Die Staatsanwältin dankte Kayserling und wandte sich an Marle. »Haben wir Anhaltspunkte dafür, dass Valentin Kurzinger – gut versichert und häufig knapp bei Kasse – der Brandstifter gewesen sein könnte?«

»Nein, außer seinem offensichtlichen Motiv nichts. Und dann bleibt immer noch die Frage, wen wir da tot am Brandort gefunden haben.«

Doris Brunckhorst nickte. Fritz Marle sah auf die Uhr.

»Aber vielleicht wissen wir da in einer knappen halben Stunde mehr.«

Die Staatsanwältin sah ihn fragend an.

»Die österreichischen Kollegen haben sich vorhin von unterwegs gemeldet«, erklärte Marle. »Sie werden mit ihrem Fahrgast gegen halb zwei in Ziemetshausen eintreffen. Ich lasse sie direkt zum Fundort der Leiche dirigieren – von dem Brandopfer weiß Kurzinger noch nichts, zumindest nicht von den Beamten. Ich werde mit einigen Kollegen rausfahren und dem Burschen vor Ort auf den Zahn fühlen. Mal sehen, wie er reagiert – vor allem, wenn er mit der Nachricht von der Leiche konfrontiert wird.«

Und so standen Marle, Hansen, Haffmeyer, Staatsanwältin Brunckhorst und einige andere schon bereit, als der Wagen mit den österreichischen Kollegen und Valentin Kurzinger auf dessen Gelände eintraf.

Die Wartezeit vertrieb sich Hansen damit, dass er die Staatsanwältin fragte, ob sie wie er aus Niedersachsen stamme – einer seiner Schulfreunde in Klein Heidorn hieß ebenfalls Brunckhorst, und tatsächlich hatte sie Verwandtschaft im Raum Wunstorf, vermutlich war Hansens alter Freund sogar ein entfernter Cousin.

»Aber ich bin in Memmingen geboren und dort zur Schule gegangen, in München habe ich studiert – und danach bin ich wieder zurückgekehrt.«

Dann gab sie ihm eine Kostprobe ihrer Dialektkenntnisse, und Hansen, der nur die Hälfte verstand, nickte beeindruckt. Da kurvte auch schon der Dienstwagen der Österreicher um den Erdwall und rollte direkt vor ihnen auf dem asphaltierten Gelände aus.

Eine sportliche Frau Ende dreißig und ein eher vollschlanker Kollege, der zehn Jahre älter sein mochte und einige Zentimeter kleiner war als sie, stiegen aus und stellten sich als Sara Konner und Xaver Mayr vor, Beamten vom Bezirkspolizeikommando Liezen.

Mayr ließ ein mickriges Männchen aus dem Fond des Dienstwagens. Valentin Kurzinger maß kaum mehr als einen Meter sechzig, er hatte eine schlanke, fast hagere Figur, allerdings muskulöse Arme und Hände, mit denen er vermutlich fest zupacken konnte. Sein kurzes, rotblondes Haar lief an einigen Stellen in Löckchen aus, und auf seinem Gesicht zeichneten sich einige rote Flecken ab. Offenbar war er ziemlich erregt, und er dürfte nicht besonders gut darin sein, Empfindungen zu überspielen. Wütend stierte er auf die Brandruine, dann suchte er mit den Augen die Weide ab.

»Wo sind die Pferde?«

Seine Stimme war schneidend, sein Ton anmaßend, der Mann schien vor Zorn zu kochen.

»Mein Name ist Doris Brunckhorst«, sagte die Staatsanwältin und streckte ihm die Hand hin. »Staatsanwaltschaft Memmingen. Ich leite das Verfahren.«

Er sah sie stirnrunzelnd an und stand wie ein Gartenzwerg vor der molligen, eins achtzig großen Frau, beachtete ihre ausgestreckte Hand aber nicht weiter.

»Was soll dieser ganze Zinnober hier eigentlich? Was stehen Sie hier alle auf meinem Grund herum, und warum muss ich für diesen Scheiß meinen Urlaub abbrechen? Da hab ich einmal die Zeit, für eine Woche nach Österreich zu fahren, und dann … Diese blöden …«

Kurzinger nickte den österreichischen Beamten zu, fing Hansens warnenden Blick auf und unterbrach sich.

»Also: Was läuft hier?«, schnappte er nach einer kurzen Pause.

»Sagen Sie's uns«, versetzte Hansen ruhig.

»Ach, muss ich das jetzt auch noch selber machen? Der dort …« Er zeigte auf Sebastian Fettler, der sich im Hintergrund hielt und alles aufmerksam beobachtete. »Der hat Ihnen doch hoffentlich die ganze Vorgeschichte erzählt, oder? Und wenn der und seine Kollegen irgendwann einmal den Arsch aus dem Sessel bekommen hätten, nachdem ich ein ums andere Mal auf dem Revier war und denen sogar Fotos gezeigt hatte …«

Er war dunkelrot angelaufen, nun atmete er schwer, schnaubte und winkte genervt ab.

»Hätte der seine Arbeit gemacht, würden wir jetzt nicht hier vor den Ruinen meiner Existenz stehen! Dann hätte keiner dieser Gammler mir den Schuppen angezündet! Können Sie mir vielleicht erklären, wie ich das bezahlen soll? Wissen Sie: Ich bin kein Beamter, dem's der Staat vorne und hinten reinsteckt!«

»Vielleicht wäre es besser, wenn Sie sich etwas beruhigen würden«, sagte Hansen. »Ich halte es für keine gute Idee, uns hier zu beschimpfen. Sie haben schon genug Probleme, da sollten Sie mit uns lieber zusammenarbeiten, damit wir dieses ganze … Schlamassel auflösen können.«

»Ja, Scheiße«, polterte Kurzinger weiter. »Und wer bezahlt mir das jetzt? Ich kann doch dichtmachen! Und die Pferde sind auch weg, oder?«

»Die Pferde haben wir auf einen Hof ganz in der Nähe gebracht. Dort kümmert sich gerade der Tierarzt um sie. Denen geht es gut, soweit wir wissen. Und den Stall und die Scheune bauen Sie mit dem Geld wieder auf, das Sie von der Versicherung bekommen. Ziemlich viel Geld, soweit ich weiß – der Gebäudewert, auf den das Anwesen hier taxiert wurde, ist recht hoch für ein paar so kleine Bauten.«

Kurzinger wirkte verblüfft. Konnte der Mann wirklich so aufgeregt sein, dass er bisher nicht an seine Gebäudeversicherung gedacht hatte – oder so dumm, dass er annahm, die Polizei würde die Höhe der Versicherungssumme nicht in Erfahrung bringen?

»Falls die Versicherung das Geld auszahlt«, fügte Hansen noch hinzu.

Jetzt riss Kurzinger die Augen auf, seine Gesichtsfarbe, die sich für einen Moment etwas aufgehellt hatte, wechselte wieder in tiefes Rot. An seinen Schläfen pochte eine Ader. Der Bauer schien wirklich eine so kurze Zündschnur zu haben, wie Fettler erzählt hatte.

»Das ist ja die Höhe!«, rief er. »Was wollen Sie damit sagen?«

»Die Versicherung wird sich mit großem Interesse das Ergebnis unserer Ermittlungen ansehen. Davon sollten Sie ausgehen.«

»Sollen sie doch! Sollen sie! Hier haben ständig Penner, Schnorrer und Gammler kampiert. Fragen Sie ihn!« Wieder deutete er auf Fettler. »Fragen Sie!«

Seine Stimme wurde allmählich etwas rauer. Vor Anstrengung schwoll ihm schon der Hals, und die Augen traten ein wenig aus den Höhlen. Hansen ahnte, dass man diesen Zornigel nur noch ein bisschen provozieren musste, bis er sich verplapperte – falls es etwas gab, was er ausplaudern konnte.

Auch Doris Brunckhorst deutete Kurzingers Verhalten richtig und übernahm es, ihn vollends zur Weißglut zu treiben.

»Die Versicherung wird genau prüfen, von wem der Brand verursacht wurde«, sagte sie.

Kurzinger fuhr herum und stierte finster zu ihr hinauf.

»Doris Brunckhorst, Staatsanwaltschaft Memmingen. Sie erinnern sich?«

Er ballte seine Fäuste, doch die Staatsanwältin stand seelenruhig vor ihm und bedachte ihn mit einem mitleidigen Lächeln.

»Wann sind Sie denn gestern Abend losgefahren?«

»Das geht Sie einen Scheißdreck an! Mir hat ein Penner die Scheuer abgefackelt, ich muss meinen Urlaub abbrechen – und Sie stellen mir dämliche Fragen!«

»Jetzt passen Sie mal auf, Herr Kurzinger …«

Ihre Stimme war so leise wie zuvor, aber sie sprach jetzt mit einem Unterton, der selbst diesem Giftzwerg eine Warnung hätte sein sollen, doch der wetterte einfach weiter. Doris

Brunckhorst hörte sich das ein, zwei Minuten lang an, dann holte sie tief Luft.

»Jetzt halten Sie endlich den Mund!«, donnerte sie ihn in einer Lautstärke an, die noch den etwas entfernt stehenden Fettler zusammenzucken ließ.

Kurzinger verstummte mitten im Wort, klappte den Mund zu und wieder auf.

Die Staatsanwältin räusperte sich. »Herr Kurzinger, ich will Ihnen jetzt mal Ihre Lage schildern.«

Sie redete so leise, als wäre nichts geschehen. Kurzinger stand vor ihr, sah sie an und gab keinen Pieps mehr von sich.

»Ihre Scheuer ist in der vergangenen Nacht abgebrannt, und keiner Ihrer Nachbarn konnte uns sagen, wann Sie nach Österreich aufgebrochen sind. Dazu kommt, dass es hier auf dem Gelände nicht zum ersten Mal brennt, dass diese Gebäude auffällig hoch versichert sind und dass Sie regelmäßig knapp bei Kasse sind.«

Für einen Moment flackerte in seinem Blick wieder Wut auf, und er holte zu einer Antwort aus, doch Doris Brunckhorst stoppte ihn mit einer Geste. »Sie werden sich gleich dazu äußern können. Aber zuerst beantworten Sie bitte meine Fragen.«

Kurzinger zuckte mit den Schultern.

»Oder wollen Sie einen Anwalt bei unserem Gespräch dabeihaben?«

»Wieso denn?«, brauste er kurz auf, beherrschte sich aber sofort wieder, als die Staatsanwältin die Augenbrauen hob. »Ich hab den Schaden, niemand sonst. Also fragen Sie, da brauch ich keinen Rechtsverdreher.«

»Ich habe ja schon gefragt: Wann genau sind Sie gestern Abend losgefahren?«

»Drei, halb vier.«

»Und warum hat das keiner Ihrer Nachbarn mitbekommen?«

»Das müssen Sie die schon selber fragen. Vielleicht kümmern die sich endlich um ihren eigenen Dreck, statt mir ständig blöd zu kommen. Ich parke ohnehin am liebsten hinter dem Haus. Da hab ich meine Ruhe, und wenn ich losfahre, quatscht mich keiner dumm an.«

»In diesem Fall wäre das aber besser gewesen.«

»Pfff …«

»Und welchen Weg haben Sie dann genau genommen?«

»Wie – welchen Weg?«

»Ihr Wagen steht also hinter dem Haus. Und irgendwann zwischen fünfzehn und fünfzehn Uhr dreißig fahren Sie los: auf welchem Weg?«

Er schüttelte den Kopf, als begreife er die Frage noch immer nicht, dann schilderte er die Strecke.

»Von meinem Haus führt ein Feldweg lang, hinter dem Sportplatz komme ich auf ein Sträßchen, und das nehme ich bis Uttenhofen, dort geht's auf der Landstraße bis nach Dinkelscherben, dann bei Adelsried auf die Autobahn und über …«

»Danke, das reicht fürs Erste. Und zu Ihrem Pferdestall sind Sie nicht mehr gefahren?«

»Da war ich schon um die Mittagszeit mit allem fertig. Am Abend wollte dann noch Willy nach allem sehen. Das ist ein Rentner hier aus dem Ort, der mir manchmal zur Hand geht und mich im Urlaub vertritt. Den müssen Sie fragen, nicht mich.«

»Haben wir schon. Er war gegen sechs Uhr am Abend hier, ihm ist nichts Ungewöhnliches aufgefallen.«

»Na also! Und ich war da längst in Österreich.«

»Den Vermieter in Gröbming hatten Sie aber gegen fünf, halb sechs angerufen und ihm gesagt, dass Sie sich verspäten würden.«

»Ja und? Ich bin unterwegs noch eingekehrt. Das mach ich ganz gern. Und nach Gröbming fahre ich jetzt schon so viele Jahre, da hat der Vermieter längst kein Problem mehr damit, mir den Schlüssel unter die Fußmatte zu legen. So hat er das auch diesmal gemacht.«

»Und wann genau sind Sie in Gröbming eingetroffen?«

»Das müsste so gegen elf gewesen sein, vielleicht auch eine halbe Stunde später. So genau weiß ich das nicht mehr.«

Doris Brunckhorst hob wieder die Augenbrauen.

»Ich hatte noch ein paar Bierchen intus, da hab ich nicht mehr auf die Uhrzeit geachtet.«

»Vielleicht sollten Sie daran denken, wem Sie das alles erzählen.«

»Oh, Scheiße … Äh … aber ich …«

»Haben Sie einen Unfall gebaut auf dem restlichen Weg bis Gröbming?«

»Nein, natürlich nicht! Ich fahr ja auch hier in der Gegend manchmal noch nach Hause, wenn ich …« Er verstummte und räusperte sich.

Die Staatsanwältin seufzte. »Schauen Sie, Herr Kurzinger, Sie sind hier nach eigenen Angaben zwischen drei und halb vier am Nachmittag losgefahren, wobei Sie niemand beobachtet hat. Sie sind – wieder nach eigenen Angaben – in Gröbming zwischen elf und halb zwölf angekommen, vielleicht ja auch noch später, und auch das hat niemand gesehen. Von Ziemetshausen bis Gröbming braucht man …«

Sie sah fragend zu den österreichischen Beamten hinüber.

»Wir haben etwas weniger als vier Stunden gebraucht«, sagte Sara Konner. »Zwischen Salzburg und München war ziemlich viel los.«

»Danke. Gut, dann haben wir eine Lücke von etwa zwei Stunden. Oder anders ausgedrückt: Sie könnten auch hier auf dem Gelände gewesen sein, nachdem Willy wieder nach Hause gegangen ist. Selbst wenn wir Ihnen glauben, dass Sie spätestens um elf Ihre Unterkunft in Gröbming bezogen haben: Am Abend könnte man den Weg sicher auch in dreieinhalb Stunden schaffen.«

Sara Konner nickte.

»Ist mir egal«, knurrte Kurzinger. »Ich bin um drei, halb vier los. Ich bin unterwegs eingekehrt. Und ich bin gegen elf in Gröbming eingetroffen. Ich war seit gestern Mittag nicht mehr hier auf dem Gelände – bis jetzt halt. So war es und fertig.«

»Und wo genau sind Sie eingekehrt?«

Kurzinger zögerte einen Moment, dann schüttelte er langsam den Kopf. »Das habe ich vergessen.«

»Das haben Sie vergessen? Sie waren gestern Abend in einem Gasthaus, und schon heute wissen Sie nicht mehr, wo das war?«

Doris Brunckhorst schnaubte.

»So viel Bier können Sie gar nicht getrunken haben, Herr Kurzinger.«

Er zuckte mit den Schultern und schwieg.

»Hatten Sie Ihr Handy eingeschaltet?«

»Nein.«

»Wie alt ist das Handy denn?«

»Warum?«

»Die neuen haben GPS, die lassen sich bei entsprechenden Einstellungen auch orten, wenn sie ausgeschaltet sind.«

Er zog ein Klapphandy aus der Tasche, das sehr betagt wirkte.

»Okay, also kein GPS. Haben Sie unterwegs getankt?«

»Nein. Ich tanke immer am Tag vor der Fahrt voll. Das reicht locker bis Gröbming.«

»Sind Sie geblitzt worden?«

»Nein, ich bin ein eher langsamer Fahrer. Aber was soll das alles? Ich meine, all diese Fragen, nur weil meine Scheuer gebrannt hat? Ich bin hier das Opfer! Ich zünde doch meine eigenen Gebäude nicht an! Denken Sie doch nur an die Pferde, auch an die, die mir nicht gehören: Ich lebe davon, dass ich die bei mir im Stall stehen habe. Da riskiere ich doch nicht, dass mir die Tiere umkommen!«

»Die Pferde konnten sich alle rechtzeitig aus dem Stall retten. Unsere Techniker haben festgestellt, dass keine der Boxen verschlossen war, und auch das Tor war offen. Gerade so, als hätten Sie nicht riskieren wollen, durch den Brand die Tiere zu verlieren.«

»Jetzt hören Sie aber auf! Wegen eines Scheunenbrands machen Sie hier einen solchen Aufstand, das hab ich ja noch nie gehört!«

»Wir haben in der Scheune eine Leiche gefunden. Männlich, wie wir inzwischen wissen. Mitteleuropäer, mittleres Alter, etwa eins achtzig groß.«

Kurzinger sah sie an. Mit jedem Wort der Beschreibung wurden seine Augen größer.

»Vielleicht verstehen Sie jetzt, warum ich Sie so hartnäckig befrage und warum wir Sie deswegen aus Österreich haben herbringen lassen.«

»Eine … Leiche?«

Er war blass geworden und trommelte mit den Fingerspitzen nervös gegen seine Oberschenkel.

»Dann muss das der Penner gewesen sein. Hat gesoffen, vielleicht geraucht, oder er hat ein Feuer gemacht in der Scheune – das wäre nicht das erste Mal. Und schon hat alles lichterloh gebrannt, und er schlafend und besoffen mittendrin, vielleicht bekifft, keine Ahnung, was die alles nehmen!«

»So könnte es gewesen sein«, stimmte ihm Doris Brunckhorst zu. »Könnte.«

Er schluckte, nagte an seiner Unterlippe und sah gehetzt von der Staatsanwältin zu Hansen und Fettler, aber keiner machte Anstalten, ihm beizustehen.

»Vielleicht können Sie sich jetzt doch wieder erinnern, wo Sie gestern Abend eingekehrt sind?«

Doris Brunckhorst wartete, und nachdem er ein, zwei Minuten lang mit sich gerungen hatte, antwortete er mit leiser Stimme.

»Das war keine zehn Kilometer vor Gröbming. Aich heißt das Nest, und da schau ich jedes Jahr vorbei, wenn ich in Urlaub fahre.«

»Und in welchem Gasthaus waren Sie da?«

»Das … äh … ist eher so eine Bar.«

»Und die heißt?«

Er nannte den Namen, Sara Konner prustete los.

»Sie kennen diese Bar?«, fragte die Staatsanwältin.

»Allerdings. Das ist ein Puff.«

Kurzinger sah betreten zu Boden.

»So? Und da schauen Sie jedes Mal vorbei, wenn Sie in Urlaub fahren?«

»Ja. Ich lebe allein, und im Urlaub … Das ist ja auch nicht verboten, oder?«

»Nein, nein. Und mit wem hatten Sie da … zu tun?«

Er nannte einen Frauennamen, der sehr nach Pseudonym klang. Sara Konner gab der Staatsanwältin ein Zeichen, dass sie das gleich überprüfen werde, und verschwand im Dienstwagen.

»Gut, Herr Kurzinger, dann begleiten Sie doch bitte noch meine Kollegen in die Inspektion nach Krumbach. Wir nehmen Ihre Aussage dort zu Protokoll. Und sobald wir die Bestätigung aus dieser Bar haben, können wir Sie wieder nach Hause bringen. Zurück nach Österreich können Sie leider nicht, bevor wir den Fall nicht abgeschlossen haben.«

»Und mein Wagen?«

»Ist schon unterwegs hierher«, meldete sich Xaver Mayr zu Wort. »Ein Kollege von der Inspektion Gröbming sollte in einer guten halben Stunde mit dem Auto eintreffen. Wir nehmen den Kollegen dann wieder mit nach Hause.«

»Gut«, sagte Doris Brunckhorst. »Wenn Sie das Protokoll unterschrieben haben, Herr Kurzinger, können Sie heimgehen. Aber ich muss Sie bitten, in Ziemetshausen zu bleiben – wir haben sicher noch Fragen.«

Als der Streifenwagen mit Kurzinger an Bord außer Sicht war, sank die Staatsanwältin ein bisschen in sich zusammen.

»Uff«, stöhnte sie und zwinkerte Hansen zu. »Bin ich froh, dass ich dieses Gespräch hinter mir habe. Ich dachte, der geht jeden Moment auf mich los.«

»Ach, Sie haben doch ganz cool gewirkt.«

»Da macht sich dann wohl die wöchentliche Probe mit der Laienspielgruppe bezahlt.«

Sie lachte, doch es klang noch immer etwas angespannt.

»Eigentlich fast schade, wenn er nichts mit dem Brand zu tun haben sollte«, fügte sie dann noch hinzu. »So ein Arschloch!«

Am späteren Nachmittag wollte sich die Soko Scheunenbrand noch einmal treffen. Und weil bis dahin noch etwas Zeit war, legten Haffmeyer und Hansen in einem kleinen Bistro eine Rast ein, um bei Kaffee und Kuchen zu besprechen, was als Nächstes zu tun sei. Mittlerweile war auch der dritte Österreicher mit Valentin Kurzingers Wagen angekommen und nun mit seinen Kollegen zurückgefahren.

Hansen überlegte gerade, ob er sich als Ausgleich für das verpasste Mittagessen ein zweites Kuchenstück bestellen sollte, als sein Handy klingelte. Hanna war dran, und die Nachbestellung hatte sich erledigt.

Er überschlug die Rechnung, legte ausreichend Geld auf den Tisch und gab der Bedienung ein Zeichen, dass sie sofort aufbrechen mussten. Dann stürmte er aus dem Bistro, gefolgt vom verblüfften Haffmeyer, der sich wohl oder übel damit zufriedengeben musste, erst im Wagen zu erfahren, worum es ging. Hansen warf seinem Mitarbeiter den Autoschlüssel zu, während er noch immer telefonierte. Als Haffmeyer sich hinters Steuer gesetzt hatte und seinen Chef fragend ansah, deckte der für einen Moment das Handymikrofon ab und sagte nur: »Soko-Besprechung. Jetzt sofort.«

Haffmeyer kutschierte sie zügig hin, und sobald Hansen das Gespräch beendet hatte, berichtete er die Neuigkeiten.

»Die DNA-Proben, die die Techniker von der Leiche in der abgebrannten Scheune ins Labor geschickt haben, waren ein Treffer. Der Tote ist in der DAD gespeichert.«

Schon 1998 hatte das Bundeskriminalamt die DAD eingerichtet, eine DNA-Analysedatei, um Genproben von Tätern oder Verdächtigen für spätere Abgleiche abzuspeichern. In diese Datei wäre auch die DNA des unbekannten Toten aufgenommen worden – wenn sie nicht schon drin gewesen wäre.

»Es handelt sich um einen gewissen Claus Steinfordt, 1976 in Laatzen geboren, wohnhaft in Hildesheim. Er war mal bei der Polizei, unter anderem von 2000 bis 2003 bei der Kripo Hannover.«

»Ach, dann kanntest du ihn also?«

»Nein, wir haben uns offenbar gerade verpasst: Ich bin 1999 von Hannover nach Oldenburg gewechselt, und als ich 2003 wieder zurückkam, war er schon aus dem Polizeidienst ausgeschieden.«

Eine Zeit lang versank Hansen in brütendes Schweigen, dann murmelte er den Namen des Toten ein paar Mal leise vor sich hin und schüttelte den Kopf.

»Komisch, irgendwas klingelt da bei mir – aber ich habe ihn wirklich nie persönlich kennengelernt. Egal, mir wird's schon noch einfallen.«

Sie hatten inzwischen ihr Ziel erreicht und eilten durchs Treppenhaus zum Besprechungsraum. Staatsanwältin Brunckhorst, Soko-Chef Marle und einige andere waren schon da. Resi Meyer stand neben ihrem Kollegen Dieter Kurrleitner am Whiteboard, das sich mit Lageplänen, Fotos und Notizen füllte. Sie war ganz in das Gespräch vertieft, dass sie Hansen erst bemerkte, als er direkt neben ihr stand.

»Ach, Eike, das ist ja schön!«

Sie gab ihm einen Kuss und zog ihn beiseite, Kurrleitner sah ihnen lächelnd nach und beugte sich über das Laptop, um eine kleine Präsentation fertig vorzubereiten.

»Du wirst es gleich auch in der Besprechung hören, aber solange will ich dich nicht warten lassen«, raunte sie ihm zu, als sie sich ein wenig von den anderen im Raum abgesetzt hatten. »Unser Toter ist nicht durch das Feuer umgekommen. Wir haben einige Hinweise darauf gefunden, dass jemand die Leiche in die Scheuer geschafft und das Gebäude dann angezündet hat. Offenbar starb unser Unbekannter durch einen Messerstich ins Herz – wir haben an einer Rippe eine entsprechende Kerbe entdeckt.«

»Tja, und inzwischen ist der Tote auch kein Unbekannter mehr, sondern ein Exkollege von der Kripo Hannover, ich kenne ihn aber nicht persönlich.«

»Können wir?«, rief Fritz Marle, und die Anwesenden nahmen Platz.

Kurrleitner zeigte Detailaufnahmen der verkohlten Leiche

und führte aus, wie er und seine Kollegin Therese Meyer die wirkliche Todesursache ermittelt hatten. Dann berichtete Fritz Marle von ihren Erkenntnissen zur Identität des Toten.

»Echt? Ein früherer Kollege aus Hannover?«, fragte Kayserling. »Dann kennen Sie ihn doch sicher, Herr Hansen, oder? Sie waren doch dort bei der Kripo.«

Hansen erklärte, warum sie sich nie persönlich begegnet waren. »Eigentlich sagt mir auch der Name Claus Steinfordt nichts, aber irgendwo ganz weit hinten klingelt was. Ich bin nur bisher nicht draufgekommen.«

»Hatte sich dieser verschwundene Tourist nicht unter einem ganz ähnlichen Namen angemeldet?«, meldete sich Sebastian Fettler zu Wort.

Da fiel Hansen wieder ein, was er bisher nicht zu fassen bekommen hatte. »Genau den meine ich! Danke, Kollege. In der Nacht auf den 1. Mai«, erklärte er den anderen, »ist von einem Campingplatz an einem See westlich von hier ein Urlaubsgast etwas überstürzt abgereist. Mitten in der Nacht hat er alles Gepäck mitgenommen und seine Unterkunft geputzt. Am nächsten Morgen hat sich ein Zeuge bei einem Kollegen von Herrn Fettler gemeldet. Durch eine Routineuntersuchung fand man heraus, dass es einen Hans Rockford gar nicht gibt – so hatte sich der Campinggast genannt. Also gab es einen Aufruf in der Zeitung, aber die haben das eher als Glosse gebracht, und es hat sich nichts weiter daraus ergeben.«

»Steinfordt, Rockford«, brummte Marle. »Wenn es wirklich derselbe Mann ist – oder war –, dann hat er sich ja nicht so wahnsinnig viel Mühe gegeben mit seinem … Künstlernamen.«

Er wandte sich an Fettler. »Kümmern Sie sich darum?«

»Geht klar. Ich mach mich gleich dran.«

»Herr Marle«, warf Hansen ein, »wenn es Ihnen recht ist, würde ich auch gern mit meinen früheren Kollegen in Hannover reden. Ich kann Herrn Fettler sicher mit ein paar Kontakten dienen.«

»Gute Idee. Gehen Sie doch am besten gleich mit – Herr Haffmeyer kann Sie ja nachher auf den aktuellen Stand bringen.«

Es war schön, mal wieder einen Kollegen aus der alten Heimat am Telefon zu haben, fand Hansen. Fettler hatte ihm das Gespräch gleich komplett überlassen und sichtete währenddessen die Informationen zum Anruf bei der Polizei, der am vergangenen Wochenende vom Campingplatz am Oberrieder Weiher eingegangen war.

Hansen ließ sich zu Kriminalhauptkommissar Alexander Grote durchstellen. Er hatte mit Hansen die gesamte Ausbildung durchlaufen und war einige Jahre lang mit ihm zusammen Beamter in der unter anderem für Tötungsdelikte zuständigen Kriminalfachinspektion gewesen. Inzwischen war er zur Zentralen Kriminalinspektion gewechselt – einer Abteilung, die sich in Hannover über alle Deliktarten hinweg um organisierte Kriminalität kümmerte.

»Mensch, Eike, das is ja mal eine tolle Überraschung!«

Grote war bester Laune, und im Hintergrund waren Männer und Frauen zu hören, die sich fröhlich unterhielten.

»Wart mal kurz«, unterbrach Grote das Gespräch für einen Moment. Man hörte ihn den anderen im Zimmer etwas zurufen, dann schlug eine Tür, und es war leise. »Da haben gerade ein paar Kollegen vorbeigeschaut, die heute freihaben. Jetzt haben wir frischen Kuchen da und Gersterbrot und Bouillonwurst für später. Aber die quatschen dir das Ohr ab, wenn sie erst mal ein, zwei Bierchen gezischt haben. Mann, Mann! Aber jetzt können wir reden. Wie geht's dir denn bei deinen Bayern?«

»Oh, Bayern nennst du sie lieber nicht. Schwaben meinetwegen, am liebsten Allgäuer.«

»Klingt kompliziert. Kommst du zurecht?«

»Inzwischen schon. Aber ich hab einen dienstlichen Grund, dich anzurufen.«

»Natürlich, Eike braucht Hilfe. Ohne mich kannst du's halt nicht, was?« Er lachte gutmütig. »Nein, im Ernst: Was brauchst du?«

»Sagt dir der Name Claus Steinfordt was?«

»Steinfordt … ja, klar, der war mal 'ne Zeit lang hier bei uns. Kam kurz nach deiner Versetzung nach Oldenburg, und als du wieder da warst, hatte er den Job schon wieder an den Nagel gehängt.«

»Den haben wir tot in einer abgebrannten Scheune gefunden. Und wenn unsere Vermutung stimmt, hat er zuvor unter falschem Namen an einem See hier in der Nähe recherchiert.«

»Unter falschem Namen? Was is denn das für eine Räuberpistole?«

»Wir glauben, dass er es war, der sich unter dem Namen

Hans Rockford auf einem Campingplatz am See angemeldet hat.«

»Rockford? Wie dieser Typ im Fernsehen damals? Das is jetzt nich wahr, oder?«

»Doch. In der Nacht zum Maifeiertag ist er verschwunden, und heute am frühen Morgen ist er wieder aufgetaucht – tot und größtenteils verbrannt. Durch einen glücklichen Zufall blieb genug Gewebe übrig, dass wir Proben ins Labor schicken konnten. Und die haben einen Treffer in der BKA-Datei ergeben.«

»Is ja ein Ding!«

»Was weißt du denn über Steinfordt?«

»Guter Typ, kein schlechter Ermittler, aber ein bisschen verbohrt. Wenn der mal der Meinung war, dass er der richtigen Spur folgte, hat er sich da reinverbissen. Eigentlich is es ja nicht falsch, wenn die Kollegen zäh sind und nicht gleich aufgeben – aber irgendwann is halt auch mal gut. Der Chef mochte ihn nicht besonders. Von Anfang nicht, und irgendwann hat er sich's vollends mit ihm verscherzt. Ich weiß im Moment gar nicht mehr, was das für ein Fall war – jedenfalls gerieten die beiden ganz schön aneinander, und ich glaube, wegen dieses Falls hat er letztendlich auch den Dienst bei der Kripo hingeworfen.«

»Weißt du, wie er in die BKA-Datei kam?«

»Wart mal ... lass überlegen: Wie lang is das her, dass Steinfordt bei uns war? Zehn Jahre, dreizehn – so in etwa. Hm ... ich weiß jetzt gar nich mehr so genau, ab wann wir das routinemäßig gemacht haben mit den DNA-Proben der beteiligten Ermittler. Aber damals wohl eher noch nicht. Ich check mal für dich, warum das BKA seine DNA hatte. Und dann hör ich mich auch gerne um, damit ich dir mehr über Steinfordt sagen kann. Is es denn schon sicher, dass er auch der verschwundene Campinggast war?«

»Noch nicht, aber ich halte es für sehr wahrscheinlich. Heute Abend oder morgen sollten wir es sicher wissen. Ich kann dir das dann auch gleich durchgeben.«

»Alles klar. Sag mal, Eike, wär das nich eine super Gelegenheit, mal wieder in die alte Heimat zu kommen?«

»Ja, schon, aber …«

»JP ist gerade im Urlaub. Vier Wochen Norwegen. Das Häuschen am Fjord kennst du ja.«

Ja, das »Häuschen« am Hardangerfjord kannte er, und er wusste auch, wie sehr sich diese Villa mit Blick auf sattgrüne Wiesen, dunkle Wälder und das tiefblaue Wasser von dem unterschied, was man gewöhnlich mit dem Begriff »Häuschen« verband.

JP war das Kürzel für Hansens ehemaligen Schwiegervater Jens-Peter Hardensen – es war kein Zufall, dass es an den berühmten Fiesling JR aus »Dallas« erinnerte: Auch Hardensen konnte einem das Leben schwer machen, wenn er einen nicht leiden konnte. In Hansens Fall war das doppelt unangenehm: Zum einen würde JP ihm nie verzeihen, dass er seine einzige Tochter Claudia als Ehefrau nicht hinreichend zu schätzen gewusst hatte – und zum anderen saß Hardensen als hoher Beamter im niedersächsischen Innenministerium an einem ziemlich langen Hebel, wenn es darum ging, Hansens Polizistenkarriere etwas einzubremsen: einer der Gründe Hansens, sich auf die freie Stelle in Kempten zu bewerben.

»Claudia ist mitgefahren – zusammen mit einem Unfallchirurgen aus dem Klinikum Nordstadt, ihrem neuen Freund.«

Hansen schwieg, und Grote setzte nach einer Pause neu an.

»Tut's noch weh, Eike?«

»Ja und nein. Wir hatten unsere Gründe für die Scheidung. Außerdem habe ich hier im Allgäu eine tolle Frau kennengelernt: Resi, eine Rechtsmedizinerin. Aber irgendwie …«

»Na, siehst du, Eike, ein Grund mehr, mal wieder zu uns heraufzukommen und mit mir ein paar Lüttje Lagen zu nehmen.«

»Klingt gut. Mal sehen, wann ich es einrichten kann.«

»Oh, wenn du schon so rumeierst, wird es nix werden, fürchte ich. Aber denk wenigstens drüber nach, ja? Und wegen Steinfordt melde ich mich.«

Jörg Burghamer brachte in der Rezeption seines Campingplatzes gerade die Unterlagen auf Vordermann, als Hansen und Haffmeyer eintraten und sich bei ihm nach dem alten Frieder erkundigten. Sie wollten sich von ihm noch einmal vor Ort erzählen und zeigen lassen, was er in der Nacht auf den 1. Mai beobachtet hatte.

»Das da vorne ist er, der gebeugte Alte, der die Gänse füttert. Er erwartet Sie schon. Soll ich mitgehen? Frieder hört nicht besonders gut.«

Zu dritt steuerten sie auf ihn zu. Sobald die Gänse die beiden Fremden herankommen sahen, begannen sie ein fürchterliches Gezeter und rannten bis auf die eine, die sich gerade auf das von Frieder hingeworfene Futter stürzte, wild durcheinander und schlugen mit den Flügeln. Frieder drehte sich zu ihnen um.

»Die Herren sind von der Polizei«, rief Burghamer.

Der Alte nickte bedächtig und musterte sie.

Burghamer beugte sich zu Hansen hin und senkte seine Stimme. »Sie werden ihn vermutlich schlecht verstehen, aber auch wenn es etwas betrunken klingen sollte: Frieder rührt fast nie Alkohol an, er spricht seit seinem Schlaganfall so.«

Hansen streckte die Hand aus, und Frieder ergriff sie. Es war der Händedruck eines Mannes, der früher einmal stark gewesen sein musste.

»Ich bin Kommissar Hansen von der Kripo Kempten, und das ist mein Kollege Haffmeyer.«

»Frieder Fesler«, brachte der Alte hervor.

»Wir wollten uns noch einmal von Ihnen erzählen lassen, was genau Sie in der Nacht zum Maifeiertag hier auf dem Campingplatz gesehen haben.«

Und dann berichtete er. Als er auf seine nächtliche Runde über den Campingplatz zu sprechen kam, die er wegen seines leichten Schlafs praktisch jede Nacht unternahm, warf er Burghamer einen entschuldigenden Blick zu, aber der zuckte nur mit den Schultern. An den Marotten des Alten würde er ohnehin nichts mehr ändern können.

Frieder führte sie zu der Stelle, an der er den Erdwall hinaufgeklettert war. Dort war zwar noch die Schneise im Unkraut zu sehen, aber das Gras und die Brennnesseln waren laut Frieder nicht mehr so stark niedergedrückt wie in der besagten Nacht.

»Mir kam der Gast ch schon die ganze Zeit verdächtig vor«, sagte der Alte. »Er ist weder zum Schwimmen an den See gegangen, noch hat er ein Weißbier drüben im Biergarten getrunken. Stattdessen ist der hier rumgeschlichen, oft drüben auf der Halbinsel, wo früher das Kieswerk stand. Mir hat er mal erzählt, dass er Schriftsteller sei und Material für einen Roman sammle, aber … na ja. Manchmal ist er auch rüber ins Dorf marschiert und hat alle möglichen Leute ausgefragt. Ansonsten war er meistens spätabends oder frühmorgens unterwegs, wenn es außer mir gar niemand mitbekommen hat.«

Frieder zeigte auf die Stelle, wo er den Kombi in der Nacht hatte stehen sehen, und dorthin, wo der Unbekannte wegen der Katze hatte bremsen müssen – woraufhin der Alte einen Teil des Kennzeichens erkannt hatte. Dann humpelte er ihnen zur Trekkinghütte voraus, in der »Rockford« untergebracht gewesen war. Der Innenraum wirkte aufgeräumt, nirgends war Gepäck zu sehen.

»Sie haben die Hütte noch nicht wieder vermietet?«, wandte sich Hansen erstaunt an Burghamer. »Ist denn im Moment so wenig los?«

»Es ist derzeit schon noch ruhiger als in der Hauptsaison. Aber der Gast hatte die Unterkunft noch bis einschließlich morgen gebucht und bezahlt. Vielleicht kommt er ja wieder. Und warum interessiert sich die Kripo jetzt doch für den Gast? Weil er sich unter falschem Namen angemeldet hat? Ich bin da sonst immer sehr pingelig, glauben Sie mir. Er hat per Vorkasse bezahlt, alles auf einmal. Ich konnte seinen Namen erst gar nicht entziffern. Und er hat mir auch hoch und heilig versprochen, dass er mir den Ausweis noch zeigen würde, und ich hätte da auch noch nachgehakt und …«

»Herr Burghamer, das interessiert uns gar nicht. Wir sind

für Tötungsdelikte zuständig und befürchten inzwischen, dass Ihr Gast vielleicht doch nicht ganz freiwillig abgereist ist. Es ist zwar schade, dass er Ihnen den Ausweis nicht gezeigt hat, aber wir finden seine Identität auch so heraus.«

»Hängt das mit dem Brand drüben in Ziemetshausen zusammen? Von einem Bekannten, der dort bei der Feuerwehr ist, habe ich gehört, dass unter den verbrannten Balken eine Leiche gefunden wurde.«

Unter Hansens strengem Blick wurde er etwas verlegen und fügte kleinlaut hinzu: »Ganz im Vertrauen hat er mir das erzählt.«

»Und ich sage Ihnen ganz im Vertrauen: Dazu darf ich Ihnen nichts sagen.«

»Ja, natürlich«, steckte Burghamer zurück. »Ermittlungstaktische Gründe. Hab ich im Fernsehen mal gesehen.«

Haffmeyers Mund umspielte ein leichtes Grinsen, Hansen beherrschte sich besser und wandte sich wieder an den Alten.

»Meine Kollegen haben sich nach dem Anruf, den Herr Burghamer für Sie getätigt hat, notiert, dass Sie ein Stück Hemdstoff gefunden haben. Und dass Sie davon ausgehen, das könnte ein Fetzen vom Hemd des verschwundenen Hüttenmieters sein.«

Hansen hatte ziemlich laut gesprochen, trotzdem brauchte Frieder einen Moment, bis er die Frage durchdacht und rekapituliert hatte. Dann nickte er und kramte mit einer Hand in der Hosentasche. Es dauerte einen Moment, dann hielt er Hansen ein zerknülltes Stofftaschentuch hin.

»Ach, ein Taschentuch? Kein Fetzen von einem Hemd?«, fragte Hansen.

»Doch, doch, ein Hemdfetzen. Ist da drin. Ich hab's nicht mit den Fingern angefasst, sondern nur mit dem Schnäuztuch, und da ist es seither drin. So macht man das doch, Herr Kommissar?«

Hansen betrachtete das zerknüllte Taschentuch, das alles andere als frisch gewaschen aussah. Als er es in Empfang nahm und vorsichtig öffnete, bestätigte sich seine Befürchtung: Der Fetzen in dem für Holzfällerhemden typischen Karomuster war mit dem benutzten Taschentuch verklebt.

»Alles richtig so, Herr Kommissar?«, hakte Frieder nach.

»Sehr gut, vielen Dank«, schwindelte Hansen. »Das haben Sie prima gesichert. Die Stoffprobe wird meinen Kollegen sicher weiterhelfen.«

Natürlich würden sie eine Vergleichsprobe von Frieder brauchen, um zwischen den Gendaten der beiden Männer unterscheiden und danach »Rockfords« DNA auch wirklich zweifelsfrei mit der von Claus Steinfordt abgleichen zu können. Haffmeyer zog eine kleine Plastiktüte aus der Tasche und fragte den Alten, ob er ihm mit dem darin enthaltenen Wattestäbchen etwas DNA entnehmen dürfe.

»Das machen wir mit allen Personen so, die sich möglicherweise an einem Tatort befunden haben«, behauptete Haffmeyer. Frieder öffnete bereitwillig den Mund und ließ sich von dem Kripobeamten etwas Speichel abstreichen. Stolz sah er zu, wie Haffmeyer das Wattestäbchen besonders vorsichtig in der Tüte verstaute, alles sorgfältig verschloss und den Plastikbeutel danach mit spitzen Fingern hochhielt.

»Geht gleich ins Labor«, erklärte Haffmeyer und sah dabei sehr amtlich aus.

»Und der Stoff, den Sie gefunden haben, auch«, fügte Hansen hinzu.

Frieder nickte allen zu und schwebte davon. Burghamer kam es so vor, als würde der Alte viel weniger humpeln als sonst.

Kurz darauf waren der Hemdfetzen und die Speichelprobe im Streifenwagen auf den Weg gebracht. Hansen und Haffmeyer beschlossen, das Angenehme mit dem Nützlichen zu verbinden, bevor sie zurück nach Füssen fuhren: Sie hatten Hunger, und Haffmeyer kannte – natürlich – ein empfehlenswertes Gasthaus in Breitenthal, dem größeren Nachbardorf von Oberried.

»Der Wirt ist, wenn ich mich recht erinnere, auch eine ziemliche Plaudertasche. Vielleicht erfahren wir von ihm etwas darüber, was Steinfordt hier gesucht haben könnte.«

Haffmeyers Ortskenntnis erstaunte Hansen immer wieder, ihm schien alles zwischen Neu-Ulm, Lindau, Oberstdorf und Füssen so vertraut zu sein wie seine Westentasche.

»Und er macht einen herrlichen Schweinsbraten!«

Das Fleisch war wirklich sehr gut, dazu gab es wunderbare Knödel, eine kräftige Soße, knackigen Salat und ein frisch gezapftes Bier – so durfte ein Arbeitstag gern ausklingen. Und Haffmeyer hatte sich auch in Bezug auf die Redseligkeit des Wirts richtig erinnert.

»So, dann seid's ihr also von der Kripo?«

Alle Gäste waren bis auf Weiteres mit Essen und Trinken versorgt, also setzte sich der Wirt auf Haffmeyers Bitte hin zu ihnen an den Tisch.

»Was habt's denn zu ermitteln hier bei uns?«

Er zwinkerte den beiden zu und grinste.

»Ihr seid's wegen dem Rockford da, gell?«

»Was wissen Sie denn darüber?«, fragte Haffmeyer.

»Nur das, was in der Zeitung stand. Und die Serie hab ich halt ang'schaut, damals. Der Burghamer wohl nicht.«

Er lachte und schüttelte den Kopf.

»Ich mein, da trägt sich einer als Fernsehdetektiv ein, und der merkt das nicht mal!«

»Ist Ihnen zu diesem Rockford sonst noch was zu Ohren gekommen? Ihnen erzählen Ihre Gäste doch sicher allerhand.«

»Ja, schon, aber den hat keiner gesehen. Der Frieder hat mir mal erzählt, dass er ihn immer hat um den See rumschleichen sehen. Habt's ihr schon mit ihm gesprochen?«

»Gerade vorhin, auf dem Campingplatz.«

»Gut, gut. Ich hätt den Campingplatz da ja nicht hingebaut.«

»Wieso denn? Der liegt doch schön, mit eigenem Strand, schöner Wiese, tollem Blick.«

Der Wirt beugte sich etwas vor und machte ein Verschwörergesicht. »Genau auf dieser Halbinsel, wo der Burghamer seinen Campingplatz betreibt, stand bis vor elf, zwölf Jahren doch das Kieswerk. Der Oberrieder Weiher ist im Grunde genommen nichts weiter als eine alte Kiesgrube. Erst haben sie den Stein rausgeholt, und nach und nach ist das Loch dann mit Wasser vollgelaufen. Wer weiß, was dort alles vergraben liegt …«

Haffmeyer warf Hansen einen kurzen Blick zu, dann löste

sich die wichtigtuerische Miene des Gastwirts mit einem Schlag auf. Er lachte schallend los und klatschte mit der flachen Hand auf die Tischplatte, dass das Besteck nur so schepperte.

»Eine alte Kiesgrube, voll mit Leichen und Geheimnissen: Das hätt euch gefallen, was?«

Er schnappte nach Luft, lachte weiter und brauchte einen Moment, bis er sich beruhigt hatte.

»Aber da ist nix, war noch nie was und wird auch nie was sein. Der Burghamer hat einen friedlichen Platz, er hat nette Gäste, und nicht mal Ärger mit saufenden Jugendlichen gibt's dort draußen. Die lassen den Weiher in Ruhe, und die brechen auch nicht nachts zum Baden ein – nur gegenüber sehe ich manche auf der Wiese liegen, wenn ich spätnachts noch mal eine Runde mit dem Hund drehe.«

Er zwinkerte den Beamten zu.

»Am Wochenende mach ich lieber einen kleinen Umweg, wenn die jungen Pärchen … Sie wissen schon.«

Hansen konnte es sich denken, aber er fragte nur: »Waren Sie vielleicht auch in der Nacht zum 1. Mai mit Ihrem Hund unterwegs?«

»Nein, leider nicht. Das wär mal was gewesen: Da schleicht sich einer vom Campingplatz und lässt sich von seinem Kumpel abholen – oder war da womöglich wirklich was Kriminelles im Gange?«

»Das wissen wir noch nicht«, antwortete Hansen, und es war ja auch nur halb geschwindelt.

»Wahrscheinlich wieder viel Wind um nix. Ich wundere mich eigentlich, dass ihr wegen so was überhaupt gekommen seid's. Der Frieder spinnt sich da sicher nur was zusammen. Halb taub, wie er ist, könnten sie dem das Haus ausräumen, der würd davon nicht wach werden. Und dann will er beobachtet haben, wie einer aus dem Campingplatz entführt wird? Also ehrlich!« Er schüttelte den Kopf. »Wir hatten schon mal so eine Geschichte, war damals auch alles Quatsch. Erinnert's ihr euch noch an diese Lolita oder Lila oder Lollo oder so? Das muss vierzehn, fünfzehn Jahre her sein. Ein Mädel irgendwo aus dem Norden soll entführt worden sein, womöglich gar umgebracht – und verdächtig war einer drüben aus Krumbach. Und dann? Dann hat sich herausgestellt, dass die beiden miteinander ausgerissen sind und sich in Frankreich ein schönes Leben machen!«

Der Wirt lachte wieder.

»Das muss doch frustrierend sein für Kriminaler wie euch, oder? Da sucht's ihr einen Mörder und sein Opfer, und dann findet's ihr zwei Sommerfrischler – und alle Arbeit war umsonst. Das wär nix für mich. Ich mach meinen Braten und meine Knödel, und die werden dann gegessen. Da weiß man, was man macht und was man hat. Es hat doch geschmeckt, hoff ich?«

»Ja, sehr, danke.«

»Gut. Und eine Bitte hätt ich noch: Macht's mir die Leute nicht wieder so verrückt wie damals mit dieser Geschichte um das verschwundene Mädel. Die haben hier noch ein halbes Jahr später rumgesponnen. Ein Mitarbeiter vom Kieswerk meinte zum Beispiel allen Ernstes, er habe Kleider des Mädels gefunden. Bloß weil da eine Plastiktüte mit ein paar Frauenklamotten im Wasser lag! Der hat deshalb sogar bei der Polizei angerufen! Gut, in seinem Fall konnte ich das verstehen: Der arme Kerl … vor vielen Jahren wurde dem die Tochter vergewaltigt, und die Polizei hat ihr damals nicht geglaubt – die hielten die wohl für ein Flittchen. Das Mädel hat sich bald darauf die Pulsadern aufgeschnitten. Als ihr Vater dann die Tüte mit den Kleidern gefunden hat, ist wohl die Fantasie mit ihm durchgegangen. Aber das gleich mit diesem angeblichen Entführungsfall in Verbindung zu bringen? Das muss man sich mal vorstellen! Dabei war schon längst rausgekommen, dass die ganze Entführungsgeschichte ein großer Schmarrn war!«

An diesem Abend gingen Hansen und Haffmeyer sehr nachdenklich nach Hause.

Freitag, 6. Mai

Als Hansen gegen acht ins Kommissariat kam, wartete Haffmeyer schon in seinem Büro auf ihn.

»Ich habe heute ein bisschen früher angefangen und das da für dich zusammengestellt, Chef.«

Er deutete auf einen Packen mit Unterlagen, der auf Hansens Besprechungstisch lag.

»Das ist alles, was ich auf die Schnelle zu dem Fall zusammentragen konnte, auf den uns der Wirt gestern Abend gestoßen hat. Soll ich's kurz zusammenfassen, oder magst du dir selbst alles durchlesen?«

»Ich hol uns einen Kaffee, und dann gibst du mir einen kleinen Überblick, okay?«

Rosemarie Schwegelin huschte mit einer Tasse Kaffee und einem Hannoveraner Keks herein. Sie sah Haffmeyer, flitzte wieder in die Küche und kam mit einer zweiten Tasse zurück.

»Bittschön«, flötete sie. »Da bespricht sich's doch gleich viel besser, gell?« Dann war sie auch schon wieder verschwunden.

»Wenn ich mir überlege, dass mich Frau Schwegelin ganz am Anfang am liebsten auf den Mond geschossen hätte …«

»Oder zumindest bis zurück nach Hannover«, merkte Haffmeyer an.

»Na, ich glaube, für sic ist beides etwa gleich weit weg. Wie auch immer: Schieß los!«

Er schob Haffmeyer den Keks hin, nahm einen Schluck Kaffee und lehnte sich in seinem Stuhl zurück. Im Gegenzug reichte Haffmeyer ihm den Ausdruck eines Farbfotos, das zwei hübsche, schlanke, junge Frauen zeigte: die eine mit dunkel-, die andere mit hellblonden langen Haaren, ein sympathisches Lächeln auf den Gesichtern, und jede hielt eine Hand so an die der anderen, dass ihre Finger gemeinsam ein Herz formten.

»Die mit den dunkleren Haaren ist Lilo«, erklärte Haffmeyer. »Die andere wird ihre Freundin gewesen sein – zu ihr habe ich aber bisher keine weiteren Infos.«

Dann referierte er, was er aus den Unterlagen erfahren hatte, soweit sie für ihn aus Kempten auf die Schnelle verfügbar waren.

»Am Donnerstag, den 17. Januar 2002, vier Tage nach ihrem achtzehnten Geburtstag, verlässt Lilo Kalkar frühmorgens die elterliche Wohnung in der Hildesheimer Straße in Laatzen. Die Eltern bekommen es nicht mit, aber ein Nachbar sieht sie an diesem Morgen an der Bundesstraße 6 stehen, wo sie als Anhalterin in Richtung Autobahn will – der Nachbar sieht sie in ein Wohnmobil mit dänischem Kennzeichen einsteigen. Sie wird etwas später auf dem Autohof Rhüden – der liegt etwa sechzig Kilometer südlich von Laatzen an der A 7 – dabei gesehen, wie sie aus dem Wohnmobil wieder aussteigt und ins dortige Restaurant geht. Eine Bedienung des Restaurants glaubt sich daran zu erinnern, dass Lilo Kalkar, die sie später auf einem Fahndungsfoto wiedererkannte, dort mit einem Mann gefrühstückt hat, der sehr viel älter war als sie – auch diesen Mann hat sie auf einem Foto identifiziert. Es handelt sich um den Außendienstler Hubert Franck, damals 54 Jahre alt und wohnhaft in Krumbach in der Nassauer Straße. Für die Zeit danach konnte niemand gefunden werden, der Lilo noch einmal gesehen hätte.«

»Und was ist mit diesem Hubert Franck?«

»Beide waren zunächst spurlos verschwunden. Die Krumbacher Kollegen haben alle Nachbarn und Bekannten von Franck befragt – die Letzte, die ihn gesehen hat, war eine Frau, die damals im Haus neben Franck gewohnt hat. Sie hat am Mittwoch, den 16. Januar, nachmittags noch ein Schwätzchen mit ihm gehalten und später am Abend gesehen, wie gegen halb elf bei ihm das Licht ausging. Das würde dazu passen, dass er am nächsten Morgen recht früh losgefahren sein muss, wenn er sich schon vormittags mit Lilo Kalkar in Rhüden getroffen hat.«

»Also kannten sich die beiden schon?«, fragte Hansen.

»Ja. Eine Freundin von Lilo – vermutlich die Hellblonde auf dem Foto – gab zu Protokoll, dass Lilo und Franck sich im November 2001 in einem Klub kennengelernt hätten. Franck war wohl wegen einer Messe in Hannover und ging abends aus, Lilo war mit dieser Freundin dort – es hat wohl schnell gefunkt zwischen den beiden. Die haben sich dann immer wieder getroffen, meistens heimlich, weil Lilo noch nicht volljährig war und die Eltern nicht gerade begeistert waren von einem Freund, der altersmäßig ihr Vater hätte sein können.«

»Also ist das Mädchen gleich nach seinem achtzehnten Geburtstag mit ihm durchgebrannt?«

»Erst gab die Mutter zu Protokoll, dass sich Lilo von Franck bedroht gefühlt hätte, weshalb die Polizei in Hannover von einem möglichen Gewaltdelikt ausging, mindestens von einer Entführung. Aber schon bald stellte sich die Angabe der Mutter als Lüge heraus, und auch sonst platzte die Story vom entführten oder ermordeten Kind wie eine Seifenblase: Im Lauf des Frühjahrs 2002 wurde sowohl von Hubert Francks als auch von Lilo Kalkars Konto Geld per EC-Karte abgehoben, erst in Frankreich, später in Spanien – im Juli 2002 wurden die Ermittlungen eingestellt.«

»Und seither gibt es keine Spur von den beiden?«

»In den Unterlagen habe ich nichts gefunden, aber alles deutet ja darauf hin, dass die beiden zusammen wegwollten – und da beide volljährig sind, ist das kein Fall für die Polizei.«

»Und dieser Kleiderfund, von dem uns der Wirt erzählt hat?«

»Auch dazu habe ich nichts entdeckt. Ich konnte ja auf die Schnelle auch nur einen kleinen Teil der Akten online einsehen. Da können dir deine früheren Kollegen in Hannover sicher mehr sagen.«

»Gut, da frage ich noch nach.«

»Aber da war noch etwas«, meinte Haffmeyer. »Und das passt irgendwie nicht richtig in das Gesamtbild.«

Hansen horchte auf.

»Also, die beiden wollen abhauen und sagen niemandem etwas davon – so weit ist es ja nachvollziehbar. Dass Lilo nicht einmal ihrer besten Freundin, die sie für ihre Treffen mit Hubert Franck über mehrere Monate hinweg gedeckt hat, erzählt, dass sie für immer mit ihrer großen Liebe verschwinden will, ist schon mal eigenartig. Dass Franck sein gemietetes Haus nicht gekündigt hat, wenn er doch wahrscheinlich schon lange vorhatte, mit Lilo nach ihrem Geburtstag durchzubrennen, kommt mir ebenfalls seltsam vor. Aber meinetwegen, dann war es halt so. Und dass sie sich nicht mehr melden, könnte damit zu tun haben, dass sie ihren neuen Aufenthaltsort nicht verraten wollten oder dass sie einen Schlussstrich unter alles gezogen haben. Trotzdem: Eine Kleinigkeit hat mich stutzig gemacht.«

Er ließ eine kleine Pause, bevor er weiterredete.

»Der Wagen von Hubert Franck stand in seiner Garage, als die Polizisten mit dem Durchsuchungsbeschluss in sein Haus kamen. Das war zwei Tage nach Lilos Verschwinden. Im Auto wurde DNA von Lilo gefunden, aber kein Blut oder etwas anderes, was auf ein Verbrechen hingedeutet hätte. Sie hatten wohl auch irgendwann Verkehr auf der Rückbank.«

»Das Auto stand in der Garage? Und womit sind die beiden dann durchgebrannt?«

»Das hat mich heute früh auch eine Weile beschäftigt.«

»Hör mal, es ist gerade mal acht – wie lange sitzt du denn schon im Büro?«

Haffmeyer grinste und zuckte mit den Schultern. »Schon eine ganze Zeit. Egal. Ich brauch nicht mehr so viel Schlaf. Jedenfalls habe ich mir gedacht, dass sie vielleicht per Anhalter gereist sind. Lilo hat sich so ja auch auf den Weg gemacht, und vielleicht hat sie ihrem Hubert vorgeschwärmt, wie abenteuerlich das doch wäre – und der wollte ihr mit seinen Mitte fünfzig vielleicht beweisen, dass er kein Spießer ist, und hat mitgemacht.«

»Aber hätte sich nicht jemand erinnern müssen, wenn Franck von anderen Autofahrern mitgenommen worden wäre?

Und wie hätte er so schnell per Anhalter von Krumbach nach Rhüden kommen sollen?«

»Mit der Bahn ist er Freitag früh wahrscheinlich nicht gefahren. Der Besitzer des Kiosks am Krumbacher Bahnhof ist ein alter Freund von Franck – und der hätte ihn zum Bahnsteig gehen sehen, da war er sich in der Befragung ganz sicher. Außerdem hätte das zeitlich mit den Verbindungen ab Krumbach nicht hingehauen. Ich stell mir das anders vor.«

»Und zwar?«

»Hubert Franck setzt sich Donnerstag frühmorgens, eher noch in der Nacht, in seinen Wagen und fährt nach Rhüden. Das sind etwa fünf Stunden Fahrt, da wird er vorher vielleicht nur schnell einen Kaffee getrunken haben. Am Autohof trifft er Lilo, frühstückt mit ihr und fährt mit ihr zu sich nach Hause. Vielleicht war er sich nicht sicher, ob Lilo auch wirklich kommen würde – oder er hatte befürchtet, sie könne sich an diesem Tag nicht von zu Hause loseisen. Jedenfalls braucht er noch Kleider zum Wechseln, und vielleicht wollen sie auch eine romantische, ungestörte Zeit in Francks Wohnung verbringen. Vielleicht war auch noch gar nicht ausgemacht, wohin die gemeinsame Reise gehen sollte. Also bringt er sie im Wagen nach Krumbach, die beiden lassen es sich dort gut gehen und bleiben den Tag über im Bett oder auf dem Sofa oder was weiß ich. In solchen Dingen habe ich nicht so wahnsinnig viel Erfahrung.«

Er lächelte etwas wehmütig.

»Dann sprechen sie über die Sache mit dem Trampen. Lilo schwärmt ihm vor, wie gut sie in Laatzen losgekommen sei, und überredet ihn, das mit ihr zusammen auszuprobieren.

Und früh am nächsten oder übernächsten Morgen marschieren sie los. Das wäre dann der Samstag oder Sonntag gewesen, da müssen nicht unbedingt schon Bekannte von Franck auf der Straße gewesen sein. Sonntags wäre auch der Bahnhofskiosk geschlossen – also hätten sie die Bahn nach Günzburg oder Mindelheim nehmen können, um von dort zur Autobahn zu kommen. In beide Richtungen gibt es die erste Zugverbindung sonntags zwischen sieben und halb acht.«

»Aber am Freitag hätte sie doch irgendein Nachbar sehen müssen, wenn sie mit Francks Wagen nach Krumbach zurückgekommen wären«, gab Hansen zu bedenken.

»Nicht unbedingt«, antwortete Haffmeyer. »Francks Haus weist eine Besonderheit auf. Es hat eine Doppelgarage, und für diese Garage gibt es zwei Zufahrten: eine von vorne, die ganz normal zur Straße hin geht – und eine von hinten, über einen Weg, der nur vom Nachbargebäude aus einsehbar ist. Und dieser Nachbar hat ausgesagt, dass er zumindest in der Zeit, in der er daheim war, nichts gesehen hat. Zum Samstag konnte er leider nichts sagen: Da war er den ganzen Tag über nicht daheim, sondern zum Wandern in Österreich, von frühmorgens bis spätnachts.«

Haffmeyer schob Hansen einen Computerausdruck hin.

»Hier habe ich dir ein paar Fragen notiert, die ich aus den Unterlagen nicht beantworten konnte. Dein Kollege in Hannover wird da vermutlich mehr wissen.«

Als die Soko Scheunenbrand um halb elf wieder zusammenkam, gab es Neuigkeiten aus dem Labor.

»Wir haben an dem Hemdfetzen, den dieser alte Mann auf

dem Campingplatz von einem abgebrochenen Ast gepopelt hat, die DNA von zwei Personen gefunden«, referierte Ulf Kayserling. »Eine Spur stammt einwandfrei von Claus Steinfordt. Er hat das Hemd getragen, er war also der Mann, der die Trekkinghütte unter falschem Namen gemietet hatte. Übrigens hat das inzwischen auch Jörg Burghamer, der Besitzer des Campingplatzes, bestätigt. Die Kollegen in Hannover haben uns ein Foto von Steinfordt zukommen lassen – Burghamer hat ihn zweifelsfrei als den Mieter der Hütte erkannt.«

»Wir haben DNA von zwei Personen?«, hakte Fritz Marle ein. »Heißt das, wir haben möglicherweise auch eine von demjenigen, der Steinfordt vom Campingplatz geschafft hat?«

Kayserling grinste und schüttelte den Kopf. »Die zweite Probe stammt von Frieder Fesler, dem alten Mann, der in der Nacht zum Maifeiertag den davonfahrenden Kombi beobachtet hat. Es war ihm wichtig, Herrn Hansen zu versichern, dass er den Fetzen vom Hemd nicht mit den Fingern angefasst hat, sondern nur mit seinem Taschentuch, das allerdings schon benutzt war.«

Hansen bat Haffmeyer, für die anderen zusammenzufassen, was er aus den Unterlagen über den Fall Lilo Kalkar wusste.

»Und in dieser Sache hat unser Exkollege Steinfordt recherchiert? Noch immer? Nach so langer Zeit?« Marle schüttelte den Kopf. »Ich nehme an, dass er zuletzt noch eine neue Info bekommen hat. Aber da weiß die Kripo Hannover sicher mehr.«

Marle sah Hansen einen Moment prüfend an, dann legte sich ein Lächeln auf sein Gesicht.

»Könnte da nicht jemand von uns übers Wochenende rauffahren und sich mal umhören? Irgendjemand, der dort noch von früher Kontakte hat?«

»Darüber wollte ich ohnehin mit Ihnen reden«, meinte Hansen.

Nach der Soko-Besprechung war alles binnen einer halben Stunde geregelt. Hansen würde am Samstag nach Hannover fahren und dort seinen Kollegen Alexander Grote treffen. Vor Ort würde er versuchen, etwas mehr über das Verschwinden von Lilo Kalkar zu erfahren. Sobald sich abzeichnete, dass die gesammelten Informationen den Ermittlungen im Mordfall Steinfordt nützlich waren, würde er Marle und Vroni Schliers, der Kemptener Kripochefin, Bescheid geben. Daraufhin würde man in Hannover um Amtshilfe ersuchen. Bis dahin konnte man sich den aufwendigen Papierkrieg eines solchen Antrags schenken – und die Reise als reines Privatvergnügen deklarieren.

Hansen rief Grote an, der ihm gleich eine Übernachtungsmöglichkeit in der Wohnung eines gemeinsamen Freunds organisierte. Für den alten Kumpel räumte der nur zu gern ein Gästezimmer frei – in der Hoffnung, mit ihm am Wochenende auch mal auf die alten Zeiten anstoßen zu können.

Im Lauf des Vormittags trafen die Kriminaltechniker auf dem Campingplatz am Oberrieder Weiher ein, obwohl sie sich heute, fünf Tage nach dem nächtlichen Zwischenfall, nicht mehr viel von ihrer Untersuchung versprachen. Und tatsächlich fanden Kayserlings Leute kaum etwas.

In einer Bodenfuge der Trekkinghütte hatte sich ein Faden

verfangen, der von einer Jeans stammen konnte – Kayserling tippte darauf, dass Steinfordt in der Hütte niedergeschlagen oder sonst wie betäubt worden war, anschließend hatte man ihn vermutlich hinausgeschleift, und damit stammte der Faden sehr wahrscheinlich von der Hose, die mit Steinfordt verbrannt war.

Kayserling ließ sich vom alten Frieder noch einmal alle Stellen zeigen, wo er etwas gesehen hatte, aber dort war der Boden von so vielen anderen Abdrücken übersät, dass die KT beim besten Willen nichts Verwertbares sichern konnte.

Draußen vor dem Gelände brachte die Spurensuche ebenfalls nicht viel. Zwar gab es direkt am Rand der Fahrbahn zwei kaum mehr erkennbare grüne Streifen, die vielleicht durch Steinfordts Schuhabsätze verursacht worden waren, während er vom Erdwall zu dem Kombi geschleift wurde – aber mehr, als dass es sich um Grasflecken handelte, ließ sich nicht sagen.

Vom Auto gab es an der Stelle, an der es gestanden hatte, gar keine Spuren. Dort, wo der Kombi dem alten Frieder zufolge scharf gebremst hatte, ließen sich zwar wirklich kurze Bremsspuren feststellen – aber der Gummiabrieb war kaum noch vorhanden, und die Feststellung der Reifenmischung würde, davon war Kayserling überzeugt, die Zahl der möglichen Fahrzeuge nicht genügend verringern, um einen möglichen Täter einkreisen zu können.

Für ein Uhr hatte sich Resi angekündigt. Sie wollte noch am Freitag nach München, wo sie eine Besprechung mit ihrem Vorgesetzten an der Uni hatte – danach wollte sie in München übernachten, am nächsten Morgen einen kleinen Umweg über Füssen machen, um Ignaz zu versorgen, und danach war sie in ihrem Heimatort Roßhaupten mit ihren Eltern verabredet.

»Was hast du denn mit deinem Chef zu besprechen?«, fragte Hansen, als sie im Biergarten des Campingplatzes zusammensaßen. »Ist denn am Freitagnachmittag überhaupt noch jemand an der Uni?«

»Natürlich, der macht sogar oft Überstunden. Ich erzähl dir nächste Woche, was ich so Wichtiges mit ihm zu besprechen hatte, okay?«

Was blieb ihm übrig? Wenn Resi über etwas nicht reden wollte, hatte er es bisher noch kein einziges Mal geschafft, es ihr aus der Nase zu ziehen. Als Resi losmusste, dachte Hansen kurz daran, ihr von dem Ring zu erzählen, den er in Füssen für sie gefunden hatte – doch dann entschied er sich dagegen. Etwas romantischer durfte die Situation schon sein, in der er um ihre Hand bitten wollte. Sie küssten sich zum Abschied, und er sah ihr eine ganze Weile nach, während sie davonfuhr.

»Noch ganz frisch verliebt, oder?«

Jörg Burghamer war unbemerkt neben Hansen getreten und lächelte ihn freundlich an.

»Wie man's nimmt. Wir sind seit fast drei Jahren zusammen. Ende Juni haben wir sozusagen Jubiläum.«

»Oha! Na, wenn's dann noch so innig ist, dann sollten Sie nicht mehr lange warten. Nicht, dass Ihnen noch einer Ihre Freundin wegschnappt.«

Hansen lachte und winkte lässig ab. Aber dabei kam ihm Resis Vorgesetzter an der Uni in den Sinn, und er war nicht halb so ruhig, wie er tat.

Das wurde im Lauf des Tages besser. Der Campingplatz mit seiner entspannten Atmosphäre färbte ebenso auf Hansen ab wie die Gemütlichkeit der Dauercamper, die an diesem Tag die einzigen Gäste am Oberrieder Weiher waren. Erst kamen Erna Wiedekind und Edit Wencke auf einen Kaffee in den Biergarten, und Jörg Burghamers Frau Jennifer gesellte sich zu ihnen. Hansen trank zwei Tassen mit, und als die anderen Camper – Werner Wiedekind und Bob Wencke – zu ihnen stießen, wechselten die Männer zu Weißbier, und die Frauen bestellten einen kühlen Weißwein.

Es war eine muntere Runde, und wenn Hansen zwischendurch seinen Blick über das Gelände schweifen ließ, sah er im Hintergrund den Oberrieder Weiher und im Vordergrund, nicht weit vom Biergarten entfernt, die Gänse und weiter rechts auf seiner Weide den Hengst Anton. Wenn er nicht gerade hier wegen eines Mordes zu ermitteln gehabt hätte, wäre dieser Ort durchaus ein lohnendes Urlaubsziel gewesen.

So aber hatte diese beschauliche Umgebung einen Haken. Hansens Blick fiel noch einmal auf Anton, und er korrigierte sich: Die Sache hatte einen Pferdefuß.

Ähnliche Gedanken trieben wohl auch den Besitzer der Anlage um, der inzwischen mit einem vollen Bierglas neben Hansen Platz genommen hatte. Die Unterhaltung war irgendwann natürlich auch auf den verschwundenen Hüttenmieter gekommen, und Burghamer machte eine sorgenvolle Miene.

»Mir ist das alles nicht recht«, brummte Burghamer. »Das mit Ihren Ermittlungen und dem ganzen Gerede in den umliegenden Dörfern. Es fehlt wahrscheinlich nicht mehr viel, und irgendein Käsblättchen schreibt über uns als … was weiß ich … den Campingplatz des Todes oder so.«

»Cool!«, rief Bob Wencke aus und hob sein Glas. »Prost auf den Campingplatz des Todes – klingt das nicht spannend?«

»Danke, darauf kann ich gern verzichten. Ich will, dass ihr alle zu uns kommt, weil es hier schön ist und ruhig und erholsam.«

»Aber vielleicht ist hier bald auch außerhalb der Hauptsaison mehr los, wenn eine solche Geschichte die Runde macht. Du weißt doch, Jörg: Nach jedem Unfall auf der Autobahn staut es sich in der Gegenrichtung – die Leute sind so, und wenn es dir den Platz füllt … was soll's?«

»Bloß nicht!«, wehrte Burghamer ab. »Was soll ich mit solchen Menschen, die womöglich mit Lupe und Fotoapparat auf Spurenpirsch gehen?« Er schüttelte sich bei dem Gedanken.

»Na«, warf Wencke ein, »so ein paar Hobbyermittler, schön mit Hawaiihemd, kurzer Hose und weißen Socken in den Sandalen – das hätte doch was!«

Er lachte schallend, und die anderen stimmten ein. Nur Burghamer lächelte etwas gequält, und Hansen hielt sich ebenfalls zurück.

»Ich kann Sie übrigens beruhigen«, sagte er zu Burghamer. »Hier auf dem Platz ist wohl nichts weiter passiert, als dass Ihr Gast – vielleicht – entführt wurde.«

»Vielen Dank!«, ätzte Burghamer. »Sie sind aber sehr geschickt im Trösten!«

Nun musste Hansen doch grinsen, und irgendwann zuckte auch Burghamer mit den Schultern und prostete den anderen zu.

»Damals, als das Kieswerk hier auf der Halbinsel abgebaut und die Fläche für den Campingplatz frei gemacht wurde, hatte ich auch wirklich Bedenken«, erinnerte sich Burghamer. »Man stellt sich da ja allerhand vor, nicht wahr? Und als ich mit meiner Frau das erste Mal hier war, um den Platz zu besichtigen, war es schon etwas später am Abend. Das Kieswerk in der Dämmerung, das sah schon ein wenig gespenstisch aus, gell, Jennifer?«

Sie nickte und beschrieb, wo damals welche Gebäude und Aufbauten gestanden hatten.

»Und dort hinten«, ergänzte Burghamer und deutete auf eine Stelle am anderen Ende des Campingplatzes, »haben wir auch noch eine Stelle, die manche in der Gegend mit einem Verbrechen in Verbindung bringen.« Er senkte seine Stimme, obwohl ja außer den Gästen im Biergarten niemand auf dem Gelände war. »Da hat ein Arbeiter vom Kieswerk, das damals noch hier betrieben wurde, eine Plastiktüte mit Frauenkleidern gefunden.«

Hansen nickte. »Das hat mir gestern auch der Wirt drüben in Breitenthal erzählt.«

»Sehen Sie? Das geistert seit damals in den Gesprächen in der Gegend herum. Und das, obwohl es schon vierzehn Jahre her ist und sich schon damals herausgestellt hat, dass dieses Mädchen aus dem Norden gar nicht entführt oder ermordet wurde, sondern mit seinem Freund durchgebrannt ist und es sich seither irgendwo in Spanien gut gehen lässt.«

Burghamer schnaubte. Hansen verkniff sich jeden Kommentar, der seine Laune ohnehin nur noch schlechter hätte werden lassen.

»Und jetzt kommen Sie und rühren den ganzen Mist wieder auf!«

»Wir machen das ja nicht, um Sie zu ärgern«, wehrte sich Hansen in ruhigem Ton.

Burghamer warf ihm auch gleich einen besänftigenden Blick zu. Alle stießen noch mal miteinander an, dann wechselten sie das Thema.

Eine halbe Stunde später hatte Hansen sein Glas geleert, und während sich die anderen einer neuen Runde Weißbier widmeten, schlenderte er aufs Seeufer zu. Eine leichte Brise strich vom See her auf ihn zu. Das Wasser kräuselte sich ein wenig, und die Grashalme bewegten sich im Wind. Hansen beschloss, sich noch ein paar Minuten in die Wiese zu setzen, bevor er nach Füssen fuhr, um sein Zeug für den Wochenendbesuch in Hannover zu packen.

Es lag ein angenehmer Geruch in der Luft wie bei ihm daheim am Forggensee. Auf dem benachbarten Gelände des Segelklubs schien jemand zu grillen, ab und zu zogen leichte Schwaden von würzigem Essen über ihn hinweg. Die Gänse hatten sich längst wieder beruhigt, und als sich Hansen ein wenig nach hinten lehnte und sich auf seinen Ellbogen abstützte, war ein ganz leises Schnauben ein Stück hinter ihm zu hören. Der Fall des Pferdezüchters in Lechbruck kam ihm in den Sinn und der große Traum von Resi, eines Tages mal eine eigene Stute zu besitzen. Der Gedanke an seine Freundin zauberte ein Lächeln auf sein Gesicht.

Als ihn eine tiefe Männerstimme weckte, war es etwas kühler geworden. Hansen musste ein paar Mal blinzeln und sich kurz besinnen, bis er wieder wusste, wo er war. Bob Wencke stand neben ihm im Gras und grinste auf ihn herunter.

»Oh«, krächzte Hansen, »da bin ich wohl kurz eingeschlafen …«

»Na ja, wie man's nimmt. Wir haben jetzt sechs, und Sie haben sich vor dreieinhalb Stunden hier langgemacht.«

»Mist, schon so spät?«

Hansen rappelte sich hoch und drückte den Rücken durch.

»Danke fürs Wecken, ich muss dann mal!«

Er machte Anstalten zu gehen, aber Wencke stellte sich ihm in den Weg.

»Jetzt mal langsam, Herr Hansen. So verschlafen sollten Sie sich eh nicht hinters Steuer setzen. Gehen Sie erst mal mit mir zurück in den Biergarten, und trinken Sie einen Kaffee. Zu spät kommen Sie auch nachher noch, nicht wahr?«

Die Frauen waren inzwischen zu einem längeren Spaziergang aufgebrochen, aber auch unter Männern war es wieder eine nette Runde. Auf den Kaffee folgte ein Bier und noch eins, und nach dem nächsten war auch Hansen mit allen per Du – auch mit den Frauen, die inzwischen von ihrem Spaziergang zurückgekehrt waren. Es stellte sich heraus, dass beide Paare aus dem Norden kamen, die Wiedekinds sogar aus einem Ort ganz in der Nähe von Wunstorf. Die Wenckes hatten es besonders schön getroffen: Sie lebten an einem See bei Bremerhaven, der vollständig von Privatgrundstücken umschlossen war und den sie sich mit den anderen Anwohnern teilten.

»Beste Lage«, dröhnte Wencke. »Und beste Leute!« Er deutete lachend auf seine Frau und sich, dann fuhr er fort: »Und fast alle sind so nett wie wir. Da trägt keiner die Nase höher, nur weil er schön wohnt. Freunde von uns, die erst vor ein paar Jahren bei uns gebaut haben, kommen ab und zu mal auf ein Glas Wein zu uns herübergerudert. Und wenn sie uns einladen wollen, müssen sie nur den CD-Player etwas lauter drehen. Da läuft dann ›Haus am See‹ – kennen Sie das?«

Er sang die Melodie laut und falsch, und alle lachten. Hansen genoss die Gespräche mit den beiden Paaren sehr. Und sie machten ihm immer wieder die Freude, lauter vertraute Worte und Bezeichnungen zu benutzen, die ihm im Allgäu natürlich nicht zu Ohren kamen.

»Na, als Kripobeamter musst du ja wohl ziemlich plietsch sein«, brummte Bob Wencke irgendwann, und Hansen freute sich so sehr, dieses plattdeutsche Wort für »gescheit« oder »aufgeweckt« nach so langer Zeit mal wieder zu hören, dass er spontan eine Runde ausgab.

Irgendwann wurde Hansen klar, dass er sich heute nicht mehr hinters Steuer setzen konnte. Und Jörg Burghamer, der sich für die letzte Runde wieder eingeklinkt hatte, bot ihm eine der Trekkinghütten an. Es war eine viel kleinere, als sie Claus Steinfordt gemietet hatte, aber für eine durchschnarchte Nacht würde sie allemal reichen. Hansen stand auf, verabschiedete sich von den anderen und arbeitete sich leicht schwankend zu seiner Unterkunft vor.

Samstag, 7. Mai

Kurz nach Mitternacht wurde Hansen wach, weil er dringend austreten musste. Seine Hütte hatte im Gegensatz zu den etwas größeren Modellen keine eigene Toilette, also schlurfte er zum Sanitärgebäude hinüber. Der Platz lag ruhig da, längst waren auch die anderen schlafen gegangen, und aus einem der Wohnwagen in der Nähe des Dusch- und Toilettenhauses hörte er kräftiges Schnarchen. Zurück in seiner Hütte, fand er recht schnell wieder in den Schlaf, aber gegen zwei Uhr brach draußen ein so lautes Spektakel los, dass er sofort senkrecht im Bett saß. Er lugte hinaus, ohne etwas erkennen zu können. Aber dass irgendetwas die Gänse und den Hengst in Aufruhr versetzt hatte, war nicht zu überhören. Also zog er ein Hemd über und tappte an der Rezeption vorbei zu den Tieren.

Er blieb kurz stehen, dann schälte sich Frieders Gestalt aus der Nacht. Er hockte inmitten seiner Gänse, den Blick auf den Weiher gerichtet, und warf den Vögeln Brotbrocken hin. Die balgten sich um die Stücke, weil er sich Zeit damit ließ, Nachschub auszustreuen – der Alte schien das Spektakel, das sich um ihn herum abspielte, nicht zu bemerken. Offenbar konnte es auch ein Segen sein, nicht so gut zu hören.

Das Weißbier machte sich wieder bemerkbar, und Hansen ging noch einmal zu den Toiletten hinüber. Als er zurückkam, war Frieder aufgestanden und mühte sich gerade mit seinem Dreirad auf den Ausgang des Platzes zu. Die Gänse waren wieder leise, und Anton schnaubte zur Begrüßung, als Hansen auf dem Weg zu seiner Unterkunft noch kurz halt vor seinem Gatter machte.

»Na, kannst du auch nicht schlafen?« Bob Wenckes tiefe Stimme klang auch dann voll, wenn er leise zu sprechen versuchte. »Scheißgänse! Ich würde den Viechern am liebsten den Hals umdrehen und die Vögel einen nach dem anderen auf meinen Grill packen – aber das könnte ich dem alten Frieder nicht antun.«

Hengst Anton warf seinen Kopf herum und schnaubte noch einmal. »Du musst keine Angst haben, mein Alter«, wandte sich Bob an ihn. »Pferdefleisch mag ich nicht.«

Er lachte, dann wandten er und Hansen sich ab, lehnten sich gegen Antons Holzzaun, standen eine Zeit lang da, schauten zum See hinüber und schwiegen.

»Die Viecher haben mich auch in der Nacht geweckt, in der dieser Hüttengast verschwunden ist«, sagte Bob Wencke nach einer Weile. »Und seither geht es mir nicht mehr aus dem Kopf, dass ich nichts davon mitbekommen habe. Ich bin durch das Gänsegezeter wach geworden und kurz aus meinem Wohnwagen raus. Bis zum Weg rüber bin ich gegangen, dann habe ich Anton gesehen und mir gedacht, dass die Gänse nur seinetwegen so einen Radau gemacht haben. Deshalb habe ich mich wieder langgelegt – während dort vorn ein Mann ermordet oder entführt wurde. Mann, Mann, wenn ich daran denke …«

Er klopfte Hansen auf die Schulter und wandte sich zum Gehen.

»Ach, um eines würd ich dich noch bitten«, sagte er. »Sag

Jörg bitte nicht, dass die Gänse hier nachts so einen Radau machen, ja? Frieder hört es selbst vermutlich nicht, sonst würde er die Viecher in der Nacht wohl nicht füttern. Der will ja nicht, dass wir Campinggäste gestört werden, und wenn im Sommer die ganzen anderen Touristen kommen, schafft Frieder die Gänse ja auch rüber in sein Dorf.«

Hansen nickte.

»Weißt du, dieser Frieder ist hier so etwas wie ein Faktotum, und wenn der nicht mehr nachts zu seinen Tieren könnte und dabei eben mal eine Runde über den Campingplatz drehen, würde der eingehen wie eine Primel.«

»Geht klar. Gute Nacht.«

»Nacht.«

Allzu lange war die Nacht nicht mehr. Bob und Werner waren schon gegen fünf Uhr auf dem Platz unterwegs. Schwatzend und lachend marschierten sie bis vor seine Hütte und riefen zwei-, dreimal halblaut seinen Namen. Als Hansen nicht antwortete, gingen sie wieder, und ihrer Unterhaltung, die nicht sehr leise geführt wurde, konnte er entnehmen, dass sie sich mit ihrem Angelzeug ans Seeufer setzen und ihn dazubitten wollten. Eine halbe Stunde später kamen Erna und Edit munter plappernd an der Hütte vorbei.

Als es gegen sechs direkt vor seinem Fenster einige Mal schnaubte, gab Hansen auf. Er schlug die Decke zurück und rollte sich aus dem Bett. Als er die bunt gestreiften Vorhänge vor seinem Fenster beiseiteschob, traf ihn beinahe der Schlag: Anton hatte sich irgendwie aus seinem Gatter befreit, stand nun direkt vor der Trekkinghütte, die Ohren aufgestellt, und sah mit seinen großen dunklen Augen herein. Das braune Fell war um Maul und Nüstern herum schon leicht ergraut, aber das Tier sah noch immer recht edel aus, auch dank der weißen Blesse auf der Stirn.

Hansen schenkte sich ein Glas Wasser ein und trat vor die Tür. Anton stellte sich neben ihn und ließ es sich gern gefallen, dass Hansen ihm den langen Hals tätschelte. Die Gänse waren ebenfalls aus ihrem Gehege entkommen, und sie hatten nun wohl in Richtung des Zufahrtstores etwas bemerkt, denn sie beendeten ihr zielloses Herumtollen und stoben davon. Hansen sah zum Tor hin: Dort mühte sich gerade Frieder mit dem Schlüssel ab, und es dauerte eine ganze Weile, bis er endlich das Tor aufdrücken und sein Dreirad aufs Gelände schieben konnte. Inzwischen hatten sich die Gänse wie eine kleine Schulklasse im Halbkreis aufgestellt und reckten ihm ihre Hälse entgegen. Frieder begann sofort, sie zurück in ihre Umzäunung zu scheuchen. Bald darauf kam er wieder hinter der Rezeption hervorgehumpelt und sah sich mit wachsender Verzweiflung nach allen Richtungen um. Hansen winkte ihm zu, bis der Alte aufmerksam wurde und langsam zu ihm kam.

»Haben Sie Anton gesehen?«, fragte er, etwas außer Atem.

Hansen war ein paar Schritte auf Frieder zugegangen, und als er sich jetzt zu seiner Hütte umdrehte, war Anton wie vom Erdboden verschluckt. Hansen stutzte, dann erklärte er Frieder, dass der Hengst eben noch vor seiner Unterkunft gestanden hatte.

»Ach so«, meinte Frieder und setzte sich seufzend in Bewegung, »Anton will wieder spielen.«

Der Alte humpelte links um die Hütte herum, und kurz darauf tänzelte Anton auf der rechten Seite in Hansens Blickfeld. Zwei Runden lang machte Frieder den Spaß mit, dann pfiff er kurz und scharf. Anton kam zu ihm und trabte folgsam hinter Frieder und seinem Dreirad her zu seinem Gatter zurück.

Bob Wencke winkte Hansen zu sich heran. Der Angelausflug war offenbar schon beendet, und Hansen hatte sich gerade von Bob zu einem Kaffee einladen lassen, als Frieder zu ihnen stieß.

»Herr Hansen«, begann er, und auf seinem Gesicht schienen sich wahre Höllenqualen abzuzeichnen. »Ich hoffe, der blöde Gaul hat Sie nicht geweckt.«

»Nein, nein«, schwindelte Hansen, »ich war ohnehin schon wach.«

»Gut. Ein Glück. Ich schau ja jeden Abend noch einmal nach, ob die Gänse und der Anton auch wirklich fest eingeschlossen sind, aber …« Er zuckte mit den Schultern und beugte sich etwas vor. »Heute Nacht war ich sogar auch noch einmal da.«

»Wirklich?«, schauspielerte Hansen. »Davon hab ich gar nichts mitbekommen.«

»Ja«, sagte der Alte und strahlte dabei, »die Tiere wissen schon, dass sie keinen Lärm machen dürfen, wenn ich nachts nach ihnen sehe.«

Er tippte sich kurz zum Abschied an die Stirn, wandte sich ab und ging davon.

Bob Wencke grinste Hansen zufrieden an und schenkte ihm noch Kaffee nach.

Das Frühstück auf dem Campingplatz hatte ihn leidlich wach werden lassen. Daheim in Füssen duschte er ausgiebig und packte Sachen fürs Wochenende zusammen, und schließlich machte er sich ziemlich frisch auf den Weg nach Hannover.

Die Fahrt ging ohne große Probleme vonstatten, unterwegs kaufte er sich eine Kleinigkeit zu essen, tanken musste er auch, und so war er fast erstaunt, als er schon vor vier Uhr den Wagen vor dem Haus seines Gastgebers abstellen konnte.

Sein Freund erwartete ihn bereits, es gab Kaffee und Kuchen, und eine Stunde lang schwelgten sie in gemeinsamen Erinnerungen. Dann musste der Kollege los.

»Ich habe einem Kumpel versprochen, dass ich ihm beim Abbau helfe.«

Der Kumpel war Gärtner und hatte einen Stand auf den Hannoverschen Pflanzentagen, die gerade stattfanden – an das blütenpralle Spektakel im Stadtpark erinnerte sich Hansen gut und gern.

»Aber wenn du nachher noch da bist …?«

»Erst mal bin ich mit Alex verabredet. Ich muss ihn nur noch fragen, wo wir uns treffen.«

»Da, nimm den Wohnungsschlüssel. Vielleicht bin ich ja heute Nacht noch wach, wenn du wiederkommst. Dann klönen wir noch ein bisschen.«

Hansen telefonierte mit Alexander Grote, um den Treffpunkt zu besprechen. Er wollte seinen Ohren nicht trauen, als Grote ihm sagte, wo er einen Tisch bestellt hatte.

»Mann, Eike, du kennst mich doch. Das war nur ein Test«, besänftigte ihn Grote. »Und du hast ihn ja auch mit Bravour bestanden. Natürlich hätte ich dort nie im Leben einen Tisch bestellt!«

»Schon klar, aber ich sollte fast beleidigt sein, dass du mir ausgerechnet so einen Touristenschuppen für unser Treffen vorgeschlagen hast. Und dass du mich testen wolltest, ob ich auch wirklich noch einer von hier bin.«

Grote machte eine Geste, die den ganzen dämmrigen Raum umfasste. »Na, aber hier sind wir doch richtig, oder?«

»Goldrichtig«, gab ihm Hansen recht und nickte.

Hier hatten sie früher oft zusammengesessen. Die Kneipe war ein beliebter Treffpunkt der Hannoveraner Unterwelt, allerdings mussten sie nicht befürchten, in dem Lokal auf Tatverdächtige aus ihren Fällen zu treffen: Hier tummelten sich eher Kleindealer, Möchtegern-Mafiosi und Passfälscher – und dafür, dass Hansen und seine Kollegen sie in der Regel in Ruhe ließen, hatten sie sich früher auch schon mal mit einer Information unter der Hand revanchiert.

»Ist aber alles nicht mehr so romantisch wie früher«, sagte Grote mit einem leicht bedauernden Unterton. »Nun aber mal zu unserem Exkollegen.«

Er machte eine knappe Geste zur Theke hin, und wenig später stellte die Wirtin vor ihm und Hansen je zwei Gläser auf den Tisch. Grote griff danach, ohne groß über die Anordnung seiner Finger nachdenken zu müssen. Auf Ortsfremde mochte das Trinkritual ziemlich kompliziert wirken: Er nahm das Bierglas zwischen Daumen und Zeigefinger, mit Mittel- und Ringfinger hielt er das Schnapsglas so, dass es direkt am Bierglas anlag, dass dessen Rand aber ein wenig über den des Bierglases ragte. Mit dieser Konstruktion prostete er Hansen zu, der den Griff aus Hannoveraner Zeiten ebenfalls noch beherrschte.

»Jetzt trinken wir noch diese Lüttje Lage auf Claus Steinfordt – und dann erzähle ich dir alles, was ich bisher herausgefunden habe.«

Die beiden kippten die Getränke, und als Hansen hinterher prüfend auf die Tischplatte schaute, stellte er mit Genugtuung fest, dass er auch nach drei Jahren noch nicht verlernt hatte, Schnaps und Bier gleichzeitig zu trinken, ohne etwas zu verschütten. Dann begann Grote zu erzählen.

»Du hast gestern den Fall Lilo Kalkar erwähnt, und du hast dir ja auch schon gedacht, dass es vermutlich kein Zufall ist, dass wir damals einen Verdächtigen in Krumbach hatten – und jetzt ganz in der Nähe einen toten Expolizisten, der damals in diesem Fall ermittelt hat.«

»Mein Kollege Haffmeyer hat mir einige Infos zu dem Fall herausgesucht.«

Er fasste kurz zusammen, was er über die verschwundene Lilo Kalkar und ihren älteren Freund Hubert Franck wusste.

»Was kannst du mir dazu noch sagen?«

»Dein Kollege war fleißig, das Wichtigste weißt du schon. Steinfordt gehörte tatsächlich der Soko an, die nach dem Verschwinden von Lilo Kalkar eingerichtet wurde. Das Mädchen war gerade achtzehn geworden und konnte deshalb eigentlich reisen, wohin sie wollte. Damals hatte Lilos Mutter allerdings angegeben, dass sich ihre Tochter von Hubert Franck bedroht gefühlt und dass sie Angst vor ihm gehabt habe. Auf Basis dieser Aussage ging die Soko zunächst davon aus, dass Lilo Opfer einer Entführung geworden sein könnte. Dass Franck ihr

Freund war und sie allem Anschein nach freiwillig mit ihm durchbrannte, wurde uns erst später klar. Zunächst war Hubert Franck als Entführer verdächtig. Deshalb nahmen sich die zuständigen Kriminaltechniker sein Haus in Krumbach vor und auch sein Auto, das in der Garage stand. Die Kollegen fanden im Haus und im Wagen DNA-Spuren von Lilo und welche von ihm, aber nichts, was auf ein Verbrechen hingedeutet hätte. Im Haus gab es noch einige unbekannte Spuren – die wurden für alle Fälle gesichert, aber diese DNA konnte auch von Nachbarn oder Verwandten stammen, die irgendwann einmal in der Wohnung gewesen waren. Im Haus von Lilo Kalkars Eltern wurde wiederum nach DNA von Franck gesucht – ohne Ergebnis. Eigentlich klar: Die Eltern hätten ihn ohnehin nicht reingelassen, die waren nicht gut auf ihn zu sprechen. Deshalb hat ihn Lilo auch nur anderswo getroffen, und eingebrochen worden war ins Haus auch nicht. Das wurde damals natürlich auch gecheckt, weil es ja die Aussage der Mutter gab, dass Franck die Tochter bedroht habe, dass er ein Stalker sei oder Schlimmeres.«

»Warum sie wohl gelogen hat? Sie wollte doch nicht von irgendetwas innerhalb der Familie ablenken, oder?«

»Nein, das halte ich für ausgeschlossen. Die machte sich wirklich Sorgen um ihr Kind, das einzige obendrein – und sie hat das Mädchen zur Welt gebracht, als sie schon neununddreißig war. Vermutlich war Lilo etwas überbehütet und die Mutter sehr ängstlich. Dann kommt einer daher, der über dreißig Jahre älter ist als Lilo, und will dir das einzige Kind ›wegnehmen‹ … Ich glaube nicht, dass sich die Mutter was Böses bei ihrer Aussage gedacht hat. Sie wollte ihre Tochter um jeden Preis zurück, dafür wollte sie die Kripo einspannen, und wenn Hubert Franck dadurch Schwierigkeiten mit der Polizei bekommen würde, war ihr das völlig schnuppe. Vielleicht hat sie ja wirklich geglaubt, er tue ihrem Kind etwas an. Wer weiß schon, was Eltern in einer solchen Situation durch den Kopf geht?«

Hansen wusste es auch nicht. Er und seine Exfrau Claudia hatten keine Kinder, und mit Resi hatte er über das Thema noch nicht gesprochen. Er hatte ja noch nicht einmal vom Heiraten gesprochen, und auch davon, dass er seit einer Woche Verlobungsringe mit sich herumtrug, hatte sie keine Ahnung.

»Übrigens hatte die Geschichte ein tragisches Nachspiel«, fuhr Grote fort. »Lilos Mutter hat sich am selben Tag umgebracht, als die Ermittlungen wegen ihrer Tochter eingestellt wurden.«

»Scheiße.«

»Das kannst du laut sagen. Steinfordt hat das ziemlich mitgenommen, soweit ich mich erinnere. Aber was die Ermittlungen betrifft: Er war nicht mit der KT im Einsatz, es gab also damals keinen Grund, von ihm eine DNA-Probe zum Ausschluss selbst verursachter Spuren zu nehmen. Und weil er sowieso meistens nur im Innendienst eingesetzt wurde, erübrigte sich das ohnehin. Wie gesagt: Der Chef mochte ihn nicht, der wollte ihn nicht im Außendienst haben.«

»Und wie kommt Steinfordt dann doch in die DNA-Datenbank des BKA?«

»Dazu kam es erst nach seinem Ausscheiden bei der Polizei. Steinfordt hatte sich in Hildesheim eine Wohnung genommen, wo er auch eine kleine Detektei betrieb, zusammen mit einer älteren Dame, die ihm ein bisschen mit der Buchhaltung half und ab und zu die Sekretärin spielte. Im Sommer 2010 wurde in Braunschweig eine Neunzehnjährige vermisst gemeldet. Es gab Parallelen zu Lilo Kalkars Verschwinden – auch wenn wir da schon längst davon ausgehen durften, dass sich Lilo und ihr Lover in Richtung Süden aufgemacht hatten. Allerdings musst du noch wissen, warum Steinfordt seinen Job bei uns an den Nagel gehängt hat: Das hatte mit den Ermittlungen zu Lilos Verschwinden zu tun. Ich hab ihn dir ja schon mal als hartnäckig, zäh und stur beschrieben – er war bis zum Ende felsenfest davon überzeugt, dass Lilo etwas zugestoßen war, dass sie nie bis nach Frankreich gekommen war oder zumindest dort nicht mehr lebend vorzufinden war.«

»Und die EC-Abhebungen?«

»Na ja, Verschwörungstheorien kannst du dir aus allem basteln. Da bringt einer die Kleine um und fährt später kreuz und quer durch Europa und hebt Geld mit der Karte der Toten ab, um falsche Fährten zu legen. So was in der Art muss Steinfordt geglaubt haben.«

»Okay. Und dann?«

»Dann wurden die Ermittlungen eingestellt. Er hat das persönlich genommen, ist mit dem Chef aneinandergeraten und war vollends auf dem Abstellgleis. Steinfordt wurde zum Aktenfresser, der Infos für die Kollegen aufbereiten musste. Das hat ihm natürlich nicht geschmeckt, und etwa ein Jahr nach der Auflösung der Soko Lilo hat er den Dienst quittiert.«

»Ein bisschen empfindlich, der Gute, was?«

»Ja und nein«, sagte Grote. »Zum einen ging es ihm gegen den Strich, dass niemand ihm glauben wollte – aber mit glauben allein kommen wir bei der Kripo nun mal nicht weit, das weißt du so gut wie ich. Und zum anderen hatte er Gründe, den Fall Lilo Kalkar persönlich zu nehmen.«

»Und zwar?«

»Steinfordt war geboren und aufgewachsen in Laatzen, wurde früh Vollwaise – die Eltern hatten einen Verkehrsunfall – und kam mit fünf ins Heim. Er war ganz gut in der Schule, bekam einen Ausbildungsplatz bei der Polizei und zog wenige Tage nach seinem achtzehnten Geburtstag wieder nach Laatzen – die Wohnung hatte ihm eine Familie vermittelt, die ihn schon als Hosenmatz kannte und die all die Jahre den Kontakt mit ihm gehalten hatte. Du weißt schon: Nachbarsonkel, Nachbarstante, so was eben. Und diese Familie hieß: Kalkar.«

»Lilos Eltern?«

»Genau die. Und die Wohnung, in die Steinfordt zog, war nur ein paar Häuser von den Kalkars entfernt. Natürlich kannte er auch Lilo und bekam mit, wie sehr sie sich um ihren achtzehnten Geburtstag herum veränderte. Als ihm Lilos Mutter die falsche Information unterschob, dass die Tochter von einem älteren Mann gestalkt und bedroht werde, der vom Alter her ihr Vater sein könne, sah er das junge Mädchen in Gefahr schweben. Dann verschwand Lilo tatsächlich, und Steinfordt sorgte dafür, dass er auch wirklich in die ermittelnde Soko kam. Außerdem gab er Lilos Mutter Ratschläge, wie sie es anstellen musste, damit die Polizei den Fall weiterverfolgte.«

»Na super. Ich glaube, ich kann den Chef allmählich verstehen: Steinfordt hätte ich als Kollegen wohl auch nicht gemocht.«

»Ach, der Chef hatte andere Gründe. Ich weiß gar nicht genau, was da los war. Du kannst ihn gern mal danach fragen, wenn du magst.« Grote zog eine Visitenkarte aus der Tasche und schob sie Hansen hin. »Ich hab mit ihm über Steinfordt gesprochen und darüber, dass er tot in deinem Zuständigkeitsbereich gefunden wurde. Der Chef lässt dich grüßen. Er weiß, dass du heute und morgen in Hannover bist.«

Er zwinkerte Hansen zu.

»Und dass du natürlich ganz privat hier bist. Er hat übrigens auch seine Privatnummer auf die Karte gekritzelt.«

Hansen überflog die Visitenkarte und lachte. Adam Reuter, der frühere Leiter der Kriminalfachinspektion 1, hatte Hansen immer gemocht. Aber was er auf der Visitenkarte las, passte so gar nicht zu dem strengen, manchmal etwas herrischen und ungeduldigen Vorgesetzten, als den er Reuter erlebt hatte.

»Der ist jetzt Ausbilder? Ich hatte ihn nicht gerade als gütige Vaterfigur in Erinnerung.«

Grote zuckte mit den Schultern. »Ein junger Kollege wurde nach den Ermittlungen zu einem besonders brutalen Mord erhängt in seiner Wohnung aufgefunden. Da hat sich der Chef wohl vorgeworfen, dass er auf solche Mordfälle jahrelang auch weniger robuste Beamte angesetzt hatte, denen es schwerfiel, alles zu verdauen.«

Hansen wusste, wovon Grote sprach. Sie alle wussten das. Wenn man zur Kripo kam, musste man auf vieles gefasst sein. Nicht nur auf entstellte Leichen, Opfer von unfassbar brutalen Tätern – sondern auch auf die Begegnung mit den Hinterbliebenen, von denen jeder anders auf die Todesnachricht reagierte. Und darauf, dass nach Abschluss eines Falls eigentlich allen ermittelnden Beamten alles klar war und auch manches bewiesen – dass es aber vermutlich nicht reichen würde, den Täter auch wirklich vor Gericht für seine Tat zu verurteilen. Darauf, dass man auch mal falschlag – und dass man manchmal, wenn auch sehr, sehr selten einen Fall nicht lösen konnte.

Grote sah, dass Hansen nachdenklich geworden war, und er nickte.

»Das mit dem Verdauen haben auch wir beide erst lernen müssen, nicht wahr? In unserem Fall ist es gut ausgegangen, für den jungen Kollegen war es irgendwann einfach zu viel. Der Chef ist heute nicht mehr derselbe, und vielleicht meint er, er müsse jetzt an den Jüngeren etwas gutmachen. Red mal mit ihm, er würde sich freuen. Und du wirst staunen, wie er sich verändert hat.«

»Okay, wenn's zeitlich hinhaut, ruf ich ihn an.«

»Zurück zu Steinfordt: Als Privatdetektiv hat ihn das Verschwinden von Lilo Kalkar wohl nicht ganz losgelassen. Und der Selbstmord von Lilos Mutter hat ihn darin sicher noch bestärkt. Jedenfalls kniete er sich in mehrere Fälle von vermissten Teenagern mächtig rein, und mit der Zeit hatte er sich da auch einen gewissen Ruf in der Branche erarbeitet. Während andere Schnüffler Fotos von Seitensprüngen lieferten, setzte sich Steinfordt meistens auf die Fährte von Verschwundenen – anfangs auf eigene Faust, später immer häufiger im Auftrag der besorgten Eltern. Ein paar hat er auch wirklich aufgestöbert, andere standen wieder zu Hause, bevor er sie erwischen konnte. Und deshalb beauftragten ihn die Eltern der Neunzehnjährigen aus Braunschweig mit der Suche nach ihrer Tochter. Er fand einige Spuren und war eigentlich ganz guter Dinge, das Mädel bald zu finden – da wurde ihre Leiche in einem Waldstück zwischen Bayreuth und Pegnitz entdeckt, etwa einen Kilometer von der A 9 entfernt. Sie wollte ans Mittelmeer – allzu weit war sie leider nicht gekommen. Entweder hatte sie ein Autofahrer mitgenommen, missbraucht, ermordet und im Wald deponiert – oder es war jemand, der sie kannte und wollte, dass es so aussah, als wäre es ein unbekannter Täter. Die Braunschweiger und die bayrischen Kollegen haben einen riesigen Aufwand betrieben: Sie haben Außendienstler, Urlauber und Trucker ermittelt, die zur Tatzeit auf der A 9 zwischen Bayreuth und Pegnitz unterwegs waren oder mit einiger Wahrscheinlichkeit unterwegs gewesen sein konnten – und sie alle wurden zu einem freiwilligen DNA-Test gebeten. Zugleich wurden im Umfeld der Familie DNA-Proben genommen – so kam auch Steinfordt in diese Datei, weil er als Detektiv zumindest auf der Spur des Mädchens gewesen war.«

»Mir kann's nur recht sein«, sagte Hansen. »So wissen wir wenigstens, wer der Tote in der Scheune bei Krumbach ist.«

»Außerdem wurde 2013 ein maskierter Vergewaltiger überführt, der blöd genug war, sein Opfer ohne Kondom anzugehen – es war einer der Trucker, die ihre DNA freiwillig abgegeben hatten. Davon abgesehen hat der ganze Reihentest aber zu nichts geführt: Steinfordt hat das Mädel natürlich nicht umgebracht, und von all den anderen, die sich den Wattestab in den Mund haben stecken lassen, war's auch keiner. Die Kollegen ermitteln bis heute.«

Grote orderte noch eine Lüttje Lage, und sie tranken sie schweigend aus. Die Wirtin blickte ein-, zweimal mit gerunzelter Stirn zu ihnen herüber, als sie zehn Minuten keinen Ton gesprochen hatten. Dann sah Hansen seinen früheren Kollegen forschend an.

»Nehmen wir mal an, Steinfordt hätte immer noch an diesem Fall herumgemacht ... was könnte ihn dann das Leben gekostet haben?«

»Er könnte jemandem auf die Zehen getreten sein, bei dem man das lieber nicht macht. Oder ...«

»Oder er könnte dem Täter von damals näher gekommen sein, als der das vertrug.«

Grote nickte, und Hansen versank wieder in brütendes Schweigen.

»Du kriegst das raus, Eike«, sagte Grote schließlich. »Du bist auch ein zäher Hund, zäher noch als Steinfordt – und dabei zum Glück nicht so halsstarrig und verbohrt. Ich fand es immer klasse, dass du irgendwann innehältst, einen Schritt zurücktrittst und das Ganze mit etwas Abstand noch einmal ganz anders sehen konntest.«

Hansen lächelte ihn traurig an. »Danke«, sagte er. »Und falls das alles stimmt, kann ich das in diesem vertrackten Fall sehr gut brauchen.«

»Ach, übrigens: Einer aus der damaligen Soko hat mir erzählt, dass die Krumbacher Kripo aus Routine auch die Aussagen der Nachbarn fleißig gegengecheckt hat, das schien alles zusammenzupassen – der Kollege fand, die haben damals einen richtig guten Job gemacht, und das sollst du ihnen bitte ausrichten.«

»Mit wem hattet ihr denn damals Kontakt in Krumbach?«

»Ich selbst war ja nicht drin in der Soko Lilo, aber das kann ich für dich rausbekommen. Was willst du die denn noch fragen?«

»Das weiß ich nicht genau. Aber ich wüsste es ganz gern – für alle Fälle. Bisher vermuten wir ja nur, dass Steinfordt wegen dieser alten Geschichte in der Krumbacher Gegend war. Sicher wissen wir es nicht.«

Plötzlich fiel Hansen der Zettel mit den offenen Fragen ein, den Haffmeyer ihm gegeben hatte. Ein paar offene Punkte konnte er streichen, ein paar waren noch ungeklärt. Er legte Grote das Blatt hin.

»Kannst du das für mich rauskriegen?«

Grote überflog die Fragen, dann sah er Hansen nachdenklich an. »Offiziell oder eher nicht? Bisher bist du quasi rein privat hier, es wurde noch nicht um Amtshilfe ersucht – und wenn JP erfährt, dass du unter der Hand in deinem alten Revier herumschnüffelst …«

Grote musste den Satz nicht beenden. Hansen wusste auch so, dass sein Exschwiegervater einer Chance, ihm Schwierigkeiten zu bereiten, nicht widerstehen konnte.

»Um mich musst du dir keine Sorgen machen, aber wenn du meinst, *du* könntest Probleme deswegen bekommen, dann vergiss es, war nur eine Frage. Ich kann das auch offiziell anfragen lassen, sobald wir genauer wissen, ob Steinfordt wirklich noch an diesem Fall dran war.«

»Na, jetzt hör aber mal auf! Ich hab keine Angst vor Problemen, so gut solltest du mich noch kennen! Natürlich kriegst du die Infos von mir. Ich könnte mir sogar vorstellen, dass …«

Er verstummte und dachte nach.

»Hast du morgen schon was vor?«

»Morgen ist Muttertag«, sagte Hansen nach einigem Zögern. »Ich würde gern zum Friedhof in Wunstorf fahren.«

Grote nickte ernst. »Soll ich dich bringen?«

»Nein, wird schon gehen. Wenn sich sonst nichts ergibt, werde ich wohl am frühen Nachmittag wieder runterfahren ins Allgäu.«

Grote grinste, und Hansen sah ihn fragend an. »Ich ruf dich morgen um die Mittagszeit an. Ich hab da eine Idee. Aber jetzt zahlen wir und machen noch eine Runde durch die Stadt!«

Sonntag, 8. Mai

Es war ein schwerer Gang für Hansen. Gerade am Muttertag.

In der Nacht war es erst mit Grote etwas später geworden als beabsichtigt. Und als er müde in die Wohnung seines Freundes gekommen war, hatte der noch auf ihn gewartet und wollte auch etwas mit seinem Übernachtungsgast trinken. Gegen halb vier war Hansen schließlich ins Bett gekommen, und entsprechend farblos erschien ihm jetzt die Welt. Sein Kopf pochte, und schon nach wenigen Schritten begann er mehr zu schwitzen, als er das von sich kannte – doch schwer fiel ihm der Weg aus ganz anderen Gründen. Aus Gründen, über die er nicht einmal mit Resi gesprochen hatte. Und er fragte sich, ob er es irgendwann können würde.

Hansen war mit dem Wagen nach Klein Heidorn rausgefahren, war durch die Straßen seiner Kindheit und Jugend gezuckelt und hatte ab und zu an Claus Steinfordt denken müssen. Mit fünf ins Kinderheim und mit achtzehn, also quasi bei erster Gelegenheit, wieder zurück an den Ort, an dem er seine Kindheit hätte verbringen wollen.

Hansen hatte sein Heimatdorf immer als etwas zu eng empfunden. Er hatte die Kirschen geliebt, die es im Sommer im Überfluss gab, und er hatte sich nie wirklich gestört am Lärm der startenden und landenden Maschinen drüben auf dem Fliegerhorst. Wie auch, wenn jeder Düsenschub ihn an seinen Vater erinnerte. Aber die Enge, die Nachbarn, die alles von einem wussten, die einen offenbar nach Hause kommen sahen, zu welcher Uhrzeit und wie vorsichtig man sich auch immer ans Elternhaus heranschlich. Entsprechend ausgiebig hatte er die ersten Monate in Hannover genossen, und als seine Mutter starb, hätte er nicht mehr viele Gründe zu nennen gewusst, warum er unbedingt nach Klein Heidorn hätte zurückkehren wollen. Klar, einige Schulfreunde lebten noch hier, ein, zwei Kollegen von der Polizei, auch einige alte Gefährten des Vaters oder die neugierige, aber sehr nette Alte, die wie auf ihrer Fensterbank festgetackert wirkte, weil sie den ganzen Tag auf die Straße schaute. Aber sonst?

Es war schön hier, das konnte er auch im Vorüberfahren sehen. Gepflegte Gärten, die Häuser in Schuss und alles aufgeräumt. Sein Elternhaus stand noch, es war frisch verputzt, und in der Einfahrt, die viel schöner gepflastert war als früher, standen ein paar Kinderräder.

Langsam rollte er mit dem Wagen aus dem Dorf und hielt auf den Stadtrand von Wunstorf zu. Der Friedhof war von einer dichten, hohen Hecke umgeben, und auf dem Gelände spendeten Nadel- und Laubbäume Schatten. Er ging unter einigen Fichten hindurch und steuerte auf einen Platz zu, der wunderschön von Birken umstanden war. Auf einem kleinen Grabstein standen die Namen »Barbara Hansen, geb. Bihdensee« und »Robert Wilhelm Hansen«, obwohl nur der Körper seiner Mutter hier bestattet worden war. Sein Vater war eines Tages nicht mehr von einem Übungsflug zurückgekommen, sein Leichnam wurde nie gefunden.

Hansen stand einige Minuten reglos vor dem Grab, die Hände gefaltet, den Blick gesenkt und die Schultern vom schlechten Gewissen niedergedrückt. Seit dem Wechsel ins Allgäu und der Trennung von seiner Frau war er nur noch einmal in die alte Heimat zurückgekommen: zum Scheidungstermin. Damals war er per Bahn angereist, und der nüchterne Akt, mit dem seine Ehe endete, hatte ihn so mitgenommen, dass er noch im Bahnhof ein paar Bierchen gekippt hatte und sich danach vom nächstbesten Zug in den Süden hatte schaukeln lassen.

Für das Grab hatte er einen Gärtner beauftragt, schon gleich nach dem Tod der Mutter. Es sah also alles bestens aus: frische Blumen, ein prächtiges Gesteck, ein gepflegtes Viereck aus Erde und Grün, umgeben von dem kurz gehaltenen Rasen, der hier die Grenzen zwischen den Gräbern markierte. Aber jetzt, in diesem Moment, hätte er sich gewünscht, dass er all das selbst angepflanzt hätte.

Hansen ging in die Hocke und zupfte ein Blatt ab, das nicht mehr ganz so grün war wie die anderen. Es war sicher schön, hier zu leben und sich um solche Dinge selbst zu kümmern.

»Eike?«

Er schreckte aus seinen Gedanken hoch und hatte für einen Moment Mühe, in seiner unbequemen Position das Gleichgewicht zu halten. Neben ihm stand eine hübsche Frau mit schulterlangen dunkelblonden Haaren. Hansen wusste, dass sie unlängst zweiundvierzig geworden war, aber Cordula Vanhayd sah immer noch aus wie Anfang dreißig – und aus der Ferne wie ein Teenager. Sie war die beste Freundin seiner Exfrau. Durch die Probleme in seiner Ehe und die Scheidung hatte er sich mit ihr zwar nicht zerstritten, aber aus den Augen verloren hatten sie sich schon.

»Ist ja schön, dich mal wieder hier zu sehen. Den Gärtner hast du beauftragt, nicht wahr?«

»Ja. Vom Allgäu aus war das nicht anders zu machen.«

Sie lächelte ihn verschmitzt an.

»Ich geb zu«, schob er nach, »dass ich mich lange auch nicht getraut habe.«

Sie nickte und legte ihm tröstend eine Hand auf den Arm. Sie war weich und warm, und die Geste war so freundschaftlich gemeint, wie sie wirkte. In Gedanken tadelte er sich gleich wieder, dass er eine Zeit lang so sauer auf sie gewesen war. Cordula war an Männern nicht interessiert, und als sie sich in der unangenehmen Schlussphase seiner Ehe von ihrer langjährigen Partnerin getrennt und häufig mit Claudia zusammengehockt hatte, malte er sich alles Mögliche aus – unter anderem, dass die beiden eine Affäre miteinander hatten.

»Claudia ist gerade nicht in der Gegend«, sagte Cordula. »Sie hätte dich sicher gern getroffen. Ihr habt keinen Kontakt mehr, oder?«

»Nein. Ich fand, wir sollten beide neu anfangen. Deshalb …«

»Schon gut, Eike, ihr habt das ganz ordentlich hingekriegt. Ich bin zufrieden mit euch.« Sie zwinkerte ihm zu. »Claudia ist gerade mit ihrem Vater im Haus am Fjord.«

»Ja, hat mir ein früherer Kollege auch schon erzählt. Und mit dabei ist ein Unfallchirurg aus dem Klinikum Nordstadt.«

»Na, das musst du schlucken, Eike. Da hast du kein Mitspracherecht mehr. Und du solltest froh sein, dass sie sich nicht wirklich noch mit mir eingelassen hat.«

Sie lachte. Es klang nett und kein bisschen hämisch. Jetzt,

wo sie so lässig über ein sehr dunkles und für ihn erst quälendes und dann sehr peinliches Kapitel in ihrer Freundschaft hinwegging, kam er sich noch mehr wie ein dummer Schuljunge vor als ohnehin schon. Sie unterhielten sich eine Weile. Er erfuhr, dass es Claudia gut ging, dass sie einen netten neuen Freund erwischt hatte und dass auch JP sehr zufrieden war mit ihm – zumal er für die vermögende Familie Hardensen standesgemäßer war als »dieser Polizist«, wie sein einstiger Schwiegervater ihn manchmal genannt hatte.

Dann tauschten sie Telefonnummern, und sie verabschiedete sich von ihm. Er sah ihr nach, bis ihm eine ältere Frau zwei Gräber weiter tadelnde Blicke zuwarf, weil sie ihm wohl unterstellte, der schönen Frau nur auf den Hintern zu glotzen.

Gleich am Morgen hatte Grote ihm per Handy einige der Fragen auf Haffmeyers Zettel beantwortet. Er hatte den Namen und die Adresse der älteren Dame herausgesucht, die gelegentlich als Sekretärin für Claus Steinfordt gearbeitet hatte – mit dem Vermerk, dass sie noch nichts vom Tod ihres Chefs wisse und dass er selbst daher zuerst mit ihr reden müsse. Hansen dürfe ihn dabei jedoch gern begleiten. Grote schlug Hansen vor, ihn kurz vor Mittag abzuholen und mit ihm zu Steinfordts Teilzeitmitarbeiterin zu fahren. Hansen überschlug kurz seine Planung und kam zu dem Schluss, dass er das schaffen werde.

Natürlich hatte Haffmeyer auch notiert, wo in Laatzen die Familie Kalkar zum Zeitpunkt von Lilos Verschwinden gewohnt hatte – und wo Gert Kalkar seine Frau Anna tot im Zimmer der Tochter fand: in einem Haus in der Hildesheimer

Straße, einer Verkehrsschneise, die sich vom südlichen Hannover einmal quer durch Laatzen in Richtung Südosten zog. Hansen suchte nach der richtigen Hausnummer. Als er sie gefunden hatte, stellte er seinen Wagen in einer Parklücke am Straßenrand ab.

Das Haus der Kalkars wirkte gut in Schuss. Auf Klingelschild und Briefkasten war inzwischen ein anderer Name zu lesen. Hansen klingelte trotzdem. Nach einer Weile schwang die Haustür auf, und er stand einem massigen Mann Ende fünfzig gegenüber, der ihn misstrauisch musterte.

»Entschuldigen Sie bitte«, sagte Hansen. »Ich suche Herrn Gert Kalkar, und weil ich weiß, dass er früher mal hier gewohnt hat, dachte ich …«

Die Tür flog so laut ins Schloss, dass am Nachbarhaus erst ein Vorhang wackelte und dann ein Fenster geöffnet wurde. Hansen wandte sich der älteren Frau zu, die nun heraussah.

»Entschuldigen Sie«, begann Hansen erneut. »Vielleicht können Sie mir helfen?«

Er war so überrascht von der Reaktion des Mannes, dass er gar nicht auf die Idee gekommen war, sich als Kripobeamter auszuweisen. Und als es ihm nun in den Sinn kam, verwarf er den Gedanken auch gleich wieder: Genau genommen war er ja nicht als Kripo-Kommissar hier.

»Ja?«, fragte die Frau und sah ihn gespannt an.

Hansen deutete auf das Haus, dessen Tür ihm gerade vor der Nase zugeschlagen worden war.

»Haben dort nicht früher mal die Kalkars gewohnt?«

»Ach, Sie kennen die Kalkars?«

Seltsam, dachte Hansen. Die Frau redet, als wüsste sie gar

nichts von Anna Kalkars Tod. Aber sie sah ihn so misstrauisch an, dass das auch ein Test sein konnte. Womöglich hielt sie ihn für einen Reporter, der noch einmal wegen der alten, tragischen Geschichte herumschnüffelte.

»Ich … na ja, ganz früher mal. Ist lange her. War schon vor Annas …«

Sie nickte. Offenbar hatte Hansen den ersten Test bestanden. Und er fand auch selbst, dass er sich durchaus wie ein Freund der Familie anhörte. »Gert ist weggezogen?«

Die alte Frau dachte nach. »Wie lange haben Sie ihn denn nicht mehr gesehen?«, fragte sie dann mit lauerndem Unterton.

Hansen überlegte, welche Notlüge hier wohl am besten funktionieren würde. Dann sagte er: »Das muss mindestens … warten Sie … mindestens fünfzehn Jahre her sein.« Sie schien noch nicht ganz zufrieden mit Hansens Antwort, also setzte er noch einen drauf. »Claus wollte ich auch schon fragen, der war ja ein ganz enger Freund der Familie. Aber der wohnt ja ebenfalls nicht mehr hier in der Straße.«

Jetzt wurde der Blick der Frau weicher, und sie beugte sich etwas weiter aus dem Fenster.

»Ach, den Claus kennen Sie auch? Na dann. Nein, Gert Kalkar wohnt hier schon lange nicht mehr. Er ist in den Süden gezogen.«

»Wie in den Süden? Nach Rethen oder nach Sarstedt?«, versuchte er es mit zwei Orten in der Nähe.

Die alte Frau lachte. »Nein, runter nach Süddeutschland. Eine Adresse habe ich leider nicht für Sie. Da könnte der Nachbar Ihnen helfen« – sie nickte zu dem früheren Haus der

Kalkars hin –, »aber der scheint nicht mit Ihnen reden zu wollen.«

»Sieht ganz so aus. Ich weiß gar nicht, was er hat.«

»Na, er wird vielleicht nicht so gern daran erinnert, was sich in seinem Haus mal zugetragen hat.«

Sie unterbrach sich und sah Hansen traurig an. »Und da geht es ihm eigentlich genau wie mir und allen anderen in der Nachbarschaft. Wie gesagt: Gert Kalkars neue Adresse kann ich Ihnen leider nicht geben. Und ich muss dann auch wieder.«

Die Frau deutete hinter sich, dann verabschiedete sie sich und schloss das Fenster. Hansen hätte schwören können, dass er aus dem früheren Haus der Kalkars beobachtet wurde, aber er startete dort keinen zweiten Versuch, sondern machte sich auf den Weg zu Alexander Grote.

»Darauf freue ich mich schon den ganzen Morgen«, sagte Grote, als sie am Dreieck Hannover-Süd die A7 in Richtung Hildesheim erreichten. »Dass ich mal wieder mit dir zusammen zu einer Befragung fahren kann. Auch wenn ich mir den Anlass natürlich etwas angenehmer gewünscht hätte.«

»Und diese Frau …«

»Rahlke, Paula Rahlke.«

»Die weiß noch gar nicht, dass ihr Chef tot ist?«

»Nein, woher denn? Ihr wisst es ja selbst erst seit Donnerstag, und sie hat wohl eher unregelmäßig für ihn gearbeitet. Da vorne musst du rechts rein, dann sind wir auch schon da.«

Hansen hielt vor einem mehrgeschossigen Gebäude an der Ecke Katharinenstraße und Einumer Straße. Wenig später standen sie vor der Wohnungstür von Claus Steinfordts Mitarbeiterin. Frau Rahlke hatte nach kurzem Zögern den Türöffner gedrückt, nachdem Grote sich über die Sprechanlage mit »Kripo Hannover« vorgestellt hatte, und sah ihnen nun gespannt entgegen.

Paula Rahlke war Anfang fünfzig, vollschlank und eher klein und trug ihr rötlich braunes Haar in einem asymmetrischen Schnitt.

Grote kam ohne Umschweife zur Sache. »Wir würden gern mit Ihnen über Herrn Steinfordt reden, Ihren Arbeitgeber.«

Sie zog eine Augenbraue hoch und machte keine Anstalten, die Tür freizugeben. Grote zückte seinen Ausweis, dann deutete er auf den Flur hinter der Frau.

»Wir würden das nur ungern im Treppenhaus besprechen. Könnten wir bitte reingehen?«

Frau Rahlke trat einen Schritt zur Seite, zeigte den beiden Männern mit einer knappen Geste den Weg zum Wohnzimmer und folgte ihnen. Sie selbst setzte sich in einen bequemen Sessel und nahm einen Schluck aus einem Becher, der dampfend vor ihr auf dem Tisch stand.

»Nehmen Sie doch Platz«, forderte sie ihren Besuch auf. Außer einer Sitzgelegenheit bot sie ihnen nichts an, sondern musterte die beiden abwartend. Vermutlich hatte sie als Sekretärin eines Privatdetektivs nicht nur angenehme Begegnungen mit der Polizei erlebt.

»So, und was ist nun mit Claus?«, fragte sie.

»Wann haben Sie Herrn Steinfordt zum letzten Mal gesehen?«, stellte Grote eine Gegenfrage.

»Am vorletzten Montag. Wir haben drüben im Büro zusammengesessen.«

Sie machte eine Kopfbewegung zum Fenster. Steinfordts Wohnung und Detektei waren in einem Haus auf der gegenüberliegenden Straßenseite untergebracht, etwa fünfzig Meter entfernt.

»Er hat mir an diesem Tag einige Aufgaben aufgetragen«, fuhr sie fort, »die ich in seiner Abwesenheit erledigen sollte. Ich bin seit vorgestern damit fertig, wir können dann also ab morgen gleich mit allem weitermachen. Da sind wir für siebzehn Uhr in der Detektei verabredet.«

Grote sah sie ernst an. »Daraus wird nichts werden, Frau Rahlke, tut mir leid.«

Sie kniff die Augen zusammen und runzelte die Stirn.

»Ihr Chef wurde tot aufgefunden.«

»Aber das …« Sie räusperte sich, schüttelte den Kopf und setzte neu an. »Nein, das kann nicht sein. Er wollte erst am Montag zurück sein. Ich hätte es erfahren, wenn er schon früher wieder in Hildesheim eingetroffen wäre.«

Sie stand auf, stellte sich ans Fenster und zeigte auf die gegenüberliegende Straßenseite.

»Dort unten stellt er seinen Wagen immer ab. Und wie Sie selbst sehen können, steht er da nicht. Er fährt einen weißen VW-Kombi. HI–DE beginnt sein Kennzeichen. Ein Wortspiel.«

Sie drehte sich um und lächelte.

»Von *hide* wie verstecken, Sie verstehen? In solchen Dingen ist der Claus ein bisschen kindisch.«

Grote verzog keine Miene, und auch Hansen sah sie ernst an. Allmählich schien der Groschen zu fallen, Paula Rahlke wirkte plötzlich unsicher auf den Beinen, und Hansen wollte schon aufspringen, um sie zu stützen. Doch sie machte nur eine fahrige Bewegung mit der Hand, tappte zu ihrem Sessel zurück und ließ sich wieder auf ihren Platz sinken.

»Ich verstehe, er wurde nicht in Hildesheim gefunden.«

»Nein, Frau Rahlke, nicht in Hildesheim«, antwortete Grote.

»Und wo dann?«

»Ich könnte mir vorstellen, dass Sie eine bestimmte Vermutung haben.«

Sie presste die Lippen zusammen, sagte aber nichts.

»In der Nähe von Krumbach in Schwaben«, fuhr er fort. »Ich vermute, dass ich Ihnen nicht erklären muss, dass das im Dreieck Augsburg-Ulm-Memmingen liegt.«

Ihr Blick flackerte.

»Und dass genau dort, in Krumbach, ein Mann gewohnt hat, der vor vierzehn Jahren eine Zeit lang verdächtigt wurde, eine junge Frau aus Laatzen entführt und umgebracht zu haben.«

Ihre Augen begannen zu schimmern. Sie schaute geradeaus und nestelte ein Papiertaschentuch aus ihrem Ärmel hervor.

»Ihr Chef hat damals in diesem Fall mitermittelt und schließlich seinen Dienst bei der Kripo Hannover quittiert. Vermutlich weil die Ermittlungen eingestellt wurden, obwohl Herr Steinfordt nach wie vor davon überzeugt war, dass damals ein Verbrechen geschehen war.«

Nun schnäuzte sie sich und wandte sich an Grote. »Was wollen Sie eigentlich von mir? Wenn Sie doch angeblich schon alles wissen, dann gehen Sie doch jetzt und lassen mich in Ruhe. Claus … er war nicht einfach nur mein Chef, er war ein Freund.«

Grote stutzte, und ein ärgerlicher Zug spielte um ihren Mund. »Nicht, was Sie denken! Einfach nur ein Freund. Kennen Sie so was nicht?«

Alexander Grote erhob sich, trat ans Fenster und kehrte ihr den Rücken zu. Hansen erinnerte sich, dass der Kollege auf diese Weise gern überspielte, wenn er sich sammeln musste. Er blickte auf die Straße hinunter, dann nickte er und drehte sich wieder zu Paula Rahlke um.

»Dieser alte Fall hat ihn all die Jahre über nicht losgelassen, richtig?«

Sie verschränkte die Arme vor der Brust und sah Grote trotzig an.

»Falls Sie hoffen, dass ich Sie in die Wohnung von Claus lasse, dann haben Sie sich geschnitten. Ich helfe Ihnen doch nicht dabei, in seinen Unterlagen herumzuschnüffeln.«

»Darum wollte ich Sie gar nicht bitten. Herr Steinfordt ist allem Anschein nach einem Gewaltverbrechen zum Opfer gefallen – deshalb werden meine Kollegen die Wohnung und das Detektivbüro morgen früh ohnehin nach allen möglichen Spuren und Hinweisen durchsuchen. Dazu brauche ich Sie nicht, Frau Rahlke. Und damit Sie nicht auf dumme Gedanken kommen: Schauen Sie mal runter – inzwischen ist eine Streife vorgefahren. Die Kollegen werden ein Auge auf die Wohnung haben, damit da niemand reingeht und vor der polizeilichen Untersuchung noch Spuren verschwinden lässt. Natürlich wird auch die Wohnungstür versiegelt.«

Paula Rahlke stierte mit biestiger Miene vor sich hin.

»Außerdem verstehe ich nicht ganz, warum Sie so wütend auf mich sind.«

»Claus und ich haben so unsere Erfahrungen mit der Polizei gemacht.«

»Das kann ich mir denken. Wir kommen manchmal zu dem Schluss, dass Privatdetektive uns die Arbeit erschweren oder manchmal auch Fahndungserfolge vereiteln, weil sie im falschen Moment irgendeinen blöden Alleingang unternehmen. Da kann der eine oder andere Kollege schon mal etwas ungehalten reagieren.«

»Klingt für meinen Geschmack etwas zu nett, so, wie Sie das sagen ...«

»Ich jedenfalls hatte kein Problem mit Claus Steinfordt, und ich bin hier, weil ich seinen Mörder finden will. Das sollte eigentlich auch in Ihrem Interesse sein – gerade wenn er nicht nur Ihr Arbeitgeber war, sondern auch ein Freund.«

Sie schaute immer noch verdrossen drein und trank noch einmal aus ihrer Tasse. Danach verschränkte sie ihre Arme nicht mehr, sondern faltete die Hände im Schoß.

»Wir gehen davon aus«, unternahm Grote einen neuen Anlauf, »dass Steinfordt wegen dieses alten Vermisstenfalls in die Krumbacher Gegend gefahren ist. Und wir gehen davon aus, dass ihn diese Recherchen das Leben gekostet haben.«

Es arbeitete in Paula Rahlke, aber noch schwieg sie.

»Gab es einen konkreten Grund dafür, dass er ausgerechnet jetzt nach Krumbach gefahren ist? Es ist immerhin vierzehn Jahre her, dass Lilo Kalkar und Hubert Franck verschwunden sind. Gab es eine neue Spur, der er nachgehen wollte?«

»Na ja, neu war die Spur nicht gerade. Auch schon vierzehn

Jahre alt, und seither hat sie unbeachtet in den Polizeiakten geschlummert, obwohl …«

»Ach, Herr Steinfordt hatte Zugang zu unseren Akten?«

»Dazu sage ich nichts. Ich will schließlich nicht, dass Claus meinetwegen Schwierigkeiten …«

Sie unterbrach sich und schluckte.

»Ich will keine Schwierigkeiten. Ich weiß davon nichts. Tut mir leid.«

»Meinetwegen vergesse ich gleich, von wem ich das habe, was Sie mir jetzt gleich noch erzählen – *falls* Sie es mir erzählen!«

Sie dachte nach.

»Mensch, Frau Pahlke! Wir sind die Guten! Lassen Sie diese Indianerspielchen, die Ihr Chef so liebte – und die er offenbar mit dem Leben bezahlt hat!«

»Ich …«

»Was machen Sie denn, wenn der Mörder weiß, dass Ihr Chef Privatdetektiv war? Wenn er weiß, wo seine Detektei zu finden ist und wer für ihn gearbeitet hat? Von Krumbach hierher sind es kaum fünf Stunden. Wollen Sie denn nicht, dass Sie sich keine Sorgen mehr machen müssen? Dass Sie nachts ruhig schlafen und tagsüber ohne Angst an die Tür gehen können?«

Er beugte sich zu ihr hinunter.

»Wollen Sie nicht, dass der Mann, der Claus Steinfordt das angetan hat, seine Strafe bekommt?«

Grote setzte sich und wartete. Dann, endlich, begann sie zu reden.

»Claus war ganz auf sich allein gestellt«, begann sie leise

und anfangs stockend. »Ich habe ihm im Büro geholfen, ab und zu auch bei einigen seiner Recherchen. Aber wenn er unterwegs war, hat er mir zwischendurch in der Regel keine Informationen durchgegeben. Er tat dann immer ganz geheimnisvoll und meinte, es sei besser für mich, wenn ich nicht zu viel wisse. Ich habe Ihnen ja schon erzählt, dass sich Claus da manchmal ein bisschen kindisch aufführte. Auch wenn er wieder da war, erzählte er mir nur das, was ich für meine Recherchen unbedingt wissen musste – einen Überblick über den ganzen Fall hatte ich praktisch nie. Manchmal sprach er sich von unterwegs Memos an sich selbst auf den Anrufbeantworter – die hätte ich für Sie abhören können, aber Sie haben die Tür zu Claus' Wohnung ja gerade versiegeln lassen.«

Grote überlegte, ob er bei der Staatsanwaltschaft anrufen sollte, ob er schon vor der Kriminaltechnik in Steinfordts Wohnung gehen dürfte – aber dann kamen ihm die möglichen Komplikationen in den Sinn, auch weil Hansen inoffiziell an einer Befragung teilnahm, und er entschied, dass für das Abhören des Anrufbeantworters auch morgen noch Zeit war. Außerdem war Frau Pahlke jetzt in Schwung gekommen.

»Claus hat sich immer wieder mal zwischendurch Zeit genommen, um Lilo Kalkar und Hubert Franck aufzuspüren. Wenn gerade kein dringender Auftrag anlag oder wenn ihm wieder etwas eingefallen war, was vielleicht Ausgangspunkt neuer Recherchen sein konnte. Manchmal hatte ich den Eindruck, dass er von Lilo Kalkars Verschwinden geradezu besessen war.«

»Bestand denn noch ein Auftrag für die Suche nach Lilo, etwa vom Vater des Mädchens?«

Paula Rahlke presste die Lippen zusammen. »Na, wenigstens scheinen Sie zu wissen, dass sich Lilos Mutter umgebracht hat«, knurrte sie. »Oft genug werden die Ermittlungen eingestellt, die Soko wird aufgelöst, die Akten zugeklappt – und was später aus den Menschen wird, mit denen die Polizei während ihrer Arbeit zu tun hatte, interessiert niemanden mehr!« Paula Rahlke schüttelte wieder den Kopf. »Kaum dass die Soko damals aufgelöst wurde, hat sich Frau Kalkar in Lilos Zimmer umgebracht.«

Hansen und Grote ließen sie weiterreden, auch wenn sie das schon wussten.

»Claus kannte die Familie ja schon lange und hat gleich, nachdem er selbst davon erfahren hatte, dort angerufen. Am Abend wollte er auch noch persönlich mit ihnen reden, weil er sich gut vorstellen konnte, wie schwer das Ende der Ermittlungen die Eltern treffen musste. Lilos Vater hat ihn nicht mehr ins Haus gelassen. Er sagte ihm, dass er ihn nicht mehr sehen und seine Ruhe haben wolle, von der Polizei im Allgemeinen ebenso wie von ihm im Besonderen.«

Sie sah jetzt sehr leidend aus.

»Claus hat mir das mal erzählt, es hat ihn noch Jahre später völlig fertiggemacht. Der Vater, wie er das ganz ruhig zu ihm sagt, ganz ruhig, aber auch so unversöhnlich. Und wie dann der Notarzt rauskommt, auf Claus' fragenden Blick nur kurz mit dem Kopf schüttelt, und wie sie den Bestatter rufen und die Kriminaltechnik. Als Ihre Kollegen darauf bestanden, in die Wohnung zu gehen, ist Gert Kalkar ausgerastet. Er wollte auf die Kripoleute losgehen. Zu dritt mussten sie ihn zur Seite schaffen.«

Paula Rahlke griff nach ihrem Becher und setzte ihn an. Dann merkte sie, dass nichts mehr drin war, und stellte ihn wieder ab.

»Claus hat mir erzählt, dass er sich an die seltsamsten Details erinnert, wenn er an diesen Abend zurückdenkt. Daran, dass es in der ganzen Wohnung nach Gulasch roch. Daran, dass Gert Kalkar weiß war wie eine Wand und auf jede Frage der anderen Kripobeamten und des Notarztes immer nur wiederholte, dass er seine Frau zuletzt in Lilos Zimmer hatte schweben sehen.«

Als Paula Rahlke darum bat, allein sein zu dürfen, legte Grote für alle Fälle eine Visitenkarte auf den Tisch, dann gingen sie hinaus und zogen ganz leise die Wohnungstür hinter sich zu.

Den Weg zurück nach Hannover fuhren sie schweigend. Erst als Hansen die Richtung zu Grotes Wohnung einschlug, schaute der auf.

»Ach nein, ich hatte noch was anderes mit dir vor.«

»Sei mir nicht böse, Alex, aber ich glaube, mir reicht's für heute. Das von eben muss ich erst noch verdauen – und du auch, wenn ich dich so ansehe.«

»Ja, schon, aber ... Bieg dort vorne mal ab und dann geradeaus. Den Weg solltest du noch kennen.«

Hansen sah Grote überrascht an. Natürlich kannte er den Weg.

»In die Waterloostraße?«

»Ja, mach mal. Wir schauen uns da was an.«

Hansen zögerte kurz. Er hoffte, dass sein inoffizieller Besuch in seiner früheren Inspektion Alex Grote keine Schwierigkeiten bereiten würde. Andererseits musste der selbst wissen, was er tat. Also hielt er auf die Calenberger Neustadt zu, und Grote dirigierte ihn zu einem Parkplatz. Hansen war seit seinem Umzug ins Allgäu nicht mehr hier gewesen, aber jetzt empfand er doch so etwas wie ein Heimatgefühl, als er das Gebäude-Ensemble vor sich sah, in dem das Polizeipräsidium und die verschiedenen Inspektionen untergebracht waren. Die graubraune Fassade des verwinkelten älteren Baus mit seinen turmartig abgerundeten Eckbauten, der ihn eher an eine altehrwürdige englische Universität erinnerte als an ein Polizeigebäude. Und der modernere lang gezogene Flachdachbau, der seine schmale Seite der Waterloostraße zuwandte.

»Und, hast du das jetzt genug bewundert?«

Grote stand ein paar Schritte von ihm entfernt und hatte sich umgedreht, als er bemerkt hatte, dass Hansen stehen geblieben war.

»Los, komm! Wenn du das hier so toll findest, darfst du gerne wieder nach Hannover kommen. Du weißt, wie ich darüber denke: lieber heute als morgen. Das Beste an unserem Gespräch mit Frau Rahlke war der Umstand, dass ich dich mal wieder mit ›und das ist mein Kollege Hansen‹ vorstellen durfte.«

Er ging weiter, und Hansen folgte ihm. Im Empfang saß ein uniformierter Beamter, der Hansen sofort erkannte und in einen kleinen Plausch verwickelte. Dann drängte Grote wieder zur Eile, und wenig später saßen die beiden in dessen Büro.

»Das sind alle Akten, die wir zum Fall Lilo Kalkar aufbewahrt haben«, sagte er und deutete auf einen dicken Packen, den er Hansen hinschob. »Wenn du magst, können wir hier noch einmal gezielt nach den Antworten suchen, die dir noch fehlen.«

Grote zog den Zettel mit Haffmeyers Fragen hervor und überflog ihn. »Die Adresse von Lilos bester Freundin hab ich dir gegeben. Die wohnt jetzt in Göttingen – das liegt für dich auf dem Heimweg.«

Hansen nickte.

»Von deiner Liste ist eigentlich nur dieser vorgebliche Kleiderfund übrig geblieben.«

»Das kann natürlich auch nur Gerede sein«, gab Hansen zu bedenken. »Ein Wirt aus Breitenthal hat mir davon erzählt. Angeblich hat ein Mitarbeiter des dortigen Kieswerks eine Plastiktüte mit Frauenkleidung auf dem Werksgelände gefunden. Der Wirt meinte, dass sich der Mann damals direkt bei der Nummer gemeldet habe, die in euren Suchaufrufen zu Lilo Kalkar veröffentlicht war – und das wäre ja dann die Inspektion hier in Hannover gewesen.«

Grote blätterte in der Akte. Dann las er sich auf einer Seite fest. Schließlich zog er das Blatt aus dem Stapel und drehte es so, dass Hansen es lesen konnte.

»Hier ist es.«

Es war das Protokoll eines Anrufs, die Telefonnummer gehörte zum Vorwahlbereich Krumbach, passte also auf einen Anschluss in Breitenthal. Ein Karl Faulhaber, der sich als Mitarbeiter des Kieswerks Breitenthal-Oberried vorstellte, meldete am frühen Abend des 31. Juli 2002 den Fund einer Plastiktüte. Sie habe im Wasser getrieben und sich in der Nähe des Kieswerks am Ufer verfangen. In der Tüte habe er Kleidungsstücke vorgefunden: einen Frauenslip, eine Frauenbluse und einen Büstenhalter, alles durch das Wasser des Oberrieder Weihers sehr mitgenommen. Der Anrufer – das war sogar aus dem nüchtern formulierten Protokoll herauszulesen – habe sehr darauf gedrungen, dass die Polizei seinen Fund abholen und genauestens untersuchen solle. Er war überzeugt, dass die aufgefundenen Kleider mit dem Mordfall an dieser Lilo zu tun hätten, der doch überall durch die Presse gegeistert sei und für den doch ein Krumbacher dringend tatverdächtig sei. Der Beamte, der den Fall kannte, versuchte den Anrufer zu beruhigen: Die ganze Geschichte habe sich als Irrtum herausgestellt, es habe gar keinen Mord gegeben, und die Ermittlungen seien längst abgeschlossen. Trotzdem versprach er dem Anrufer, der wohl nicht lockerlassen wollte, die Gesprächsnotiz umgehend den zuständigen Kollegen zu übergeben. Danach ist das Protokoll in die Akte Lilo Kalkar aufgenommen worden, aber es wurde nichts weiter deswegen unternommen.

»Eigentlich logisch: Der Fall war keiner, die Ermittlungen sind beendet – und die Kleider können von wer weiß wem da entsorgt worden sein«, sagte Grote, und Hansen gab ihm recht.

»Könnte diese Gesprächsnotiz Steinfordt nach Krumbach gelockt haben?«, schlug er vor.

»Gut möglich. So wie ich seine Sekretärin verstanden habe, hatte Steinfordt wohl schon vor längerer Zeit die Akten eingesehen. Er hat sicher damals, als die Soko aufgelöst wurde und er vom Selbstmord seiner ›Nachbarstante‹ Anna Kalkar erfahren musste, alles kopiert, was er in die Finger bekam. Das hat er dann mitgenommen und als Grundlage für seine eigenen Recherchen genommen.«

»Aber diese Kopien hat er vermutlich gleich nach dem Selbstmord von Lilos Mutter gemacht. Wann war das genau?«

Grote sah noch einmal nach.

»Am 2. Juli wurde die Soko aufgelöst, und Frau Rahlke sagte, noch am selben Tag habe sich die Mutter umgebracht. Wenn die Gesprächsnotiz zum Kleiderfund später einfach zur Akte genommen wurde, bekam sie Steinfordt vermutlich gar nicht zu Gesicht. Er war sicher mit anderen Fällen befasst, und richtig ernst nahm den Anruf ohnehin keiner – nachdem die EC-Abhebungen ja nahelegten, dass die beiden Turteltäubchen fröhlich Richtung Südeuropa unterwegs waren.«

»Ja«, befand Hansen, »eigentlich kann es nur diese Info gewesen sein, die ihn nach Krumbach gelockt hat. Etwas Neueres ist nicht in der Akte, oder?«

Grote blätterte noch ein wenig in den Unterlagen, dann schüttelte er den Kopf. »Ich werde mich in den nächsten Tagen mal ein bisschen umhören, wer als Steinfordts Informant infrage kommt. Ich sag dir Bescheid, sobald ich was rausgefunden habe.«

»Wer mag Steinfordt umgebracht haben. Jemand in Krumbach? Jemand, der Angst hatte, dass man ihm auf die Schliche kommt? Das könnte darauf hindeuten, dass Lilo Kalkar damals doch nicht nach Südfrankreich gefahren ist, sondern irgendwo umgebracht und so gut verscharrt wurde, dass sie bis heute niemand gefunden hat.«

»Oder versenkt«, fügte Grote hinzu.

»Ja, der Baggersee. Das ist mir auch schon durch den Kopf gegangen.«

»Steinfordt könnte natürlich auch ein Zufallsopfer gewesen sein: weil er zur falschen Zeit in der Umgebung dieser Scheune rumschlich, die so gerne brennt – oder weil er wie auch immer wem auch immer in die Quere kam, der etwas ganz anderes auf dem Kerbholz hat.«

»Auch möglich – aber da hätte ich gar keine Ansatzpunkte. Fürs Erste tu ich mal so, als hätte Steinfordts Tod wirklich mit seinen Recherchen zu Lilo Kalkar und Hubert Franck zu tun. Und dass er dabei jemanden aufgeschreckt hat, der so viel zu verlieren hat, dass er sogar einen Mord riskiert.«

»Tja, da bleiben dann ja nicht mehr viele Gründe übrig, nicht wahr?«

Als Hansen wenig später das Polizeigelände verließ, schaute ihm der Beamte noch eine Weile hinterher. Dann zog er sein Handy hervor und wählte die Nummer eines gespeicherten Kontakts. Er ließ es klingeln und wartete, bis sich am anderen Ende eine Männerstimme meldete.

»Ich sollte mich doch melden, wenn er hier auftaucht«, sagte er und sah sich dabei nervös um, ob er wohl belauscht würde. »Gerade war er hier, zusammen mit Grote. Die beiden sind gerade raus. Und er hatte einige Kopien dabei.«

In Göttingen ließ Hansen sich vom Navi in eine vornehme Wohngegend leiten. Große Häuser, große Gärten, alles sehr gepflegt – und schließlich hatte er die Adresse erreicht, die ihm Alexander Grote aufgeschrieben hatte. Am Straßenrand parkten nur vereinzelt Autos, offenbar gab es hier ausreichend

Garagen, und so fand er schnell einen Stellplatz, fast direkt neben dem Zufahrtstor des Hauses, zu dem er wollte.

Die Hecke war hoch und dicht, und zwischen dem weiß gestrichenen Stahltor der Einfahrt und der ebenfalls stählernen Tür links daneben hatte man eine wuchtige Säule errichtet, auf der eine grimmig dreinblickende Figur stand, die mit ihrem wettergegerbten und an manchen Stellen etwas abgestoßenen Sandstein seltsam unpassend wirkte.

An der Säule prangte ein poliertes Messingschild, in das der Name »Majr« eingraviert war. Als Hansen den Klingelknopf drückte, hörte er vom Grundstück her ganz leise den schweren Gong widerhallen, den er ausgelöst hatte.

Hansen konnte auf den ersten Blick keine Kameras entdecken, war sich aber sicher, dass bei einem Anwesen, wie er es hinter der Hecke vermutete, auch an so etwas gedacht war. Dann spiegelte sich ein Sonnenstrahl in einem Auge der grimmigen Sandsteinfigur, und Hansen musste lächeln. Es gab also mindestens eine Kamera, und sie war mit einem gewissen Sinn für Humor versteckt.

Eine Frauenstimme fragte über die Sprechanlage nach seinem Namen. Er stellte sich als Kripokommissar vor und fragte, ob er wohl Felicitas Majr sprechen könne. Es stellte sich heraus, dass es sich bei der Frau an der Sprechanlage um ebendiese Felicitas Majr handelte. Als er ihr sagte, dass es um eine alte Freundin von ihr gehe, um Lilo Kalkar, entstand eine lange Pause, bevor der Türöffner summte und die stählerne Tür langsam nach innen schwenkte.

Hansen betrat einen großzügigen Park, in dem sanft gewellte Wiesenflächen für ein angenehmes Grün sorgte. Das

Gras der Wiese war gut knöchelhoch und durchsetzt mit vielen Blumen, darunter auch Gänseblümchen, Löwenzahn und Klee. Weiter hinten befand sich ein Schuppen, der vermutlich als Garage diente. Erst als er zwei, drei Schritte um eine Gruppe dichter Büsche gemacht hatte, sah er das Hauptgebäude vor sich. Es war eine veritable Villa, wie man sie aus deutschen Krimis kannte, wenn der honorige Professor vom leicht proletenhaften Kommissar als Täter überführt wurde – doch noch vertrauter waren einem solche kleinen Schlösschen aus englischen Liebesdramen. Eine breite Treppe führte zum zweiflügeligen Haupteingang. Überall standen Säulen aus Stein oder Metall und eigentümliche Gestelle aus Holz. Auf manchen thronten Figuren, auf anderen nicht. Wie kleine Inseln verteilten sich Sitzgruppen, Feuerstellen und andere Elemente über die Wiese. Ganz hinten konnte Hansen eine Weidenkathedrale erkennen, wie er sie vor Jahren einmal mit seiner damaligen Frau in einem esoterisch angehauchten »Sinnesfeld« gesehen hatte.

Neben der großen Treppe öffnete sich im Erdgeschoss eine unscheinbare Tür, und eine Frau trat heraus und kam quer über die Wiese barfuß auf ihn zu. Es war heute nicht kalt, aber für Schuhe fand es Hansen noch nicht zwingend zu heiß. Die Frau, die auf ihn zuhielt, sah aus wie aus einem Film über die Blütezeit der Hippies: Die offenen Haare wehten hinter ihr her, von einem schmalen Bändel aus bunten Schnüren eher geschmückt als gehalten, und auch ihr weit fallendes Kleid hatte alle Freiheiten.

Hansen erkannte eine gewisse Ähnlichkeit zu dem hellblonden Mädchen, das ihm Haffmeyer vorgestern auf einem

Foto von Lilo Kalkar gezeigt hatte. Zwei Meter vor ihm blieb sie stehen und musterte ihn. Sie wirkte angespannt, aber nicht feindselig. Ein bisschen schien sie zu fürchten, Hansen habe schlechte Nachrichten für sie, deshalb begann er weniger förmlich, als er es vorgehabt hatte.

»Guten Tag, Frau Majr. Ich komme zwar wegen Ihrer Freundin Lilo – aber ich möchte zunächst sagen, dass wir keine Neuigkeiten über sie haben, weder gute noch schlechte.«

Sie blinzelte, wirkte dann wirklich etwas erleichtert und lächelte auf eine Art, die er nicht ganz einzuordnen wusste. Er zog seinen Kripoausweis hervor und hielt ihn ihr hin, aber sie winkte nur ab.

»Ihre Kollegen von der Kripo Hannover haben das damals ganz gut gemacht, soweit es mich betraf. In keiner Pressemitteilung wurde ich als Lilos beste Freundin erwähnt. Mich selbst hat es nicht in die Öffentlichkeit gezogen, und vermutlich hatte ich auch noch etwas Glück – jedenfalls wurde ich niemals von einem Reporter wegen der Geschichte damals behelligt. Ein Segen, glaube ich. Deshalb gehe ich auch ohne Ausweis davon aus, dass Sie wirklich von der Kripo sind.«

Sie deutete auf die Tasche, in die er jetzt wieder seinen Ausweis steckte.

»Allerdings frage ich mich, warum die bayrische Kripo zu mir kommt und nicht jemand aus Niedersachsen«, fügte sie hinzu und grinste. »Aber das wollten Sie mir sicher gerade erklären.«

Hansen nickte ihr anerkennend zu.

»Na ja«, sagte sie leichthin, »so schwer ist es ja nicht, ein steigendes Pferd von den bayrischen Rauten zu unterscheiden.«

»Gut beobachtet«, lobte Hansen und war froh, dass das Gespräch entspannter begann als befürchtet.

»Ich bin Restauratorin. Da ist es kein Fehler, wenn man Details schnell erfassen kann.«

»Ach«, hakte Hansen ein, »dann sind all diese … Figuren von Ihnen?«

»Um Gottes willen, nein!« Sie lachte kurz auf. »Die hat uns mein Mann eingebrockt. Er arbeitet als Sozialanthropologe in einem der Max-Planck-Institute hier in Göttingen und beschäftigt sich mit socio-cultural diversity. Jedenfalls ist er, fürchte ich, eher mit Interesse und Aufgeschlossenheit gesegnet als mit gutem Geschmack.«

Sie ließ den Blick über die Wiese und die verschiedenen Objekte schweifen. Dann schüttelte sie sich und sah Hansen entschuldigend an.

»Na ja, so im Garten verstreut mag es gehen. Aber zurück zu Ihnen, was will denn nun die bayrische Kripo von mir? Lilos Freund Hubert wohnte damals in Krumbach – ist das Ihr Zuständigkeitsbereich?«

»Ja.«

»Wissen Sie Neues von ihm?«

»Nein, auch das nicht. Ich ermittle in einem Fall, in dem …«

Hansen dachte kurz nach: Nein, es hätte nichts gebracht, ihr von Steinfordts Tod zu berichten. Sie dürfte ihn als Bekannten der Kalkars zwar gekannt haben – aber über Steinfordts Vergangenheit wusste er fürs Erste wohl genug.

»… in dem es möglicherweise Verbindungen zu … Hubert Franck gibt. Ich muss das so vage halten, weil wir selbst noch nicht richtig wissen, wie sein Verschwinden und unser Fall zusammenhängen könnten. Aber Sie wissen ja: Wir ermitteln in alle Richtungen.«

Sie musterte ihn noch einen Moment.

»Und Sie wissen wirklich nichts Neues über Hubert? Oder über Lilo?«

Er schüttelte den Kopf und erwiderte ihren Blick.

»Sie würden es mir sagen?«

»Nur, wenn es die Ermittlungen nicht behindern würde – aber falls dem so wäre, müsste ich gar nicht hierherkommen. Und anstatt Sie anzulügen, könnte ich einfach mit anderen reden, die mir etwas zu Lilo und Hubert erzählen könnten.«

Das schien sie zu überzeugen.

»Und wie kann ich Ihnen helfen?«, fragte sie.

»Mich würde interessieren, was Hubert Franck für ein Mensch war. Wie er Ihnen gegenüber aufgetreten ist.«

Über diesen Umweg würde er wohl auch manches über Lilo erfahren.

Sie dachte nach. »Er war nett. Nicht aufdringlich. Lustig. Lilo hat ihn gleich gemocht.«

»Sie waren dabei, als die beiden sich kennenlernten?«

»Ja, klar. Lilo & Fee – wir beide waren unzertrennlich. Fee, so wurde ich früher genannt, nur mein Mann nennt mich heute noch so. Nett von ihm, finde ich.«

Sie wirkte immer noch wie eine Fee, wenn auch wie eine, die in den vergangenen Jahren um die Hüften etwas zu viel zugelegt hatte, um noch federleicht über die mondbeschienene Lichtung zu schweben.

»Wir sind an diesem Abend im November 2001 in einen

kleinen Klub im Süden von Hannover gegangen. Die Messe ist nicht weit, und weil alle noch geschockt waren von diesen Anschlägen aufs World Trade Center ein paar Wochen zuvor, waren wohl einige Veranstaltungen gestrichen worden, mit denen die Messeleute sonst ihre Fachbesucher abends bei Laune halten. Jedenfalls waren an diesem Abend in unserem Klub auch einige Geschäftsleute und Außendienstler, und da haben sich manche natürlich schon nach hübschen Mädchen umgesehen. Mein Gott, wenn dir da einer mal etwas länger auf den Hintern schaute … geschenkt! Aber zwei Typen wurden etwas zudringlicher. Die schoben sich zwischen Lilo und mich an die Theke und fingen gleich an, uns zu betatschen. Ich glaube, die hatten schon einen sitzen, jedenfalls kippte der eine irgendwann nach hinten weg. Als der andere uns weiterhin belästigt hat, kam plötzlich ein Mann auf uns zu und hat den Typen mit erhobenen Fäusten bedroht. Da erst hat er sich getrollt. Wir haben uns bei dem Fremden bedankt, er hat sich als Hubert Franck vorgestellt, und wir haben uns mit ihm in ein Lokal verzogen, wo wir noch ein, zwei Bierchen getrunken haben.«

Sie lächelte wehmütig.

»Wir haben uns prima unterhalten, und Lilo hing sogar ganz fasziniert an seinen Lippen, als er über die Messe sprach, wegen der er nach Hannover gekommen war. Irgendwas mit Landmaschinen. Langweiliges Zeug, aber ich muss zugeben: Er konnte schon gut erzählen. Und er war ein richtiger Gentleman, hat uns nicht bedrängt, hat keine anzüglichen Witze gemacht, nicht einmal in den Ausschnitt hat er uns geschaut. Wir haben ausgetrunken, und er hat bezahlt. Lilo hat er seine

Visitenkarte gegeben und für uns ein Taxi für den Heimweg bestellt und auch gleich gezahlt, als Lilo ihre Adresse angab.« Sie zwinkerte Hansen zu. »Der Taxifahrer hätte die Adresse sicher auch verstanden, wenn sie leiser gerufen hätte …«

»Und Hubert Franck selbst?«

»Ein zweites Taxi – er musste in die entgegengesetzte Richtung. Am nächsten Tag hat Lilo ihn auf dem Handy angerufen, und von da an haben sie sich jeden Tag getroffen, bis die Messe vorüber war.«

»Haben sie sich auch nachts getroffen?«

Sie setzte ein mitleidiges Lächeln auf. »Falls Sie wissen wollen, ob sie miteinander geschlafen haben: Ja, haben sie, am dritten Tag. Am späten Nachmittag in seinem Hotel. Lilo war schließlich schon siebzehn! Außerdem ist das nicht davon abhängig, ob es Nacht ist. Haben Sie auch eine Tochter in dem Alter?«

»Ich habe keine Kinder. Und Sie?«

Sie schüttelte den Kopf.

»Ich wollte nie welche, und mein Mann zum Glück auch nicht. Vielleicht hat das auch mit dieser Geschichte zu tun, wer weiß? Wenn ich daran zurückdenke, was Lilos Verschwinden mit ihrer Mutter machte … Ich würde daran wahrscheinlich genauso zerbrechen.«

Hansen sah, wie sie ernst wurde und traurig, und er wartete einen Moment, bis er weiterfragte. »Und dann haben sich Lilo und Hubert irgendwann vorgenommen, nach ihrem achtzehnten Geburtstag durchzubrennen?«

»Ja, sie haben ab und zu davon gesprochen. Ich bekam das ja oft mit, wenn sie sich trafen, manchmal tranken wir auch zu dritt einen Kaffee und klönten über unsere Träume. Immer wieder war Lilo auch ›bei mir über Nacht‹, wenn sie mal etwas mehr Zeit mit Hubert verbringen wollte. Und ja, sie hatten schon gemeinsame Pläne. Wobei sie mit ›durchbrennen‹ eher einen Urlaub meinten, vielleicht auch einen längeren – und danach wollten sie irgendwo zusammen neu anfangen. Zumindest habe ich das immer so verstanden. Krumbach hatten sie da im Sinn, und wenn sich Lilos Eltern nach einiger Zeit berappelt hätten, wäre Hubert auch auf die zugegangen. Lilos Traum war, dass sich am Ende alle vertrugen und mochten und dass alle eine große Familie waren.«

Sie schmunzelte.

»Lilo konnte ganz schön romantisch sein.«

Ihr Lächeln erstarb.

»Aber dann ist es ganz anders gekommen. Und ich habe nie wieder etwas von den beiden gehört. Eine Zeit lang war ich ziemlich sauer, weil Lilo nicht einmal mir als ihrer besten Freundin anvertraut hat, wo sie mit Hubert untergetaucht war. Aber, na ja … was will man machen? Ich konnte es nicht ändern, und irgendwann habe ich mich halt damit abgefunden.«

Sie griff an den dünnen Lederriemen, der ihr um den Hals hing, und zog daran, bis ein kleiner Anhänger zum Vorschein kam – eine ovales Amulett, dessen tropfenförmige blau-weiß-schwarze Bemalung Hansen vage an ein Auge erinnerte.

»Dieses Nazar hat mein Mann in unserem ersten Türkeiurlaub für mich machen lassen. Und hier können Sie sehen, dass ich Lilo gut verstehen konnte, was Hubert betraf.«

Sie drehte das Amulett um und zeigte ihm das auf der Rückseite eingearbeitete Foto eines älteren Mannes, der zwar sportlich wirkte und recht gewinnend, dessen Gesicht aber von Falten durchzogen war.

»Auch mir waren gleichaltrige Männer meist zu kindisch, zu unreif. Ich habe Lilo deshalb nur zu gerne vor ihren Eltern in Schutz genommen, habe ihr geholfen, wenn sie ihre Treffen vor ihnen geheim halten wollte. Und ich habe mich für sie gefreut wegen Hubert, ich freue mich noch immer, aber …«

Sie sah Hansen noch einmal ernst an.

»Es gibt wirklich nichts Neues zu Lilo und Hubert?«

»Nein, wirklich nicht.« Er zückte seine Visitenkarte und hielt sie ihr hin. »Damit Sie wissen, wer Sie heute wegen dieser alten Geschichte belästigt hat.«

»Schon okay.« Sie las die Karte. »Eike Hansen klingt ja nun nicht sehr bayrisch«, bemerkte sie.

»Ich stamme aus einem Stadtteil von Wunstorf, und bis vor drei Jahren war ich in Niedersachsen bei der Kripo – da hätten Sie das aufsteigende Pferd auf dem Ausweis gesehen.« Er nickte ihr zu. »Vielen Dank noch. Grüßen Sie mir Ihren Mann.«

»Lieber nicht«, sagte sie. »Ich halte die alte Geschichte am liebsten raus aus meinem Leben.«

»Aber falls sich etwas Neues zu Ihrer Freundin ergibt, darf ich mich bei Ihnen melden?«

»Ja, gerne.«

Auf der weiteren Fahrt in Richtung Süden kreisten Hansens Gedanken um die Entwicklungen, die das Verschwinden von

Lilo und Hubert ausgelöst hatten, vor allem aber um den Expolizisten Claus Steinfordt, der sich mit der nächstliegenden Lösung von zwei Verliebten auf dem Weg zum Neustart nicht abfinden mochte – und vielleicht genau das jetzt mit seinem Leben bezahlt hatte.

Einen anderen Anhaltspunkt als den Fall Lilo Kalkar, in dem es Verbindungen in die Gegend um Krumbach gab, wo Steinfordt ermordet aufgefunden wurde, sah Hansen fürs Erste nicht. Doch wie hatte ihm dieser alte Fall heute noch gefährlich werden können? Seit mehr als zehn Jahren recherchierte er schon in dieser Sache – und erst jetzt muss er dafür mit seinem Leben bezahlen? Hatte es mit dem Fund der Frauenkleider, von dem Steinfordt offenbar erst vor Kurzem erfahren hatte, womöglich doch mehr auf sich, als seine Kollegen glaubten? Und falls ja: Wo und unter welchem Namen lebte Hubert Franck jetzt, angenommen, er hatte damals Lilo und jetzt – um die alte Tat zu decken – Steinfordt getötet? Er musste ja mitbekommen haben, dass Steinfordt sich rund um Krumbach aufhielt – und dass er vermutlich den Mann aufsuchte, der die Kleider auf dem Gelände des Kieswerks gefunden hatte.

Dass Hubert Franck allen außer Lilos Mutter nett und charmant erschienen war, dass die beste Freundin Fee fast so begeistert war von Lilos Freund wie sie selbst, dass sich Franck damals schützend vor die beiden Frauen gestellt hatte, als sie von zwei Betrunkenen belästigt worden waren: Das alles schloss einen Mordverdacht gegen ihn nicht zwingend aus, oft genug waren die Nettesten, Unauffälligsten, Hilfsbereitesten am Ende als brutale Mörder überführt worden.

Ein paar Kilometer südlich von Hammelburg fuhr Hansen rechts ran und ließ seinen Wagen auf einem Parkplatz ausrollen. Von zwei Trucks abgesehen war der Parkplatz leer. Die Sonne hatte sich hinter dichten Wolken verzogen. Hansen sah auf die Uhr: In einer Stunde würde sie untergehen, und schon jetzt wirkte das Tageslicht unter den Bäumen ein wenig dämmrig. In einem Führerhaus schimmerte flackerndes bläuliches Licht zwischen den Jalousien hindurch – der Trucker schien fernzusehen. Im anderen Führerhaus war alles still. Hansen stieg aus. Der Verkehr auf der A7 war im Moment nicht sehr dicht. Einige Büsche und Bäume säumten den Parkplatz, und etwa fünfzehn, zwanzig Meter vor ihm stand der Wald wie eine dunkelgrüne, drohende Wand.

Ein kleiner Weg führte vom Parkplatz weg in diesen Wald hinein, und Hansen beschloss, sich etwas die Beine zu vertreten. Nach einem kurzen Wegstück musste er zwischen Büschen hindurchschlüpfen, um einen größeren Weg zu erreichen, der parallel zur Autobahn verlief. Hansen wandte sich nach links und spazierte in die Nacht, um seine Gedanken zu ordnen. Bogenschießen, Wandern, Spazierengehen – das machte es ihm leichter, klarer zu denken. Und auch jetzt schienen sich die Knäuel in seinem Kopf schon nach wenigen Schritten zu entwirren.

Er musste mit dem Mann reden, der die Kleider gefunden hatte. Vielleicht wusste dieser Karl Faulhaber mehr, als er der Polizei damals am Telefon durchgegeben hatte – und hoffentlich hatte er es nicht längst vergessen.

Er musste prüfen, ob Hubert Franck in den vergangenen

Jahren vielleicht doch noch irgendwelche Spuren in oder um Krumbach hinterlassen hatte. Wo konnte er anfangen? Bei Francks früheren Nachbarn, bei den Besitzern des Hauses, das Franck damals gemietet hatte. Vielleicht sogar bei den neuen Bewohnern – es konnte ja sein, dass ihnen etwas Ungewöhnliches aufgefallen war, über das sie sich aber keine weiteren Gedanken gemacht hatten.

Der Weg führte nun allmählich etwas weiter von der Autobahn weg und Hansen drehte um. Er stellte sich vor, wie Lilos Vater noch immer auf ihre Rückkehr hoffte, wie ihre beste Freundin ihr ein schönes Leben wünschte – und wie das Mädchen vielleicht doch schon vor vielen Jahren irgendwo ermordet wurde und verscharrt. Ähnlich wie die junge Frau aus Braunschweig im Wald nahe der Autobahn, an einer Stelle wie der, wo er gerade spazieren ging. Was, wenn genau jetzt jemand hinter ihm auftauchte und ihn niederschlug?

Kopfkino konnte lästig sein.

Er rief sich zur Ordnung und kehrte zu seinem Wagen zurück. Einer der Trucks stand noch da, und wenig später fädelte sich Hansen wieder zwischen den anderen Fahrzeugen ein, die auf der A7 in Richtung Süden unterwegs waren.

Als er den Wagen gegen elf vor dem Bauernhof am Forggensee ausrollen ließ, lehnte er sich einen Moment zurück und sah durch das geöffnete Seitenfenster hinaus. Es war ruhig hier und richtig angenehm, ein wunderbarer Rückzugsort gerade während der Arbeit an besonders bizarren Fällen. Er musste unbedingt mit Resi reden, ob sie nicht ganz bei ihm einziehen wollte – auch wenn sie wegen ihres Jobs an der

Uni München ohnehin nur an den Wochenenden richtig da sein könnte. Schön wäre es trotzdem, wenn er unter der Woche heimkäme und wenigstens ihre Sachen im Badezimmerregal und im Kleiderschrank sehen würde – dann wäre sie nicht mehr nur eine zeitweilige Besucherin, sondern hier zu Hause.

Er nahm die kleine schwarze Schatulle aus dem Handschuhfach, klappte sie auf und betrachtete den Ring, den er für Resi ausgesucht hatte. Eine Weile hing er seinen Gedanken nach, dann streifte der Lichtkegel eines einsamen Autos drüben auf der B16 über die Wiesen und sein Auto hinweg und ließ auch den Ring kurz aufblitzen. Er stieg aus, sog ein paar Mal die würzige Luft ein, die vom See herüberwehte, und hielt auf die Haustür zu. Unterwegs schaute er noch einmal auf das Handy-Display: Alexander Grote hatte eine Nachricht hinterlassen. Keine gute, leider.

»Karl Faulhaber ist 2009 verstorben. Seine Witwe Leni wohnt noch im selben Haus wie damals. Über den Verbleib der von Faulhaber gefundenen Kleider ist nichts bekannt.«

Dann folgte noch die Adresse der Witwe Faulhaber in Oberried. Er würde dort am nächsten Morgen sein Glück versuchen, aber allzu viel versprach er sich nicht davon.

Ignaz lag in der geräumigen Essküche auf der Eckbank ausgestreckt, die Augen nur einen Spaltbreit geöffnet, und bot seinem zweibeinigen Mitbewohner seinen ungeschützten Bauch dar. Vermutlich wollte das Vieh gekrault oder gestreichelt werden, aber das musste warten. Hansen holte sich ein Bier aus dem Kühlschrank und bereitete sich ein kleines Vesper. Beim Duft von Rauchfleisch blinzelte Ignaz, dann rollte er sich gemächlich herum, stemmte sich auf seine Pfoten und lugte neugierig über die Tischkante.

»Wehe!«, drohte Hansen ihm, aber das machte nicht viel Eindruck.

Ignaz hatte vor dem Tisch eine Haltung eingenommen, als würde er jeden Augenblick den Sprung nach oben wagen. Dann setzte er sich auf seinen Hintern und sah aus, als erwarte er, von Hansen endlich eine edle Serviette umgelegt und etwas von der Leckerei serviert zu bekommen. Hansen kannte diesen Blick, und er wusste, dass Ignaz stundenlang so sitzen konnte – urgemütlich für den Kater selbst, vorwurfsvoll dem essenden Menschen gegenüber. Also stand Hansen auf, brachte das Rauchfleisch in einem Küchenschrank in Sicherheit und ging nach draußen, um aus dem Schuppen eine Dose Katzenfutter zu holen.

Als er damit in die Küche zurückkehrte, strich Ignaz so hartnäckig um Hansens Beine, dass der beinahe gestolpert wäre. Schließlich stand der Teller mit den feuchten Brocken auf dem Boden, und Ignaz machte sich mit großem Appetit darüber her. Er leerte ihn bis etwa zur Hälfte, dann leckte er sich die Schnauze und tänzelte aus der Küche.

Auch dieses Prozedere kannte Hansen zur Genüge, und er vermutete, dass Ignaz nach der ersten Hälfte des Futters vor den Artgenossen in der Umgebung damit prahlte, wie gut erzogen sein Zweibeiner sei und wie sehr der ihn verwöhnen würde. Und wirklich stromerte Ignaz nach etwa zwanzig Minuten wieder herein und verputzte den Rest, bevor er sich gähnend ins Wohnzimmer verzog, wo er seinen Lieblingsplatz auf der Couch einnahm.

Wenig später war aus dem Wohnzimmer ein schwaches Schnurren zu hören, und auch Hansen nickte nach dem zweiten Bier mehrmals weg, bevor er sich endlich dazu aufraffen konnte, ins Bett zu gehen.

Montag, 9. Mai

Viele Straßen gab es in Breitenthal-Oberried nicht. Der Bauernhof des alten Frieder hatte die schöne Adresse An der Gurgel, und Leni Faulhaber wohnte in der Tafertshofer Straße, der längsten, die das Dorf zu bieten hatte.

Es war ein kleines, schmuckes Häuschen, nicht mehr das neueste, aber schön hergerichtet und gepflegt. Kaum erklang die Türglocke, bellte irgendwo im Haus ein Hund, dann schwang direkt über der Haustür ein Fenster auf, und eine Frau in geblümter Schürze beugte sich über das Fensterbrett.

»Frau Faulhaber?«, fragte Hansen.

Die Eröffnung war nicht besonders geistreich, aber besser brachte er es nach dieser Nacht nicht hin. Schon um acht hatte er Hanna in ihrer Füssener Wohnung abgeholt, danach waren sie nach Oberried gefahren, um vielleicht noch vor der nächsten Soko-Besprechung etwas Neues über die Frauenkleider zu erfahren, die 2002 im damaligen Kieswerk gefunden worden waren.

»Ha, wer sott i sonscht wohl sei?«

Hansen nickte und hob seinen Dienstausweis in die Höhe.

»Ond des sott i jetzt läsa könna, oder was?«

»Kommissar Hansen, Kripo Kempten. Und das ist meine Kollegin Hanna Fischer. Würden Sie bitte kurz zu uns runterkommen, Frau Faulhaber? Oder Sie lassen uns rein. Wir müssten mit Ihnen reden.«

Die Frau legte eine undefinierbare Miene auf ihr faltiges Gesicht, dann ließ sie das Fenster zuschlagen. Eine Weile war nichts weiter zu hören als das gelegentliche Bellen des heiseren Hundes, doch irgendwann schlurfte jemand mit schweren Schritten durchs Haus. Wenig später wurde die Haustür geöffnet, und vor ihnen stand Leni Faulhaber. Sie war so klein, dass sogar Hanna auf sie hinunterschauen konnte. Aber sie blitzte ihre beiden Besucher so angriffslustig an, dass sich Hansen auf eine anstrengende Unterhaltung gefasst machte.

»Wir sind von der Kripo Kempten und das ist meine Kollegin …«, setzte Hansen noch einmal an, doch eine herrische Geste der alten Frau ließ ihn gleich wieder verstummen.

»Hend Sie scho g'sait. I ben jo net bled. Ond, was gibt's?«

»Wir kommen wegen des Funds, den Ihr Mann im Juli 2002 gemeldet hat.«

Sie setzte eine höhnische Miene auf. »Reschpekt!«, ätzte sie. »Des isch jo echt mol schnell ganga!« Leni Faulhaber verschränkte die Arme vor der Brust und reckte das Kinn nach vorn. »Bloß bled, dass mei Karl en dera kurza Zeit eba grad mol g'schtorba isch.«

»Jetzt hören Sie mal, Frau Faulhaber!«, brauste Hansen auf. »Wir machen unsere Arbeit, und wenn das bedeutet, dass wir dafür auch ganz alten Spuren nachgehen müssen, tun wir das. Ich sehe keinen Grund, dass Sie so unfreundlich zu uns sein müssen!«

Ganz kurz war die kleine Frau zurückgezuckt, aber dann hatte sie sich auch schon wieder im Griff.

»Aber Sie werat entschuldiga, dass i net vor lauter Freud auf am Kopf schtand ond mit de Fiaß Mugga fang, gell?«

Hansen verstand kaum die Hälfte, und Hanna, die das bemerkte, musste sich beherrschen, um nicht loszuprusten.

»A bissle hochdeitscher wär besser«, warf Hanna ein, an die Alte gewandt. »Mei Chef isch an richtig Guater, aber halt net von do.«

Hansen fuhr irritiert zu ihr herum. Er hatte seine Kollegin noch nie Dialekt sprechen hören, jetzt stand sie mit breitem Grinsen neben ihm und zuckte mit den Schultern.

»Na, wenigschtens Sie«, knurrte Leni Faulhaber ungnädig, aber Hannas Bemerkung schien sie ein wenig zu besänftigen.

»Vielleicht erklären Sie mir zunächst einmal, warum Sie uns so heftig angehen?«, schlug Hansen vor.

»Weil mei Ma die Klamotta vor dreizäh, vierzäh Johr g'fonda hot, ond weil koiner was ondernomma hot.«

Hansen musste sich den Satz kurz in Gedanken übersetzen, dann nickte er.

»Das mag Ihnen so vorkommen, Frau Faulhaber. Als Ihr Mann den Kleiderfund den Kollegen in Hannover gemeldet hat, war der Fall, in dem die Kleider möglicherweise eine Rolle gespielt hätten, bereits abgeschlossen. Sie erinnern sich noch?«

»Ha, freilich! Mei Ma hot von nix anderm meh g'schwätzt, der isch schier irre g'worda, weil er sicher war, dass er was Wichtigs g'fonda hot – und dass koiner ihm glaubt, net mol d'Polizei.«

Ein bitterer Zug spielte um ihre dünnen Lippen.

»Des isch ons scho mol genauso ganga. Als onser Tochter ...«

»Sie müssen mir das nicht erzählen. Ich weiß Bescheid.«

Sie sah ihn mit feuchten Augen an, ein weicherer Zug legte sich kurz auf ihr Gesicht, aber bereits im nächsten Moment gruben sich die Falten um Mund und Augen auch schon wieder tiefer ein.

»I moin, dass ihm des sei G'nick brocha hot. Wissat Sie: Wenn oim d'Polizei zom zwoita Mol net glauba will ... Ond als zwoi Johr später au no des Kieswerk zuag'macht hot, hot er's Saufa agfanga. Sieba Johr hot er braucht, oder fenf, grad wie Sie rechna wellat – no hot er's hender sich g'hätt.«

Ihre Stimme war immer leiser geworden, und am Ende klang sie brüchig wie dünnes Papier. Es schimmerte in ihren Augen, und Hanna legte ihr kurz die Hand auf den Arm. Leni Faulhaber warf den Kopf zurück und funkelte die Kommissarin böse an, bis die ihre Hand wieder zurückzog.

»Ond au des isch scho wieder sieba Johr her. Ond i hock jetzat alloi do hanna ond wart, bis i dra ben.«

Sie sah Hansen an und schnaubte.

»Ganget Sie naus zom Friedhof ond frogat Sie mein Karl selber! Vielleicht sagt er Ihne no was!«

»Und die Kleider? Haben Sie die noch?«

»Pah! Des alte G'lump! Hättet Sie's no mol g'holt domols! Als mei Karl g'schtorba war, han i des Zeig wegg'schmissa! Des hätt mei Ma am beschda glei g'macht, vielleicht hätt er no wieder sei Ruah g' fonda!«

Ein Ruck ging durch den kleinen Körper der alten Frau. Sie trat zwei Schritte zurück und knallte die Tür zu.

»War nicht sehr erfolgreich«, brummte er und wandte sich zum Gehen. »Und noch was, Hanna.«

»Ja, Chef?«

»Könntest du mir auf der Fahrt nach Kempten zur Sicherheit noch einmal übersetzen, was Frau Faulhaber gesagt hat? Nicht, dass ich womöglich doch eine nützliche Info verpasst habe.«

Hansen arbeitete sich zusammen mit Haffmeyer und Hanna am Besprechungstisch in Hansens Kemptener Büro durch einige Unterlagen, als das Telefon klingelte. Noch ganz in Gedanken hob er ab, doch dann war er mit einem Schlag aus allen Überlegungen zum Mordfall Claus Steinfordt gerissen.

»Hier spricht Harrrdensen.«

Als er noch mit Claudia zusammen gewesen war, hatte sogar sie sich über die Marotte ihres Vaters lustig gemacht, sich zu melden wie ein Radiosprecher aus den Vierzigerjahren – doch innerlich hatte Hansen jedesmal strammgestanden, wenn er Jens-Peter Hardensen am Telefon hatte.

»Hallo, Herr Hardensen. Wie geht's denn?«

Das Wohlbefinden von JP Hardensen interessierte ihn zwar nicht, und er war über jeden Tag froh, an dem er nichts mit dem schneidigen ehemaligen Reserveoffizier zu tun hatte. Aber sein früherer Schwiegervater hielt große Stücke auf Höflichkeit.

»Hansen, hören Sie!«

Die Stimme schmetterte nur so aus dem Hörer, und Hansen korrigierte sich in Gedanken: JP hielt nur große Stücke auf die Höflichkeit der anderen. Nach der Trennung von Hardensens Tochter Claudia hatte ihr Vater ihm gewissermaßen das Sie angeboten, und in der Ansprache hielt er ein »Herr« ihm gegenüber auch nicht mehr für nötig.

»Mir wurde zugetragen, dass Sie sich wieder an alter Wirkungsstätte herumgetrieben haben.«

Einen Moment lang hatte Hansen Lust, sich den pampigen Ton zu verbitten, aber dann ließ er ihn einfach reden – es war nicht der erste Rüffel, den er an sich abprallen ließ.

»Und soweit ich in Erfahrung bringen konnte, liegt kein offizielles Ersuchen auf Amtshilfe vor. Können Sie mir das erklären, Hansen?«

Hansen wartete kurz ab, und wirklich stellte sich schnell heraus, dass sein Gesprächspartner nicht wirklich an einer Antwort interessiert war.

»Dachte ich's mir! So vernünftig ich es im Grunde genommen finde, dass Sie mir aus dem Weg gehen und Niedersachsen räumten, nach dem, was Sie meiner Tochter angetan haben – so sehr möchte ich Ihnen doch raten, es sich mit Ihren neuen Vorgesetzten da unten in Bayern nicht auch noch zu verscherzen.«

Hansen hatte Hardensens Tochter nichts angetan, aber es würde zu nichts führen, ihm den Anteil seiner Tochter an der gescheiterten Ehe darzulegen, also schwieg er weiter.

»Ich werde mich an geeigneter Stelle über Ihr unautorisiertes Vorgehen beschweren, Hansen. Gott befohlen!«

Damit war das Telefonat beendet, und Hansen konnte sich gut vorstellen, wie schwungvoll Jens-Peter Hardensen den Hörer im Innenministerium auf die Gabel geknallt hatte – das altmodische Telefon, das er sich im Büro aufwendig hatte anschließen lassen, hatte er gleich nach der Hochzeit mit Claudia Hansen, geborene Hardensen, während eines Besuchs im Ministerium besichtigen dürfen.

»Was war denn, Chef?«, fragte Hanna.

»Ach, nur jemand aus Hannover.«

»Und? Neue Infos zu Steinfordt?«

»Nein. Neuer Ärger für Hansen.«

Mehr wollte er nicht erklären, und bald waren sie wieder in die Unterlagen vertieft, die sie vor sich hatten.

Der nächste Anruf aus Hannover war angenehmer. »Die Kriminaltechniker sind seit heute früh in Steinfordts Wohnung in Hildesheim«, berichtete Grote. »Frau Rahlke hatte recht: Ihr Chef hat tatsächlich Memos an sich selbst auf den Anrufbeantworter gesprochen. In einem ging es um Gert Kalkar, den Vater von Lilo. Der ist ja aus Laatzen weggezogen – und scheint heute irgendwo in Süddeutschland zu wohnen. Auf dem AB klang Steinfordt so, als wisse er genau, wo und als sei er demnächst mit ihm verabredet – wenn du mich fragst: Steinfordt hat zu viele Gangsterfilme gesehen, so geheimnisvoll wie er selbst seinem eigenen Anrufbeantworter gegenüber tut.«

»Noch was?«

»Ja, er hat wohl versucht, mit Karl Faulhaber über die Frauenkleider zu sprechen, die der damals auf dem Kieswerkgelände gefunden hat.«

»Tja, da war er zu spät dran, genau wie wir. Hat er denn irgendetwas von seiner Witwe erfahren? Uns gegenüber war sie nicht besonders gesprächig, als wir heute früh bei ihr vorbeigeschaut haben.«

»Nicht viel, jedenfalls hat er dazu nur ganz wenig auf seinem Anrufbeantworter hinterlassen. Aber die Witwe scheint zu ihm halbwegs Vertrauen gefasst zu haben – ich höre aus der Nachricht heraus, dass er sich ihr als Privatdetektiv vorgestellt hat, den der Vater von Lilo Kalkar erst vor Kurzem beauftragt hat, weil die Polizei all die Jahre nicht in die Puschen kam.«

»So kam ich mir heute früh auch vor, als die Witwe uns vor ihrer Haustür abgebürstet hat. Apropos abgebürstet: JP hat angerufen.«

»Oh, oh. Und, was wollte er?«

»Sich an geeigneter Stelle über mich beschweren, wie er es ausdrückte.«

»Oh, Mist, hat er mitbekommen, dass ich dich mit in mein Büro genommen habe?«

»Sieht so aus. Wer könnte ihm das denn gesteckt haben?«

»Ach, da gibt's jede Menge Kandidaten. Dein Exschwiegervater ist bestens vernetzt, wie du weißt, und er scheut auch nicht davor zurück, seine Informanten mit kleinen Gefälligkeiten zu belohnen. Das könnte also vom Kollegen im Empfang bis rauf in die höchsten Ränge jeder sein.«

»Unser alter Chef Reuter aber nicht, oder?«

»Nein, wo denkst du hin! Der mag JP noch weniger als der dich. Aber du bringst mich da auf eine Idee. Ich sprech mal mit ihm, vielleicht hat er eine Idee, wie wir dir den Ärger vom Hals halten können.«

»Und dir bitte auch, Alex.«

»Ja, schon recht. Sag mal: Hast du Reuter eigentlich schon angerufen?«

Sofort befiel Hansen das schlechte Gewissen. Ob es gut war, ausgerechnet jenen Mann um Hilfe zu bitten, bei dem er sich bisher noch nicht einmal gemeldet hatte?

»Also nicht«, zog Grote den richtigen Schluss. »Das ist schwach, Eike, und das holst du bitte noch nach, ja?«

»Versprochen«, murmelte Hansen und meinte es auch so.

»Gut. Ich melde mich, sobald ich was Neues weiß.«

Vier gleichzeitig ankommende Gäste – das war nicht ganz nach dem Geschmack von Jörg Burghamer. Er hatte kein Problem damit, viel und lange zu arbeiten, aber Stress vertrug er gar nicht. Und als der letzte der Neuankömmlinge mit hochrotem Kopf zur Beschwerde über die seiner Meinung nach zu lange Wartezeit ansetzte, hätte sich Burghamer nicht gewundert, wenn ihm kleine Rauchwölkchen aus den Ohren gestiegen wären.

Einen schlechteren Zeitpunkt hätte sich Frieder nun wirklich nicht aussuchen können.

»Jörg, hast du einen Moment?«

»Nein!«, donnerte Burghamer den Alten so an, dass sich sogar der ungeduldige Tourist, der gerade aus der Rezeption ging, erschrocken umdrehte.

Burghamer hob zur Entschuldigung eine Hand und bemühte sich um eine freundliche Miene, dann warf er Frieder einen finsteren Blick zu.

»Was willst du denn schon wieder?«

»Ich wollte nur fragen wegen Anton und den Gänsen, ob …«

»Jetzt lass mich bloß in Ruhe! Ich hab hier totale Hektik, endlich kommen auch außerhalb der Hauptsaison ein paar zusätzliche Gäste – und du willst mich fragen, ob die Gänse noch ein bisschen länger hierbleiben dürfen? Vergiss es!«

»Aber ich wollt doch gar nicht …«

»Schau, dass du fortkommst! Die Viecher kommen wie in jedem Jahr zu Beginn der Hauptsaison weg hier, und du gehst mir jetzt am besten auch aus den Augen. Schleichst nachts hier auf dem Gelände herum und verschreckst mir die Gäste. Wenn dich der Typ von gerade eben in der Nacht vor seiner Hütte herumstreunen sieht, will der womöglich noch sein Geld zurück! Also gewöhn dir deine nächtliche Runde am besten ganz ab!«

Burghamer hatte sich in Rage geredet, deshalb merkte er erst jetzt, dass ihn Frieder ganz traurig ansah und nichts mehr sagte. Das schlechte Gewissen zwickte ihn, und als Frieder einen zerknitterten Zettel aus der Tasche zog, ihn auf den Tresen legte und glatt strich, bevor er sich umdrehte und davonging, zerriss es ihn fast.

»Tierarzt kommt heute um halb sieben, kann nicht früher. Ich bin da noch nicht vom Zahnarzt zurück. Kannst du bitte nach dem Tierarzt sehen? Danke, Dein Frieder«

Burghamer überflog den Zettel, und sein schlechtes Gewissen wurde noch ärger. Er wollte Frieder schon hinterhergehen und sich bei ihm entschuldigen, da stand der ungeduldige Gast schon wieder auf der Matte und verlangte eine andere Hütte. Burghamer lächelte ihn besonders zuvorkommend an.

»Gut, dass Sie noch mal gefragt haben«, sagte er und nickte dem Mann zu. »Ich hatte ganz vergessen, dass gerade heute unsere schönste und größte Trekkinghütte frei geworden ist.«

Damit gab er ihm den Schlüssel zu jener Hütte, aus der Claus Steinfordt in der Nacht zum 1. Mai entführt worden war.

Rosemarie Schwegelin öffnete fünf Minuten vor zwölf die Tür zu Hansens Büro nur einen Spaltbreit, schlüpfte hindurch und zog sie gleich wieder hinter sich zu. Sie knetete ihre Finger und wirkte untröstlich.

»Was ist denn, Frau Schwegelin?«

Die Sekretärin warf Hanna Fischer und Willy Haffmeyer einen kurzen Blick zu, aber sie wusste ja, dass die drei im Dienst keine Geheimnisse voreinander hatten, also begann sie, wenn auch stockend.

»Der Benedikt, der Herr Huthmacher, mein ich …«

»Ja?«

»Der möcht Sie bittschön bei sich haben, Herr Hansen. Es gäb was zu bereden.«

»Aha? Und was?«

»Das hat er mir nicht gesagt. Er hat mir nur aufgetragen, Sie gleich zu ihm zu rufen. Da bin ich schnell selber gekommen.«

Sie warf einen Blick zur Tür, die noch immer geschlossen war. Dann beugte sie sich ein wenig zu Hansen hin und senkte ihre Stimme. »Direkt davor hat's einen Anruf aus München gegeben. Von ziemlich weit oben, wenn Sie verstehen …«

Hansen stand auf und seufzte. »Na, das ging ja schnell.«

»Wegen des Telefonats von vorhin?«, fragte Haffmeyer mitleidig.

Hansen nickte.

»Können wir helfen?«

»Nein, da muss ich jetzt allein durch. Wird schon nicht so schlimm werden.«

Rosemarie Schwegelin, Hanna Fischer und Willy Haffmeyer sahen ihm besorgt nach.

Polizeipräsident Huthmacher hatte auf seinem neuen Posten als Polizeipräsident viel von seiner früheren Gemütlichkeit verloren. Er wirkte nun manchmal gehetzt, und immer wieder fuhr er sich mit dem Zeigefinger innen am Hemdkragen entlang oder lockerte seine Krawatte, wenn gerade niemand hinsah. Er hatte einige Kilo abgenommen, dafür glänzte seine Halbglatze häufiger als früher vor Schweiß – eine Marotte hatte er allerdings beibehalten, wenn nicht sogar noch vertieft.

»Ah, der Herr Hansen, sehr schön, dass Sie ...«

Wie so oft, wenn er sich in einer Situation nicht wohlfühlte, unterbrach sich Huthmacher mitten im Satz. Er erhob sich von seinem Sessel, deutete auf die gemütliche Sitzgruppe, die in einer Ecke seines Büros stand, und drückte seinem Untergebenen die Hand.

»Nehmen S' doch Platz, bittschön, und wollen S' vielleicht ...?«

Er ließ sich auf einen der Sessel fallen, sah Hansen mit einem treuherzigen Dackelblick an und schob ihm eine Tasse hin. Rosemarie Schwegelin hatte schon eine Thermoskanne mit Kaffee, Zucker und Milch sowie eine Schale mit Hannoveraner Keksen für Hansen und eine zweite mit Gummibärchen für Huthmacher auf den Tisch gestellt.

»Es ist mir sehr unangenehm, jetzt mit Ihnen ... Ich würde Ihnen und mir das gern ersparen, aber ...« Er hob die Handflächen in einer hilflosen Geste nach oben. »Aber was sein muss, muss ...«

»Ich nehme an, Sie haben eine Beschwerde über mich bekommen?«

Huthmacher blinzelte, dann sah er Hansen staunend an.

»Woher wissen Sie … ich meine, dass …?«

Hansen erzählte ihm vom Anruf seines früheren Schwiegervaters, von ihrer angespannten Beziehung und davon, dass irgendjemand ihn bei Hardensen angeschwärzt haben musste.

»Oh, und wann war das? Vor gut einer Stunde?«

Hansen nickte.

»Der Vater Ihrer Exfrau muss ja sehr gute Beziehungen …«

»Hat er, Herr Huthmacher. Wer hat Sie denn angerufen?«

»München, Innenministerium.«

»Und? Schlimm?«

»Ach was«, schnaubte Huthmacher und winkte ab. »Die können mich mal. Die sollen meine Leute in Ruhe lassen und lieber ihre eigene Arbeit …«

»Und jetzt sollen Sie mir ordentlich die Leviten lesen?«

»Kann man so sagen. Schaun wir mal, was sich da machen lässt. Also, wie war's denn nun genau in Hannover?«

Hansen schilderte den Verlauf seines Besuchs und ließ auch nicht aus, dass Kollege Grote ihn am Sonntag mit in die Kriminalinspektion genommen hatte.

»Und was waren das für Kopien, die Sie da mitgenommen haben?«

Huthmacher machte sich keine Notizen, aber er hörte sehr aufmerksam zu, und Hansen wusste, dass er sich später mühelos an jedes Detail seiner Schilderung erinnern würde. Der Polizeipräsident war früher einmal selbst Leiter des K1 gewesen, dem Hansen heute vorstand. Und nach allem, was Hansen zu Ohren gekommen war, hatte das K1 selten einen besseren Chef als Huthmacher gehabt.

»Wer, glauben Sie, hat Sie bei Hardensen verpetzt?«

»Schwer zu sagen. Er ist wohl bestens vernetzt, das war er eigentlich schon immer.«

Das Telefon klingelte, und Huthmacher warf einen ärgerlichen Blick auf den Apparat. Zweimal, dreimal ertönte das Signal, dann wuchtete sich Huthmacher aus seinem Sessel, machte eine entschuldigende Geste zu Hansen hin und schnappte sich den Hörer.

»Was ist denn, Rosi?«

Huthmachers Ärger verflog im Nu, und kurz darauf grinste er spitzbübisch in Hansens Richtung. Der konnte sich auf die plötzliche Verwandlung keinen Reim machen.

»Gut, Rosi, dann stellen Sie mir den Kollegen doch bitte gleich mal durch. Das hast du prima gemacht!«

Huthmacher strahlte über das ganze Gesicht und nickte Hansen aufmunternd zu.

»Haben S' vielen Dank! Ich werd's ihm gleich ausrichten. Ja, er steht direkt vor mir. Ich grüß ihn gerne, und ja, ich soll Sie von ihm auch ganz herzlich zurückgrüßen.«

Hansen hob die Augenbrauen, aber Huthmacher machte nur eine beschwichtigende Geste in seine Richtung.

»Ja, das wär doch super. Schaun S' doch ruhig mal hier herunten bei uns vorbei. Hansen würd sich auf jeden Fall freuen, und ich auch – grad, wo S' so gute Neuigkeiten für mich haben.«

Er horchte und begann zu lachen.

»Das scheinen S' mit dem Hansen gemeinsam zu haben.

Und ich glaub, ich mag den auch nicht. Alsdann: Passen S' auf sich auf, und vielleicht ja bis bald, gell?«

Huthmacher legte auf, ließ sich auf seinem Schreibtischstuhl nieder und legte die Hände vor sich auf die Tischplatte. Dabei sah er Hansen sehr zufrieden an, nickte ein paar Mal und meinte schließlich: »Das war Ihr alter Chef aus Hannover, Adam Reuter. Scheint mir ein feiner Kerl zu sein. Er hat von Hardensens Beschwerde Wind bekommen und die Sache inzwischen geklärt.«

»Wie geklärt?«

Der Polizeipräsident lächelte. »Er hat meinem Amtskollegen in Hannover gegenüber erklärt, dass Sie am vergangenen Wochenende aus rein privaten Gründen in der alten Heimat vorbeigeschaut hätten. Dass er sich sehr gefreut habe, Sie mal wieder zu sehen – und dass er sich entschuldigen möchte, weil er Sie in Schwierigkeiten gebracht hat, indem er Sie ausgerechnet in die Polizeidirektion in der Waterloostraße gebeten hat. Und das an einem Sonntag! Und er lässt fragen, ob die Unterlagen, die er Ihnen über den Kollegen Grote hat übergeben lassen, Ihnen geholfen haben.«

Hansen kam aus dem Staunen nicht mehr heraus.

»Äh … mein früherer Chef will mir helfen, und dann posaunt er das mit den Kopien, die ich gestern aus der Direktion mitgenommen habe, einfach so heraus? Ich muss sagen, da war er früher aber geschickter.«

»Ach, ich wär an Ihrer Stelle ganz zufrieden mit ihm. Er hat mir erklärt, dass er den Kollegen Grote ein paar Privatadressen von Ihren früheren Mitstreitern hatte ausdrucken lassen.«

Huthmacher grinste sehr breit, und nun musste auch Hansen lächeln. »Dass er Sie grüßen lässt, haben S' ja mitgehört – und dass ich ihn gleich retour hab grüßen lassen, war hoffentlich in Ordnung?«

»Ja, natürlich, danke. Aber Sie wissen so gut wie ich, dass ich in Hannover nicht Herrn Reuter besucht habe.«

Huthmacher zuckte mit den Schultern. »Wie komm ich dazu, die Beteuerung des Kollegen aus Hannover anzuzweifeln? Aber besuchen S' ihn wirklich mal, oder rufen S' wenigstens an – ich finde, er hat einen gut bei Ihnen.«

Er griff wieder nach dem Telefon und bat Rosemarie Schwegelin, ihn jetzt gleich mit dem Ministerialen in München zu verbinden, der vorhin eine Rüge für Hansen verlangt hatte. Dann deckte er den Hörer mit der Hand ab und raunte Hansen zu: »Auf das Gespräch freu ich mich schon – auch wenn ich leider das Gesicht dieser Nase aus der Landeshauptstadt nicht sehen kann.«

Rosemarie Schwegelin war sehr erleichtert, als sie Hansen lachend aus dem Büro des Polizeipräsidenten kommen sah.

Dienstag, 10. Mai

Haffmeyer war eben erst in der Polizeiinspektion Krumbach eingetroffen. Er hatte Hansen fragen wollen, wo Hanna gerade steckte, aber als er ihn am Fenster stehen sah, das Handy am Ohr und offenbar in ein Telefonat mit jemandem vertieft, den er schätzte und lange nicht gesprochen hatte, zog er die Tür leise wieder zu.

Hansen hatte davon nichts bemerkt. Sein Blick schweifte auf die andere Straßenseite hinüber, wo durch die offenen Fenster eines imposanten Gebäudes die Klänge von probenden Musikern nach draußen drangen. Dabei hatte Hansen eigentlich ganz andere Bilder vor Augen: die Polizeidirektion Hannover, den drahtigen Adam Reuter, die Kollegen in der großen Runde, Claudia vor dem gemeinsam gebauten Häuschen in Wunstorf, das Grab seiner Mutter – es ging wüst durcheinander, und immer wieder drängten sich Szenen aus dem aktuellen Fall dazwischen. Der verkohlte Steinfordt in der eingestürzten Scheune, die wütende Witwe Faulhaber, die empörte Sekretärin in Hildesheim, die der Polizei vorwarf, sich nach Ende der Ermittlungen nicht mehr weiter um die Betroffenen und Hinterbliebenen zu kümmern.

»Und Ihnen geht's gut da unten?«, fragte Adam Reuter gerade, und Hansen musste sich kurz besinnen, bevor er sich von den Eindrücken losreißen konnte.

»Ja, auch wenn es anfangs ein bisschen holprig lief.«

Er erzählte von seinem ersten Fall im Allgäu, der ihm mit Willy Haffmeyer und Hanna Fischer zwei so tolle engste Mitarbeiter beschert hatte. Und er berichtete von seinem Haus am See und von Resi, von den Schrullen seiner Vermieterin und den Schwierigkeiten, rund um Füssen ähnlich frischen Fisch zu finden wie in Oldenburg oder am Steinhuder Meer.

»Aber am meisten Ärger macht mir nach wie vor Ignaz«, sagte Hansen schließlich.

»Na, Hansen, wenn Sie mit dem Kollegen sogar per Du sind und ihn mit Vornamen ansprechen, kann's doch nicht so schlimm sein, was?« Reuter lachte, und er lachte noch lauter, als er erfuhr, wer Ignaz war.

»So, Hansen, ich muss weitermachen«, meinte Reuter, als er wieder Luft bekam. »Die Neuen warten darauf, dass ihnen jemand den Hosenboden stramm zieht. Genau mein Ding!«

Er lachte noch einmal, es klang etwas wehmütig.

»Und rufen Sie mal wieder an, ja? Oder am besten fahren Sie bald wieder hier hoch, und wir klönen über alte Zeiten. Tut mir leid, dass ich Sie jetzt abwürgen muss.«

»Kein Problem. Hier setzt sich auch gleich die Soko zusammen«, antwortete Hansen. »Aber darf ich Sie noch eines fragen, Herr Reuter?«

»Ja, klar, nur zu.«

Hansen zögerte einen Augenblick lang, dann fasste er sich ein Herz. »Alex Grote hat mir von Claus Steinfordt erzählt, und er erwähnte auch, dass Sie … dass Sie ihn nicht besonders gemocht haben.«

Am anderen Ende der Leitung war ein leises Brummen zu hören, und Hansen hatte kurz Bedenken, ob er seinem alten

Chef mit der Frage zu sehr auf die Pelle gerückt war. Aber jetzt war es schon ausgesprochen.

»Würden Sie mir verraten, warum Sie ihn nicht mochten?«, hakte er deshalb nach.

Reuter zögerte einen Moment, dann erzählte er es ihm.

»Claus Steinfordt war wohl kein schlechter Polizist«, berichtete Hansen wenig später in der Soko-Besprechung. »Nach allem, was ich aus Hannover gehört habe, war er gewissenhaft, fleißig, nicht auf den Kopf gefallen und hartnäckig, wenn er sich in eine Recherche verbissen hatte. Zu hartnäckig, meinten die meisten – und das passt ja auch zu seiner Entscheidung, den Dienst bei der Kripo zu quittieren, vermutlich aus Ärger über die eingestellten Ermittlungen im Fall Lilo Kalkar.«

»Inzwischen müsste man sich bei ihm eigentlich entschuldigen«, meldete sich Fettler. »Letztlich hat er ja offenbar recht gehabt mit seinem Verdacht.«

»Sieht ganz so aus. Ich habe eben mit seinem und im Übrigen auch meinem früheren Vorgesetzten telefoniert. Er hat mir erzählt, warum er nicht so gut mit ihm zurechtkam. Steinfordt neigte zu Alleingängen, und wenn er es für nützlich hielt, spannte er auch mal einen Reporter ein, indem er ihm Details zuspielte, von denen er glaubte, er könnte einen Verdächtigen damit aus der Reserve locken.«

»So einer würde mir hier grad noch fehlen!«, schnaubte Fritz Marle. »Da kann ich Ihren alten Chef gut verstehen.«

Anschließend berichtete Sebastian Fettler von seinen Rechercheergebnissen. »Wir haben den Hausbesitzer aufgesucht, der 2002 der Vermieter von Hubert Franck war. Er erinnert sich nicht mehr an viel. Seit ein paar Jahren lebt er in einer Seniorenresidenz drüben in Illertissen, seine Tochter wohnt wohl ganz in der Nähe. Mir kam er etwas dement vor, aber er hat sehr positiv von Hubert Franck gesprochen, einem netten Kerl, der immer pünktlich seine Miete gezahlt habe. Das Haus in der Nassauer Straße hatte er schon kurz nach Francks Verschwinden verkauft. Wir wissen inzwischen, wer der heutige Besitzer ist – er wohnt auch in dem Haus.« Fettler machte eine Kunstpause, bevor er fortfuhr: »Er heißt … Gert Kalkar.«

Im Anschluss an die Soko-Besprechung machte sich Hansen auf den Weg zu dem Haus, in dem Hubert Franck gewohnt hatte, bevor er spurlos verschwand. Es war nicht weit, und Fettler begleitete ihn auf dem kurzen Fußmarsch.

In der Einfahrt, die zwischen Kalkars Haus und dem seines Nachbarn nach hinten führte, standen zwei Männer beieinander. Der eine war deutlich älter als der andere und machte eine etwas verwahrloste Figur in seiner ausgebeulten Jogginghose, dem eingelaufenen Pulli und den wild vom Wind zerzausten Haaren, die schon lange keinen Friseur mehr gesehen hatten. Der Jüngere stand ihm gegenüber, ein Mann von Ende fünfzig, mit akkurat gescheitelten Haaren. Vom karierten Hemd über die Jeans bis zu den schwarzen Halbschuhen war er normal bis zur Unscheinbarkeit.

»Herr Kalkar? Wir haben telefoniert.« Fettler streckte dem Älteren die Hand entgegen und stellte sich und Hansen vor.

Die Männer gaben sich die Hand und murmelten Begrüßungen. Kalkars Händedruck war trocken, aber schon etwas schwächer, was vermutlich seinem Alter geschuldet war. Nach Hansens Berechnungen musste er inzwischen Mitte siebzig sein. Der andere hieß Georg Farsnau und entpuppte sich als Besitzer des Nachbarhauses, von wo aus man die hintere Zufahrt zu Kalkars – beziehungsweise Hubert Francks – Garage exklusiv einsehen konnte.

»Tut mir leid«, bedauerte Farsnau. »Ich habe Ihren Kollegen schon damals gesagt, dass ich an dem fraglichen Tag nicht zu Hause war. Ich fahre häufig rüber nach Österreich, um dort zu wandern. Wissen Sie, ich liebe die Berge, deshalb bin ich inzwischen auch etwas näher dorthin gezogen.«

Er zückte seine Visitenkarte und hielt sie Hansen hin. Eine Adresse in Grünenbach war darauf abgedruckt, dazu eine Telefonnummer und eine Mailadresse mit einem Firmennamen, der Hansen bekannt vorkam.

Farsnau tippte auf das Kärtchen. »Die Mailadresse muss ich noch ändern. Inzwischen bin ich nicht mehr bei dieser Firma tätig. Bin seit Kurzem in Frührente. Soll ich Ihnen die neue Mailadresse notieren? Aber ich bin eigentlich auch per Telefon meistens gut zu erreichen.«

»Die Telefonnummer sollte fürs Erste reichen, falls wir Sie noch etwas fragen müssen«, unterbrach ihn Hansen und steckte die Karte ein.

Kalkar räusperte sich, um die Aufmerksamkeit wieder auf sich zu lenken. »Und was wollen Sie nun von mir?«, hakte er nach. »Gibt es etwas Neues über meine Tochter?«

»Das würden wir gerne …«

Hansen warf Farsnau einen entschuldigenden Blick zu.

Der machte eine Geste, als salutiere er lässig vor seinem Vorgesetzten, und wandte sich ab.

»Können wir das drinnen besprechen?«

Kalkars Hand begann zu zittern. Hansen tat der alte Mann leid, dem eine so vage Eröffnung vermutlich doch nur falsche Hoffnungen machen würde. Deshalb versicherte er sich mit einem kurzen Blick, dass Farsnau sich schon weit genug entfernt hatte, um nicht mithören zu können, und beugte sich dann zu Kalkar.

»Wir wissen nichts Neues über den Verbleib Ihrer Tochter, Herr Kalkar. Aber wir ermitteln in einem Fall, der eigenartige Berührungspunkte mit dem Verschwinden von Lilo hat.«

Kalkars Blick wurde etwas trüber, schließlich nickte er und trottete auf seine Haustür zu. Er ließ sie offen stehen, Fettler und Hansen folgten ihm ins Innere.

Das Erste, das Hansen auffiel, war ein intensiver Duft, der ihm in die Nase stieg.

Die Luft war besser, als er es in der Wohnung eines älteren Herrn erwartet hätte. Offenbar lüftete Kalkar häufig, und die schmutzigen Kleider, die Hansen durch die offene Badezimmertür in einem Plastikkorb sehen konnte, mischten ihren Geruch zwar unter die Aromen im Haus, aber sie dominierten sie nicht.

Vorherrschend war eine Mischung aus Blumendüften, Vanille und einigen anderen Noten, die Hansen nicht benennen konnte. Er schnupperte ein wenig, und über Kalkars faltiges Gesicht huschte ein flüchtiges Lächeln, als er es bemerkte. Er schlurfte zu einer Kommode hinüber, auf der ein ballonförmiger Flakon stand, zur Hälfte mit einer farblosen Flüssigkeit gefüllt. Kalkar nannte einen französisch klingenden Markennamen.

»Ich bestell das immer übers Internet nach«, sagte er und reichte Hansen den Flakon, »das Fläschchen zu knapp vierzig Euro.«

»Ist das ein Damenparfüm?«

»Ja, es kam 2001 neu heraus, und meine Frau und ich haben es Lilo zu ihrem achtzehnten Geburtstag geschenkt. Zusammen mit ein paar anderen Toilettenartikeln – dem hier zum Beispiel.«

Er hatte sich noch einmal zur Kommode gewandt und hielt nun ein Stück Seife in der Hand, das in bräunlichem Papier eingeschlagen war.

»Diese Seife enthält Oliven- und Lorbeeröl, Lilo hatte sich das zum Geburtstag gewünscht, und wir waren froh, dass wir so billig davonkamen.«

Er lachte rau und kurz.

»Sie wollte keinen Führerschein und kein Auto. Lilo hat immer gesagt, dass das nicht gut sei für die Umwelt und dass man genauso gut per Anhalter durch die Welt kommen könne.«

Seine Miene war wieder ernst geworden. Hansen stellte sich vor die Kommode und betrachtete die Bilder, die ein großes Stück der Zimmerwand bedeckten. Zu sehen war ein sehr hübsches Mädchen mit dunkelblonden Haaren. Anhand der Fotos konnte man die Entwicklung eines süßen Kindes zu einer schönen jungen Frau nachvollziehen.

»Ist das Ihre Tochter?«, fragte er.

Kalkar trat neben ihn, schniefte ein wenig und nickte.

Dann deutete er auf ein paar Bilder, die eine Frau zeigten, die Lilo sehr ähnlich war.

»Das ist meine Frau Anna, als sie so alt war wie Lilo damals. So sah sie aus, als wir uns kennenlernten. Später ist sie … nun ja … etwas auseinandergegangen, und die vielen Sorgen, die sie sich um Lilo gemacht hat, haben ihr Gesicht ganz fahl und faltig werden lassen. Ich habe sie eigentlich immer so vor Augen, wenn ich an sie denke.«

Auf einem Foto saß sie lachend auf einem Motorroller, hielt mit einer Hand ihr geblümtes Kopftuch fest und deutete mit der anderen Hand hinter sich auf den schiefen Turm von Pisa.

»Wir waren sehr verliebt«, schwelgte Kalkar in Erinnerungen. »Und als endlich Lilo zur Welt kam, schien für uns das Lebensglück perfekt. Wissen Sie, wir haben unsere Tochter erst spät bekommen – ich war dreiundvierzig und meine Frau neununddreißig, und wir hatten da schon einiges hinter uns. Anna wollte unbedingt Kinder haben, und als es schließlich geklappt hatte, hütete meine Frau unsere Lilo wie ihren Augapfel. Mir war das manchmal selbst zu viel, wie sie als Glucke um Lilo herumgeflattert ist, und meine Tochter und ich haben uns ab und zu heimlich darüber lustig gemacht.«

Er seufzte.

»Und heute? Ich wünsche mir, ich hätte damals mehr auf sie gehört – aber wer weiß schon, ob das was geändert hätte …«

Hansen beschloss, das Gespräch auf ein weniger rührseliges Thema zu lenken. »Erinnern Sie sich noch an Claus Steinfordt?«, fragte er.

»Claus?« Kalkar blinzelte und sah Hansen verwundert an. »Wie kommen Sie denn auf den?«

»Mit ihm hat der Fall zu tun, den ich vorhin erwähnt habe.«

Hansen beobachtete Kalkar genau. Über den Toten in der abgebrannten Scheune in Ziemetshausen hatten die Zeitungen natürlich berichtet, aber bisher war die Identität des Opfers noch nicht an die Presse rausgegeben worden.

»Oh? Ist ihm was zugestoßen?« Kalkar starrte Hansen ängstlich an.

»Ja, leider, aber mehr darf ich Ihnen im Moment dazu nicht sagen.«

»Mensch«, murmelte Kalkar und senkte den Blick. Dann schaute er wieder auf. »Der Claus ist echt tot?«

Hansen nickte, und Kalkar schüttelte ungläubig den Kopf.

»Also, ich brauch jetzt erst mal einen Kaffee. Trinken Sie einen mit?«

Hansen und Fettler, der sich während des Gesprächs unauffällig in der Wohnung umgesehen hatte, nahmen das Angebot gern an, und während Kalkar in die Küche hinausschlurfte, deutete Fettler auf eine Tür, die halb offen stand und durch die sie in das benachbarte Zimmer sehen konnten. Hansen sah die Hälfte eines Kleiderschranks, über und über behängt mit Bildern von Lilo. Daneben standen zwei Herrendiener. Auf dem einen war ein luftiges Frauenkleid mit einer sportlich wirkenden Handtasche drapiert, der andere trug eine Damenbluse in hellem Grün und eine akkurat eingehängte Jeans. Vor jedem Kleiderständer war ein hölzerner Schemel aufgestellt, darauf jeweils ein Paar Schuhe mit Söckchen in der passenden Farbe und ein flackerndes Windlicht.

Gert Kalkar hatte alles wie einen bewohnbaren Altar für

seine verschwundene Tochter hergerichtet. Vermutlich waren auch die frischen Schnittblumen auf dem Couchtisch die Lieblingsblumen von Lilo. Ihr Vater lebte mit ihren Kleidern, vor ihren Fotos, in ihrem Duft, um auch nicht das kleinste Stück Erinnerung an sie zu verlieren. Hansen dachte an seine Eltern, an die herbe Seife, die sein Vater immer benutzt hatte, an das süßliche Parfüm, das seine Mutter zu besonderen Anlässen etwas zu intensiv aufgetragen hatte.

»So, Kaffee ist fertig«, riss ihn die schnarrende Stimme von Gert Kalkar aus seinen Gedanken. »Zucker, Milch, bedienen Sie sich.«

Er schenkte drei Tassen voll und bot ihnen einen Platz an.

»So, und was wollen Sie nun von mir wissen?«, fragte er, als sich alle gesetzt hatten.

»Im Moment geht es uns um Claus Steinfordt«, erwiderte Hansen. »Können Sie sich noch daran erinnern, wann Sie ihn zum letzten Mal gesehen haben?«

»Na klar kann ich das. Das war vor knapp zwei Wochen, am 29. April. Ich war ganz baff, dass er mich besuchen kam.«

»Was wollte er denn von Ihnen?«

»Ach, der Claus … den ließ diese alte Geschichte immer noch nicht los.« Kalkar lächelte schmerzlich und machte eine Geste, die sein Haus zu umfassen schien. »Ich lebe hier ja auch nur noch in meinen Erinnerungen, aber ich habe akzeptiert – gern akzeptiert, wie Sie sich denken können –, dass meine Lilo mit ihrem Freund abgehauen ist und seither irgendwo ein neues Leben führt. Ohne mich. Das tut weh, und ich würde mir so sehr wünschen, dass sie sich irgendwann einmal bei mir meldet – aber so, wie es ist, ist es doch immer noch besser, als wenn ich nicht nur meine Frau, sondern auch meine Tochter hätte begraben müssen.«

Er trank schlürfend von seinem Kaffee, und auch Hansen nahm einen Schluck. Der saure Geruch, der aus der Tasse aufstieg, ließ Schlimmes befürchten, und am Ende war es noch übler: Den Kaffee hatte Kalkar sicher schon länger gelagert, und vermutlich brühte er jede Filterfüllung mehrmals auf. Fettler verzog ebenfalls das Gesicht, doch Kalkar bemerkte es nicht. Er stierte auf die Bläschen, die sich auf der braunen Brühe in seiner Tasse drehten.

»Wissen Sie eigentlich, dass Claus damals in Laatzen ein Nachbar von uns war und dass wir ihn von Kindesbeinen an kennen?«, sagte er und sah auf.

»Ja. Er war damals bei der Kripo in Hannover – ich übrigens auch, obwohl wir uns persönlich nie begegnet sind. Und heute arbeitete er als Privatdetektiv. Haben Sie ihn damit beauftragt, nach Ihrer Tochter zu suchen?«

»Ach nein, wozu denn auch?« Kalkar winkte ab. »Lilo ist mit diesem Hubert Franck durchgebrannt, sie sind über Wochen und Monate hinweg durch Frankreich und Spanien getrampt, und unterwegs haben sie gelegentlich Geld abgehoben. Was hätte ich davon, wenn Claus für mich den Ort aufspüren würde, an dem sie heute leben? Vielleicht ist sie glücklich dort, wo sie jetzt ist. Ich nehme es jedenfalls an, so wie sie früher vom Mittelmeer geschwärmt hat. Sie hat damals zwar immer von Süditalien oder von den griechischen Inseln geträumt, aber vielleicht hat Franck sie überzeugt, dass es auch in Spanien schön ist. Nehmen Sie doch nur mal an, Claus hätte sie für mich ausfindig gemacht: auf einer Finca auf Mallorca, am Strand von Torremolinos, wo sich ihre Spur verliert, oder irgendwo in Nordafrika … und dann?«

Er machte eine leidende Miene.

»Lilo hat alle Kontakte abgebrochen, zu mir, zu ihrer besten Freundin, zu allen, die sie früher kannten und mochten, und sie will das sicher auch so beibehalten – sonst hätte sie sich längst bei mir gemeldet. Der Käufer unseres Hauses in Laatzen hat meine Krumbacher Adresse, und er hat mir versprochen, dass er alles hierher weiterschickt, was an mich adressiert bei ihm ankommt. Bisher kamen zwar nur Werbung und halbseidene Gewinnspiele bei mir an, aber jedenfalls hält sich der neue Hausbesitzer an die Absprache. Angenommen, irgendwann steht Claus vor Lilo und drängt ihr eine Verbindung zu ihrem alten Leben auf – ich könnte mir gut vorstellen, dass sie mir das übel nähme.«

Kalkar zog ein Taschentuch hervor und schnäuzte sich.

»Wissen Sie, Herr Hansen, meine Frau und ich waren damals nicht gerade begeistert, dass Lilo einen Freund hatte, der vom Alter her ihr Vater hätte sein können. Na gut, fast jedenfalls. Vor allem Anna hat ziemlich heftig versucht, auf Lilo einzuwirken, und sie hat später auch der Polizei gegenüber ein wenig …«

Er brach mitten im Satz ab und versank in brütendes Schweigen.

»Ich kenne die Akten«, sagte Hansen. »Sie müssen mir das nicht erzählen.«

»Durch ihr Verschwinden blieb mir auch die Möglichkeit verwehrt, ihr zu sagen, dass sie meinetwegen glücklich sein kann, mit wem sie will. Das hätte ich viel früher machen sollen. Jetzt ist es wohl zu spät.«

Er räusperte sich und setzte sich etwas aufrechter hin.

»Gut, es ist, wie es ist. Mag ihr alter Vater vor sich hin jammern, wie er will: Hauptsache, meiner Lilo geht es gut, irgendwo.«

Hansen zerriss es fast. Er hielt es für wahrscheinlich, dass Lilo Kalkar seit vielen Jahren tot war – denn nur der Mord an der jungen Frau würde jemandem ein hinreichend starkes Motiv bescheren, um heute einen Mann zu töten, der noch immer in dieser Sache recherchierte. Dennoch musste er Lilos Vater im Ungewissen lassen.

»Was wollte Herr Steinfordt denn von Ihnen?«, fragte Hansen, als ihm die Pause zu lang wurde.

»Vor allem wollte er wissen, warum ich ausgerechnet hierher gezogen bin. Sie wissen vermutlich, dass Hubert Franck bis zu seinem Verschwinden hier gewohnt hat?«

»Ja. Und was haben Sie ihm geantwortet?«

Kalkar lächelte wehmütig. »In Laatzen war ich mit Anna und Lilo sehr glücklich gewesen. Dann war plötzlich unsere Tochter verschwunden, und als sich meine Frau … ausgerechnet in Lilos Zimmer …«

Er fuhr sich mit der Hand über die Augen, als müsse er einen dunklen Schatten vertreiben.

»Ich konnte dort nicht bleiben. Das war mir schon bald nach Annas Tod klar. Die Nachbarn kannten ja alle die Geschichte. Diese mitleidigen Blicke beim Bäcker, das Getuschel im Supermarkt – furchtbar! Ich bot mein Haus über einen Immobilienmakler an, und ich bekam auch recht schnell einige interessante Angebote. Wohin ich sollte, wusste ich nicht. Meine Frau hatte schon Jahre zuvor verfügt, dass sie eingeäschert werden wollte, und ihre Urne konnte ich ja überallhin mitnehmen. In einer der vielen Nächte, in denen ich mich schlaflos im Bett gewälzt habe und durch das Haus in Laatzen getigert bin, kam mir der Gedanke, dass ich Lilo eigentlich am nächsten sein konnte, wenn ich dort wohnte, wo ihr Hubert zuletzt gewohnt hatte. Ich hörte mich um, die Adresse in Krumbach hatte mir Claus mal genannt.« Kalkar schaute Hansen prüfend an. »Das hat er vermutlich nicht gedurft, oder?«

Hansen zuckte mit den Schultern. Steinfordt hatte so viele Berufsregeln verletzt, dass es darauf nun ganz sicher auch nicht mehr ankam. Nach seinem Tod ohnehin nicht.

»Ich habe herausgefunden, dass das Haus noch immer leer stand. Der Besitzer hatte wohl ein Problem damit, dass er es an einen Mordverdächtigen vermietet hatte – auch wenn sich am Ende alles als großes Missverständnis herausgestellt hat. Er war mir fast dankbar, dass ich ihm das Gebäude abkaufte. Dabei wusste er anfangs nichts über mich. Der Makler, der mein Haus in Laatzen verkaufte, kaufte das Haus in meinem Auftrag und zunächst ohne meinen Namen zu nennen. Und als wir uns dann beim Notar trafen und ich unterschrieb, sagte dem Verkäufer der Name Kalkar nichts. Zum Glück. In der Presse war ja immer nur von ›Lilo K.‹ die Rede gewesen, und die Polizei hat ihn damals wohl auch befragt, ohne Lilos vollen Namen zu nennen. Und so konnte ich hier ein neues Leben beginnen – eigentlich ganz wie Lilo.«

Sein trauriges Lächeln schimmerte so kurz auf, dass Hansen es fast übersehen hätte.

»Ich bin hier im Oktober 2002 eingezogen. Wie gesagt: Es ist alles schnell gegangen, und ich hatte auch wenig Geduld nach dem Tod meiner Frau. Der erste Winter war hart. Die langen Abende, an denen man nichts mit sich anzufangen weiß. In denen die Bilder aus fröhlichen Zeiten in einem hochkommen. Um Weihnachten herum war ich mir nicht mehr sicher, dass es eine gute Idee war, ausgerechnet in dieses Haus zu ziehen. Dann habe ich begonnen, ein paar Sachen von Lilo auszupacken und einige Bilder aufzuhängen. Ich weiß nicht, ob es Ihnen aufgefallen ist ...«

Hansen nickte.

»Dann ist es allmählich besser geworden. Der Frühling hat einige der ärgsten Gedanken vertrieben, ich habe mich mit der Zeit auch besser in Krumbach zurechtgefunden. Kino, Gasthäuser, Läden – wie man sich halt so seine Heimat zusammenpuzzelt, nicht wahr?«

»Hat Ihnen Claus Steinfordt erzählt, ob er etwas Neues zu Lilo herausgefunden hatte?«

»Ach, der Claus ...« Kalkar lachte leise. »Dass er Privatdetektiv geworden ist, passt sehr gut zu ihm. Der lief immer rum wie diese Ermittler in alten Filmen. Und er tat immer ganz geheimnisvoll. Manchmal ist mir das ein bisschen auf die Nerven gegangen, aber was will man machen? Nein, er hat mir nichts Neues erzählt – entweder wusste er nichts, oder er wollte es für sich behalten.«

Es war dämmrig geworden, ohne dass er darauf geachtet hatte. Er schaute zum Fenster hinaus, aber in seinen Gedanken und in den Bildern, die sich vor seinem geistigen Auge abwechselten, war er ganz woanders. In einem Waldstück irgendwo zwischen Laupheim und Illertissen, spät am Abend, ganz wie jetzt. Damals war er noch nicht allein gewesen. Hatte seine Lilo noch gehabt. Ein letztes Mal. Ganz für sich. Und ohne jede störende Regung, ohne jeden Laut, ohne jede Gegenwehr.

Er versuchte sich noch einmal an das rauschhafte Gefühl dieses Abends, dieser Nacht zu erinnern. Er murmelte sogar halblaut das Datum vor sich hin: »Neunzehnter Januar.«

Das hätte er vielleicht nicht tun sollen: Seine eigene Stimme kam ihm fremd und hohl vor, und er spürte einen sauren Geschmack im Mund. Wohin war der wohlige Schauer, der ihn damals wieder und wieder durchlaufen hatte? Wo das Gefühl, Herr über Leben und Tod zu sein, dem Tod gewissermaßen ins Gesicht zu lachen, ihm dieses wunderbare Geschöpf noch ein letztes Mal zu entreißen, es auf gewisse Weise einen geliehenen Moment lang, wenigstens für die Zeit seiner geradezu schmerzhaft aufwallenden Lust ins Leben zurückzureißen.

In sein Leben.

Ihr Geruch fiel ihm wieder ein, und ein Lächeln umspielte seine Lippen. Er fuhr sich durch die Haare, bis sie ganz durcheinander waren. Wie sie sich angefühlt hatte, damals. Kalt, aber doch auf eine besondere Art lebendig. Weich, weil er sich viel Mühe damit gegeben hatte, die Totenstarre nicht überall eintreten zu lassen. Nur ihren Mund konnte er nicht mehr öffnen, und die Lider, die er ihr gleich am Anfang verschlossen hatte, um ihren angsterfüllten Blick nicht länger ertragen zu müssen.

Wo sie doch hätte wissen müssen, dass sie vor ihm keine Angst zu haben brauchte. Vor ihm, der sie sogar jetzt noch in seinem Herzen trug.

Er stand auf. Erst jetzt bemerkte er, wie dunkel es inzwischen war, und schaltete das Licht ein. Es blendete ihn, und er holte Streichhölzer und eine Kerze aus dem Glasschrank. Zischend flammte der Schwefel auf, schnell fing der Docht Feuer, und er knipste das Deckenlicht aus. Mit dem qualmenden Zündholz setzte er sich wieder, und während er in die flackernde Flamme vor ihm blickte, sog er den stechenden Rauch des Streichholzes in die Nase, bis der letzte Qualm zerstoben war. Dann zog er das ledergebundene Buch zu sich her, klappte es auf und nahm den Stift zur Hand.

»Bis heute trage ich sie in meinem Herzen«, notierte er in seiner steilen, etwas peniblen Handschrift. Die Formulierung gefiel ihm.

Viel schrieb er heute nicht in sein Buch, nur einiges von dem, was er heute beobachtet hatte, mit wem er gesprochen hatte, was das für sie beide, für ihn und Lilo, zu bedeuten hatte. Dann ließ er es für diesen Tag gut sein und blätterte langsam die vorangegangenen Seiten durch.

Es war ein guter Plan gewesen. Nun musste er abwarten, wie sich alles weiterentwickeln würde.

Aber was auch kommen würde: Er fühlte sich gewappnet.

Mittwoch, 11. Mai

Hansen hatte sehr schlecht geschlafen. Resi war gestern wieder in München geblieben, und Ignaz hatte ihn erst mit Verachtung gestraft, sich dann aber nach einer großen Portion Nassfutter, die ihm Hansen serviert hatte, erweichen lassen. Er hatte sich neben Hansen auf der Eckbank postiert, und als der seine Anwesenheit offenbar nicht ausreichend würdigte, hatte er sich so oft an die Seite seines Zweibeiners gedrückt, bis dieser ihn endlich zu kraulen begann.

Hansen nickte irgendwann auf der Eckbank ein, und als er hochschreckte, weil ihm der Kopf auf die Brust gesunken war, saß er allein. Ignaz streunte vermutlich wieder draußen durch die Nacht, und Hansen wuchtete sich hoch und schlurfte ins Badezimmer.

Kurz nach drei wachte er wieder auf. Auf dem Weg zur Toilette trat er im Dunkeln auf etwas, das sich mit nackten Füßen anfühlte wie das Stück Käse, das Ignaz vorgestern unter dem Küchentisch hatte liegen lassen. Genauer wollte es Hansen gar nicht wissen, also ließ er das Licht aus und tappte mit geschlossenen Augen zur Toilette.

Auf dem Rückweg spürte er, wie sein Unterschenkel etwas Weiches streifte, aber noch bevor er die Vermutung zu Ende gedacht hatte, dass das Ignaz gewesen sein konnte, trat er auf etwas Haariges, womöglich den Schwanz des Tieres, und hob schnell wieder das Bein – doch da hatte sich Ignaz schon wütend in seinen Fuß verkrallt, zweimal schnell und schmerzhaft zugebissen und war dann fauchend aus dem Flur verschwunden. Durch das Scheppern in der Küche, die rumpelnde Katzenklappe und das kurz darauf erklingende gedämpfte Gepolter draußen im Garten konnte er den Fluchtweg des Katers nachvollziehen. Dann fühlte er es warm sein Bein hinunterrinnen.

Er machte das Licht an, wischte sich mit der flachen Hand die Blutstropfen ab und ging vorsichtig ins Bad, wo er seine Verletzungen behandelte. Mehr denn je wünschte er dem Vieh die Pest an den Hals – aber fürs Erste musste er hoffen, sich keine Blutvergiftung eingehandelt zu haben. Weiß der Himmel, wo hinein Ignaz seine Hauer vor dem Biss in Hansens Fuß geschlagen hatte …

Es war nach vier, als er endlich wieder im Bett lag und versuchte, noch einmal in den Schlaf zu finden. Kurz vor sechs gab er auf und schlich stattdessen in die Dusche. Bis endlich warmes und schließlich heißes Wasser aus dem Brausekopf kam, hatte ihn der kalte Schwall ordentlich wach gemacht.

Den Rest besorgte der starke Kaffee, der vom Vorabend noch in der Pumpkanne in Rosemarie Schwegelins Büro stand. So früh am Morgen – er hatte das K1 um zehn Minuten vor sieben betreten – war nicht einmal die Sekretärin da.

Schon um halb acht bekam er plötzlich das vage Gefühl, auf dem richtigen Weg zu sein, ohne es an etwas Konkretem festmachen zu können. Er kannte das schon, dieses Gefühl hatte ihn schon oft auf die rechte Fährte gelockt, bis er aber endlich dahinterkam, welche Bemerkung in einem Bericht, welcher Hinweis, welcher Widerspruch zweier Aussagen ihn hatte aufhorchen lassen, war es die Hölle. Er suchte ungeduldig in den Akten, die er bisher gesichtet hatte, und blätterte die Protokolle durch in der Hoffnung, endlich das wiederzufinden, auf das er schon gestoßen, das ihm aber erst mit etwas Verzögerung zu denken gegeben hatte.

Als er die Stelle endlich fand, schaute er auf. War nicht eben die Tür seines Büros geöffnet und geschlossen worden? Neben ihm stand ein dampfender Becher, der Duft von frischem Kaffee begann sich auszubreiten, und die alte Tasse war weggeräumt. Auf einem Stuhl in seiner Besucherecke saß Willy Haffmeyer und sah grinsend zu ihm herüber.

»Oh, hallo, Willy«, sagte er und lächelte entschuldigend. »Hab dich gar nicht reinkommen hören. Sitzt du schon lange hier?«

»Nein, bin gerade reingekommen, als Frau Schwegelin auf Zehenspitzen aus deinem Büro schlich.«

Hansen nickte und nahm einen Schluck. Die Tür öffnete sich lautlos. Rosemarie Schwegelin schlich erneut ins Zimmer, diesmal brachte sie Haffmeyer einen Becher Kaffee.

Leise und freundlich sagte Hansen: »Vielen Dank für den Kaffee, Frau Schwegelin.«

Sie schrak zusammen. »Oh, der Herr Hansen … ja, schön, ich wollte nicht … ist der Kaffee so recht?«

»Ja, danke, wie immer.«

Ein erleichtertes Lächeln huschte über ihr Gesicht.

»Na, die Brühe von gestern hätten Sie nicht mehr trinken sollen.«

»Das war schon in Ordnung, Frau Schwegelin. Ist denn die Hanna Fischer schon da?«

»Ich schau gleich mal nach für Sie. Soll ich sie Ihnen dann auch gleich rüberschicken?«

Hansen nickte, und schon war die Sekretärin draußen.

Wenig später saßen sie zu dritt um den Besprechungstisch, und Hansen beschrieb Hanna und Haffmeyer, was er in den Akten gefunden hatte und warum ihn das stutzig machte.

Die Beamten schwärmten aus. Nachdem die aktuellen Anschriften aller einstigen Nachbarn von Hubert Franck ermittelt waren, schickten die jeweils zuständigen Polizeiinspektionen Streifenwagen vor Ort und ließen den kleinen Fragenkatalog abarbeiten, den ihnen Hansen übermittelt hatte. Es ging um die damaligen Aussagen – und vor allem darum, ob eigentlich irgendjemand die Aussagen von Farsnau, dem direkten Nachbarn von Hubert Franck, bestätigt oder ob jemand ihnen widersprochen hatte. Gut die Hälfte der alten Nachbarn wohnte noch immer in ihren damaligen Häusern und Wohnungen, und so waren von der Inspektion Krumbach die meisten Polizisten unterwegs.

Auch Hansen und Haffmeyer fuhren in die Nassauer Straße: Sie wollten noch einmal mit Gert Kalkar sprechen – auch wenn er damals noch nicht in Krumbach gewohnt hatte, wusste er doch vielleicht was zu berichten über den Eigentümer des Nachbarhauses.

Kalkar begrüßte sie freundlich und bat sie gleich ins Wohnzimmer. Offenbar war er so froh, Gesellschaft zu haben, dass er dafür sogar gerne mit der Polizei sprach. Hansen hatte Haffmeyer schon auf der Fahrt vor der etwas speziellen Einrichtung des Hauses gewarnt.

»Kaffee? Ich hab gerade welchen aufgebrüht.«

»Ja, gerne«, log Hansen, um die Gelegenheit für eine etwas entspanntere Atmosphäre zu nutzen.

Gert Kalkar schlurfte hinaus in die Küche und kam wenig später mit einem Tablett zurück, auf dem er drei Tassen, eine Kanne, Zucker und Milch balancierte. Hansen sprang auf und wollte ihm die Last abnehmen, doch der Alte wehrte die Hilfe ab und brachte tatsächlich alles ans Ziel, ohne auch nur einen Tropfen Kaffee zu verschütten. Er schenkte ihnen allen ein, nahm sich Milch und Zucker und schaute die beiden Kripobeamten gespannt an, während er in seiner Tasse rührte.

»Sie werden sich vielleicht wundern«, begann Hansen, »warum wir schon wieder etwas von Ihnen wollen …«

»Ich wundere mich schon lange über nichts mehr. Was gibt's denn?«

»Nun … wir gehen für unseren aktuellen Fall noch einmal alles durch, was möglicherweise auf eine Verbindung zum Verschwinden Ihrer Tochter hinweisen könnte. Das hatte ich Ihnen ja gestern schon erzählt, und nun hätte ich noch ein paar Fragen.«

»Fragen Sie ruhig, was Sie fragen wollen«, erwiderte Kalkar.

»Hat Farsnau noch im Nebenhaus gewohnt, als Sie hier einzogen?«

Kalkar nickte.

»Und wie waren Ihre ersten Begegnungen und Gespräche?«

»Normal. Er war freundlich zu mir. Eigentlich, wenn ich es recht bedenke, war er am freundlichsten zu mir, am aufgeschlossensten. Sie müssten das ja kennen, Herr Hansen: Wenn ein ›Preuße‹, wie sie uns hier unten nennen, neu in den Ort zieht, ist ja doch der eine oder andere etwas reserviert.«

Er lachte heiser. Hansen ahnte, dass seine Erfahrungen nicht die besten gewesen waren.

»Farsnau hingegen hat mir gleich am zweiten Tag Kuchen mitgebracht, ich hab ihn dann hereingebeten, und wir haben Kaffee miteinander getrunken. Er hat mir von sich erzählt, von seinem damaligen Job als Außendienstler einer Firma, die Baumaterialien herstellt und vertreibt – die stand ja auch noch auf der Visitenkarte, die er Ihnen gegeben hat. Farsnau war wohl geschickt darin, das Zeug direkt an Bauherren zu verkaufen. ›Kleinvieh macht auch Mist‹, hat er immer gesagt. Er kam mir nur ein bisschen neugierig vor.«

»Was wollte er denn von Ihnen wissen?«

»Ach, das Übliche. Woher ich komme, was ich beruflich so mache – das hat er vermutlich nur aus Höflichkeit gefragt. Ich war im November 2002, als ich hier einzog, schon in Frührente. Mir ging es bereits vor Lilos Verschwinden nicht gut, über Monate war ich krankgeschrieben, und danach … na, das wissen Sie ja alles. Er hat also ziemlich sicher mitbekommen, dass ich den ganzen Tag über daheim rumhockte – und eigentlich fand ich es sogar recht nett, dass er überhaupt gefragt hat. Ich habe ihm dann ein bisschen von meiner früheren Arbeit erzählt.« Kalkar grinste. »Das hat er sich auch alles brav angehört.«

»Hat er Sie nach bestimmten Dingen gefragt?«

»Na ja, irgendwann haben wir natürlich auch über Lilo gesprochen.«

»Und hat er Sie gefragt, warum Sie ausgerechnet in dieses Haus gezogen sind, wo vorher Hubert Franck gewohnt hatte?«

Gert Kalkar runzelte die Stirn und schien sehr gründlich in seinen Erinnerungen zu kramen. Schließlich schüttelte er den Kopf. »Nein, das hat er mich nie gefragt. Zumindest kann ich mich nicht daran erinnern. War sicher auch ganz gut so. Wenn ich versucht hätte, ihm meine Gründe dafür zu erklären, wäre das vermutlich ein ziemlich aufwühlendes Gespräch geworden.«

Hansen nahm einen Schluck Kaffee, um etwas Zeit zum Nachdenken zu gewinnen. Haffmeyer sprang ihm bei und befragte Kalkar über seinen Kontakt zu den anderen Nachbarn.

»Ich denke, niemand weiß von meiner besonderen Beziehung zu diesem Haus. In der Zeitung war ja immer nur vom Fall Lilo die Rede, so wurde das vermutlich auch von der hiesigen Presse gehandhabt. Höchstens mal Lilo K., nehme ich an. Und vermutlich ist es auch ein bisschen bizarr, dass ich absichtlich in dieses Haus gezogen bin.«

Er lächelte unsicher.

»Aber so hat halt jeder seine Art, mit solchen Ereignissen umzugehen, nicht wahr?«

Haffmeyer nickte, und Hansen übernahm wieder.

»Wissen Sie denn noch, wann Farsnau Sie zum ersten Mal nach Ihrer Tochter gefragt hat?«

Kalkar sah ihn überrascht an, und Hansen hätte sich ohrfeigen können, dass er es nicht geschickter angestellt hatte.

»Mir fällt es zunehmend schwer, mir bei Ihren Fragen

nichts zu denken«, bemerkte Kalkar. »Haben Sie denn einen Verdacht gegen Farsnau?«

»Konkret weder gegen ihn noch gegen jemand anders. Aber wir sind auf einige Ungereimtheiten gestoßen, denen wir nachgehen wollen. Das hat letztendlich vielleicht gar nichts zu bedeuten, aber wir wollen eben nichts unversucht lassen.«

Kalkar nickte, aber er wirkte eher resigniert als überzeugt.

Hansen hakte nach. »Und? Erinnern Sie sich, wann er das erste Mal gefragt hat?«

»Nein, tut mir leid. In Gedanken rede ich jeden Tag über Lilo, oft auch mit ihr, sozusagen, und ich denke viel an meine Frau, die mir fehlt – da kann ich nicht mehr sagen, wann ich von Farsnau zum ersten Mal nach Lilo gefragt wurde. Ich kann nicht mal mit Gewissheit sagen, ob er mich nach ihr gefragt hat oder ob ich ihm zuerst von ihr erzählt habe. Aber spätestens als ich hier die ganzen Fotos aufgestellt und aufgehängt hatte, wäre es ja auch nur natürlich gewesen, wenn er mich danach gefragt hätte.«

»Wie haben die anderen Nachbarn reagiert, wenn sie das gesehen haben?«

Er zuckte mit den Schultern.

»Außer Farsnau und jetzt Ihnen war noch niemand im Haus. Gut, mal ein Handwerker, aber da beauftrage ich meistens Leute von außerhalb – ich mag es nicht, wenn Nachbarn in meinen Räumen herumschnüffeln.«

»Sie haben noch niemanden hier hereingelassen?«

»Na, wie das klingt! Reingelassen! Sie sitzen ja auch hier, oder? Es wollte niemand zu mir ins Haus, und ich habe niemanden darum gebeten. Wir grüßen uns alle, wenn wir uns auf der Straße sehen. Beim Bäcker oder Metzger halten wir mal ein Schwätzchen, aber ich bin nicht so der gesellige Typ, wissen Sie? War ich noch nie. Das hat früher alles meine Frau ...«

Seine Augen schimmerten wieder verdächtig. Es war höchste Zeit, zum Ende zu kommen.

»Aber Farsnau war hier, oder?«

»Ja, klar. Das mit dem Kuchen zur Begrüßung habe ich Ihnen ja schon erzählt. Und seine Besuche haben sich dann zur Gewohnheit entwickelt. Eigentlich war ich ganz froh, vor allem, als wir auch über Lilo reden konnten. Das ist zuletzt leider sehr viel weniger geworden. Er ist ja weggezogen und kommt nur noch ab und zu vorbei, wenn er etwas mit seinem Mieter zu besprechen hat oder einfach mal so nach dem Haus sehen will.«

»Warum ist er denn weggezogen?«

»Keine Ahnung. Das müssen Sie ihn schon selbst fragen.«

»Es gab also keinen besonderen Anlass, von dem Sie wüssten?«

»Nein. Vielleicht wollte er mal einen Tapetenwechsel. Oder es passte besser zu seinen beruflichen Verpflichtungen, oder es war irgendetwas mit der Familie, was weiß ich.«

Gert Kalkar schien über etwas nachzudenken, dann sah er Hansen mit einem irritierten Lächeln an.

»Mir ist gerade eingefallen, dass er mir nichts Privates von sich erzählt hat. Dass er allein lebt, das habe ich ja mitbekommen – aber kein Wort von Eltern, Geschwistern oder einer Exfrau. Ist das nicht witzig, Herr Hansen? Ich meine, wir haben oft und viel über meine Familie gesprochen, die ich ja nun leider nicht mehr um mich habe. Und ich fand ihn da immer sehr einfühlsam, sehr verständnisvoll. Aber ihn habe ich gar nicht nach seinen privaten Umständen gefragt.«

Kalkar schüttelte den Kopf.

»Man ist schon sehr egoistisch, wenn man trauert, nicht wahr? Mir hat es offenbar gereicht, wenn ich reden durfte. Ich glaube, da sollte ich mich mal bei Farsnau entschuldigen. Das mach ich vielleicht gleich nachher, er ist heute wieder da, ich hab ihn vorher ins Nachbarhaus gehen sehen.«

Hansen warf Haffmeyer einen schnellen Blick zu, sagte aber leichthin: »Nun, er wird etwas mit seinem Mieter zu besprechen haben.«

»Ja, so wird es sein. Was wollten Sie gleich noch wissen? Ich glaube, ich habe ein wenig den Faden verloren ... Ach so, ja: Meine Gespräche mit Farsnau. Er war, wie gesagt, sehr einfühlsam, er bohrte auch nicht immer nach, sondern ließ mich erzählen. Das hat mir gutgetan. Ich hatte den Eindruck, dass er die Presseberichte über Lilos Verschwinden verfolgt hat. Er wusste die meisten Sachen, die in der Presse gestanden hatten.«

Hansen hatte die Augenbrauen gehoben, und als er Kalkars fragenden Blick bemerkte, ärgerte er sich schon wieder darüber, dass er sich heute nicht besser im Griff hatte.

»Haben Sie Farsnau im Verdacht, etwas mit dem Verschwinden meiner Lilo zu tun zu haben?«

»Ich habe Ihnen doch schon gesagt, dass ...«

Ein spöttisches Lächeln breitete sich auf Kalkars Gesicht aus. Hansen brach mitten im Satz ab.

»Wenn Sie jetzt so darüber nachdenken«, fragte Hansen nach einer Pause, »können Sie sich denn vorstellen, dass er etwas mit Lilos Verschwinden zu tun haben könnte?«

Kalkar dachte nach, schließlich schüttelte er langsam den Kopf. »Nein, das kann ich mir nicht vorstellen. Er war immer nett zu mir, freundlich, einfühlsam – wie ich schon sagte. Und ich hatte auch nicht den Eindruck, dass er mir gegenüber irgendwie … wie soll ich es ausdrücken? Befangen? Dass er irgendwie befangen war. Oder es heute ist. Und müsste er das nicht sein, wenn er meiner Lilo was angetan hat – und hier mit ihrem Vater Kaffee trinkt und Kuchen isst?«

»Ja, da haben Sie recht«, pflichtete Hansen ihm wider besseres Wissen bei.

Seine Jahre bei der Kripo hatten ihn leider gelehrt, dass das nicht stimmen musste.

Dieser Tag hatte ihm zugesetzt. Mit ansehen zu müssen, wie Menschen miteinander redeten, die sich besser gar nicht begegnet wären – und schon gar nicht an einem solchen Ort: Das war kein Honigschlecken, zumal er sie zusammen gesehen, aber kein Wort von dem verstanden hatte, was sie besprochen hatten.

Am Abend konnte er endlich seine Unruhe besänftigen. Der Ledereinband des Buches gab ihm Halt, das Ritual des Schreibens dämpfte seine wild kreisenden Gedanken und half ihm, sich auf einen ersten Satz zu konzentrieren und dann auf den nächsten – bis sich irgendwann alles in Klarheit auflöste und sich die Gespenster verflüchtigten, die in allen Richtungen an ihm zerrten.

Als er alles notiert hatte, was ihm am heutigen Tag zu schaffen machte, las er den Text noch einmal durch. Er war nüchtern gehalten, und es war ihm bewusst, dass er mit so trockenen Sätzen stets eine Art Grenze ziehen wollte zu Ereignissen, Gesprächen und Erinnerungen, die ihn besonders aufwühlten. Auch dieser Tag beunruhigte ihn, trieb ihn um – sogar jetzt noch, nachdem er alles niedergeschrieben hatte. Noch immer lastete ein Druck auf ihm, mit dem er sich nicht abfinden wollte. Aber was konnte er unternehmen? Wie konnte er dem begegnen? Wie sich befreien aus der Schlinge, die sich immer mehr um ihn zuzog?

Es war halb drei in der Früh, als er endlich wusste, was zu tun war. Er schob das Tagebuch beiseite und legte sich Briefpapier zurecht.

»Sehr verehrter …«

Er hielt inne, las die Anrede mehrmals, dann zerknüllte er den Briefbogen und nahm ein neues Blatt.

»Lieber …«, begann er und schrieb sich auf den folgenden Seiten vieles vom Herzen, das er bisher noch mit niemandem wirklich hatte teilen können. Derjenige, an den er schrieb, würde es verstehen. Würde alles verstehen. Wenn nicht er, wer sonst?

Irgendwann war er fertig, setzte seinen Namen unter den langen Brief, holte einen Umschlag und schrieb die Adresse drauf. Dann kritzelte er auch noch den Absender auf das schöne Papier. Eine Marke hatte er ebenfalls schnell zur Hand, einwerfen konnte er den Brief nachher.

Dann stand er auf, räumte den Tisch frei und breitete einige neue Dinge darauf aus. Am Ende hockte er sich wieder hin, schaute auf mehrere Zettel mit Adressen und den dazu passenden Anfahrtsskizzen und dachte darüber nach, ob er in dieser Nacht noch jemandem einen Besuch abstatten sollte. Dazwischen lag die vom vielen Gebrauch zerknitterte Wanderkarte, und obenauf die Waffe, auf deren schwarzem Metall sich die flackernde Kerzenflamme spiegelte.

Donnerstag, 12. Mai

Dass er seit einigen Tagen mitten in der Nacht, meist gegen Morgen, hochschreckte und sich beunruhigende Bilder aus den Augen reiben musste, begann Hansen allmählich zu nerven. Manchmal hatte er nur schlecht geträumt, manchmal waren Bilder an die Oberfläche gespült worden, die er den Tag über erfolgreich beiseitegeschoben hatte.

Er lebte nun schon seit drei Jahren in diesem alten Bauernhaus vor den Toren Füssens, und eigentlich hätte er sich längst an die Geräusche gewöhnt haben müssen, die das Gebäude und seine wurmstichigen Nebenbauten von sich gaben und die von den umliegenden Wiesen, dem nahen Forggensee und manchmal sogar von der Bundesstraße herüberwehten. Doch immer wieder drang in den Nächten etwas in sein Bewusstsein, das nicht zur normalen Geräuschkulisse passen wollte.

Hansen setzte sich auf und versuchte sich darüber klar zu werden, was er gehört hatte. Die Ziffern des Radioweckers zeigten fünf Minuten vor halb sechs, und draußen begann sich schon der Morgenhimmel aufzuhellen. Das Bett neben ihm war leer. Resi würde erst im Lauf des Freitags aus München zurückkehren, und Ignaz hatte er gestern Abend endlich mal wieder aus dem Schlafzimmer aussperren können.

Da war das Geräusch wieder, und es klang nun lauter als vorhin. Ein Knacken und Rascheln. Waren das Schritte? Hansen schwang die Beine aus dem Bett und lugte durch das Fenster. Im Osten glimmten an einigen Stellen die Wolken in einem schwachen Dunkelrot, als könnte die noch hinter dem Horizont verborgene Sonne sie dort schon mit ersten Strahlen erreichen.

Hansen stand auf und drückte sich neben dem Fenster an die Wand. So konnte er einen großen Teil des Gartens überblicken, ohne selbst von draußen gesehen zu werden. Er lauschte, aber mehr als eine kleine Windbö, die an der Hauswand entlangstrich, sich im Spalt des gekippten Schlafzimmerfensters verfing und kurz mit dem Vorhang spielte, war nicht zu hören.

Dann erklang wieder ein Geräusch wie von zögernden, sehr leisen Schritten. Hansen presste seine Wange noch enger an die Wand, aber der Blick auf die Stelle, von der das Geräusch zu kommen schien, blieb ihm vom Zimmer aus verwehrt. Sollte er das Fenster öffnen und sich hinauslehnen? Was aber, wenn dort draußen wirklich jemand herumschlich, ein Einbrecher etwa, der ihn vielleicht mit einer Waffe erreichen oder zumindest unbehelligt abhauen konnte?

Hansen holte seine Dienstwaffe und steckte sie mit beiden Händen zum Entsichern und Durchladen unter die Bettdecke, um sich nicht selbst durch ein Geräusch zu verraten. Er durchquerte das Zimmer auf Zehenspitzen, zog langsam die Tür auf und schlich durch den Flur. Routiniert bewegte er sich an der Wand entlang, machte ab und zu einen größeren Schritt, um nicht auf diejenigen Bodendielen zu treten, die gerne mal knarrten.

Nach kurzer Zeit hatte er die Hintertür zum Garten hinaus

erreicht. Er schob sich etwas zur Seite und arbeitete sich bis zum Fenster vor. Nach jedem Schritt verschaffte er sich mit einem schnellen Blick in den Garten Gewissheit, dass dort niemand stand, der auf ihn lauerte. Ganz langsam zog er die Tür auf. Nur so weit, dass er durch den Spalt nach draußen schlüpfen konnte.

Kaum hatte er sich hinter dem Haus an die Wand gedrückt, als er wieder etwas wie Schritte hörte. Er lauschte. Diesmal kam es etwas weiter von links, wo das Schlafzimmerfenster war. Dorthin konnte er von seiner jetzigen Position nicht sehen, also bewegte er sich lautlos auf den fast mannshohen Brennholzstapel zu, der ihm die Sicht versperrte.

Hansen atmete tief durch und stellte sich auf die Zehenspitzen, damit er über die Holzscheite hinwegschauen konnte. Noch immer war nichts zu sehen. Er fasste sich ein Herz, bog leise um den Holzstapel herum, nahm die Waffe mit beiden Händen und hielt sie vor seiner Brust so, dass er sie mit einer schnellen Bewegung in Anschlag bringen konnte.

Da sah er Ignaz, der vor seinen Augen seltsame Bewegungen vollführte. Erst begriff Hansen nicht ganz, was sich da vor ihm abspielte, aber dann entdeckte er die Maus, die aussah, als springe sie erstaunlich weit in die Höhe – aber es stellte sich heraus, dass sie nur einer ballistischen Flugbahn folgte und dass sich außer Ignaz hier niemand aus eigener Kraft bewegte.

Zwischendurch sprang der Kater in die Höhe und landete mit einem leisen Stampfen auf der Erde, dann schob er die Maus ein Stück, tappte hie und da auf ein paar Blätter, was ein knirschendes Rascheln hervorbrachte – so erzeugte er eine

Geräuschkulisse, wie sie ein ums Haus schleichender Mensch verursachen würde. Wieder packte Ignaz die tote Maus mit den Zähnen und schleuderte sie über sich in die Luft. Als er seine Beute zu ihrem nächsten Flug entließ, geriet Hansen in sein Blickfeld. Der Kater drehte sich um, musterte seinen zweibeinigen Mitbewohner einen Moment lang mit schräg gelegtem Kopf – dann witschte er ihm haarscharf zwischen den Beinen hindurch und war im Nu im Haus verschwunden.

Hansen stand da, die Waffe noch in beiden Händen, und dachte darüber nach, ob er es sich nur einbildete, dass Ignaz ihn gerade mit einem breiten Grinsen bedacht hatte. Einem Grinsen, das zu sagen schien: Hab ich dich reingelegt und komme endlich doch ins Schlafzimmer!

Hansen ließ die Waffe sinken, entsicherte sie und schüttelte den Kopf. Als er im Schlafzimmer ankam, lag der Kater schon eingerollt auf Resis freier Bettseite und sah aus, als liege er da schon seit Stunden. Nur einen winzig kleinen Schlitz weit waren die Augen geöffnet. Hansen sah ihn missmutig an, hob die Waffe und sagte: »Buff!«, bevor er sie wieder wegräumte. Ignaz schloss die Augen und schlief ein. Sollte sein Mensch doch damit zufrieden sein, dass er seine Hälfte des Bettes einstweilen für sich behalten durfte.

Die Soko traf sich heute auf Hansens Wunsch hin früher als sonst. Er selbst bereute das an diesem Morgen am meisten. Seinen Kollegen musste er erklären, warum er völlig verkatert aussah – und dass dies in seinem Fall wörtlich zu nehmen war und nicht etwa mit zu viel Alkohol am Vorabend zu tun hatte.

Erster und wichtigster Punkt der heutigen Besprechung waren die Aussagen der früheren Nachbarn von Hubert Franck, die von den Beamten seit gestern früh eingeholt worden waren. In keinem Fall wurde ein Widerspruch zu den Angaben aufgedeckt, die Georg Farsnau nach dem Verschwinden von Lilo Kalkar und Hubert Franck gemacht hatte.

Sebastian Fettler hatte mit einem Kollegen von der Polizeiinspektion Krumbach gleich mehrere Nachbarn in der Nassauer Straße befragt. »Uns ist aufgefallen, dass Farsnau nirgendwo so richtig dazuzugehören schien. Offenbar ist er niemand, dem man mal auf die Schultern haut oder mit dem man unbedingt ein Bier trinken will.«

»Aus Grünenbach haben wir immerhin gehört, dass er dort regelmäßig zum Schafkopfen geht«, bemerkte ein Beamter von der Polizeiinspektion Lindenberg, die für den kleinen Ort auf halber Strecke zwischen Isny und Oberstaufen zuständig war. »Aber auch dort klang es nicht so, als wäre jemand mit Farsnau allzu eng.«

»Gut«, fasste Hansen zusammen. »Dann haben wir in Georg Farsnau einen eher zurückhaltenden Menschen, der sich nicht gern mit jedermann verbrüdert, der aber – soweit ich weiß – bisher nicht negativ aufgefallen oder gar straffällig geworden ist.«

»Das ist ja alles wunderbar«, meldete sich Soko-Chef Fritz Marle zu Wort, »aber wenn alle so wären wie dieser Farsnau, würde uns vermutlich eine Menge Arbeit erspart bleiben. Der randaliert nicht, geht wegen nichts vor Gericht, zeigt keine Nachbarn an. Ist Farsnau also die falsche Fährte, Herr Hansen? Sie hatten ihn doch wegen irgendetwas im Zusammenhang mit dieser alten Lilo-Geschichte im Visier, aber es scheint wohl nichts zu bringen, wenn wir da weiterbohren, oder?«

»Einen Moment noch, bitte«, sagte Hansen. »Ich hatte Frau Fischer gebeten, sich mal in seiner Vergangenheit umzusehen. Und sie hat mindestens eine Sache gefunden, die ich für interessant halte.«

»Okay«, meinte Marle und wandte sich an Hanna. »Und was haben Sie nun Tolles für uns?«

»Georg Farsnau ist Jahrgang 1956, wurde in Isny geboren, wuchs in einem Dorf in der Nähe auf und lebt seit 1995 in Krumbach. Das Haus hat er gekauft, und allem Anschein nach hat er ein ordentliches Auskommen. Mittlere Reife, kaufmännische Lehre. Er war bis vor Kurzem im Außendienst für eine Firma unterwegs, die Baumaterialien herstellt und nicht nur über den Großhandel, sondern auch im Direktvertrieb an Bauträger verkauft, an Baufirmen oder an die Bauherren selbst, beispielsweise an Landwirte, die eine neue Scheuer, einen Stall oder einen aufwendigen Zaun errichten lassen möchten.«

»Ja und? Worauf wollen Sie hinaus?«

»Valentin Kurzinger war einer seiner Kunden.«

»Ach, der Bauer, dessen Scheuer so gern brennt?«

»Genau der. Farsnau hat ihn vor dem Bau der Anlage dort draußen direkt beliefern lassen, und auch jede Reparatur nach den bisher gemeldeten Bränden zog Bestellungen von Kurzinger bei Farsnau nach sich.«

»Das ist interessant, aber ein Vertreter wird ja wohl kaum

die Gebäude seines Kunden anzünden, nur um sich neue Aufträge in Höhe von einigen Euro zu sichern. Es ging da doch nie um hohe Beträge, oder?«

»Nein, aber dadurch, dass es auf Kurzingers Außengelände mehrere Brände gab, haben sich er und Farsnau ... na ja: angefreundet, wäre zu viel gesagt, aber die beiden sind durchaus mal einen zusammen trinken gegangen.«

Sie zog ein Foto aus dem kleinen Stapel vor sich und schob es Marle hin. Es zeigte zwei Männer und drei Frauen, die allerdings nicht Karten spielten.

»Kurzinger und Farsnau in einem Klub in der Nähe von Memmingen. Sie waren in dieser Nacht einfach zur falschen Zeit am falschen Ort: Die Memminger Kripo hatte das Etablissement im Visier wegen des Verdachts auf Geldwäsche und Menschenhandel – routinemäßig wurden an den Tagen der Observation alle Freier überprüft, so kamen Kurzinger und Farsnau in die Akten. Aber sie haben sich nichts zuschulden kommen lassen, haben brav bezahlt und Kondome benutzt.« Hanna grinste. »Außerdem haben wir das hier gefunden.« Sie schob dem Soko-Chef zwei Verwarnungen wegen zu schnellen Fahrens hin.

»Gut, er ist gern flott unterwegs«, brummte Marle. »Ich auch. Und was ist damit?«

»Von diesen beiden Verwarnungen dürfte Farsnau noch nichts wissen. Beide wurden mit einem Gerät geschossen, das keinen Blitz für die Aufnahme benötigt. Es steht an der A96 von Memmingen in Richtung Süden, nahe der Auffahrt Aitrach und kurz nach der Iller, wo die Autobahn über baden-württembergisches Gebiet verläuft. Dort gilt seit Längerem Tempo hundertzwanzig, aber das Gerät steht dort noch nicht lange – vermutlich hat er sich an das Tempolimit noch nie gehalten und ging dort deshalb gleich zweimal innerhalb von wenigen Tagen in die neue Falle. Beide Verwarnungen müssen Farsnau über die Landesgrenze hinweg zugestellt werden – das dauert also etwas länger. Das eine Foto entstand in der Nacht zum 5. Mai. Die Stelle liegt auf der Strecke von Ziemetshausen, wo in dieser Nacht Kurzingers Scheune angezündet wurde, nach Grünenbach, wo Farsnau lebt.«

»Ein schöner Hinweis«, sagte Marle, »aber letztlich muss es nicht heißen, dass Farsnau in dieser Nacht auf Kurzingers Gelände war. Und wenn er den Bauern mit Baumaterial beliefert hat, wären nicht einmal DNA-Spuren von ihm auf dem Areal ein wirklicher Beweis.«

»Das andere Foto entstand am 1. Mai um drei Uhr fünf am frühen Morgen. Das könnte zu den Beobachtungen des alten Frieder auf dem Campingplatz am Oberrieder Weiher passen, der gegen ein Uhr einen dunklen Kombi hat wegfahren sehen. Einen Wagen, wie ihn auch Farsnau fährt.«

»Und zigtausend andere«, knurrte Marle.

»Ja, aber schauen Sie mal hier.«

Sie deutete auf eine Stelle des Fotos, und Marle musste sich vorbeugen und die Augen zusammenkneifen, bis er alles genau sah.

»Schöner Mist! Da ist Farsnau nicht einmal richtig zu erkennen. Das kann sonst wer sein!«

»Es ist sein Auto, und er lebt einigermaßen zurückgezogen – also wird er vermutlich auch nicht seinen Wagen, der ja obendrein ein Geschäftswagen ist, an irgendjemanden verleihen. Aber wenn Sie mal den Umstand weglassen, dass man Farsnau auf diesem Foto nicht hundertprozentig identifizieren kann: Was fällt Ihnen denn noch auf an dieser Aufnahme?«

»Mit viel Fantasie kann ich mir vorstellen, dass er sich im Moment des Schnappschusses nach hinten wendet und auf irgendetwas starrt, was auf der Rückbank oder im Gepäckraum liegen könnte. Aber das sehen wir ja nicht.«

»Ja, leider. Und? Die Haare?«

»Na, es sind nur ein paar kleinere Büschel auf dem Bildausschnitt zu sehen. Er hat sich ja im Sitz etwas umgedreht und beugt sich nach hinten.«

»Das schon, aber die wenigen Haare, die wir sehen können, sehen ziemlich verwuschelt aus, oder?«

Hanna sah den Soko-Chef gespannt an, ob er denselben Schluss zog wie sie. Aber Marle stand noch auf der Leitung.

»Ich habe Farsnau bisher immer nur sehr sorgfältig gekämmt gesehen«, meldete sich Hansen zu Wort. »Und wenn er sich nach hinten beugt und seine Haare sind so durcheinander, könnte er vorher etwas sehr Anstrengendes gemacht haben – zum Beispiel so etwas wie einen toten oder betäubten Mann über einen Erdwall ins Auto schleifen und ihn irgendwo unterwegs töten oder …«

»Und das lesen Sie alles aus diesem Foto ab? Respekt! Selbst wenn sich alles so verhalten würde, wie Sie sich das zurechtlegen: Beweiskraft hat das nicht, und das wissen Sie selbst.«

»Natürlich weiß ich das. Aber es geht mir im Moment nur darum, Ihnen allen darzulegen, warum Georg Farsnau unser

Mann sein könnte – im Fall Steinfordt und vielleicht sogar darüber hinaus im Fall Lilo Kalkar. Dann nämlich, wenn er Steinfordt, der sehr wahrscheinlich noch immer in dieser Lilo-Geschichte herumschnüffelte, nur deshalb getötet hat, um sich nicht als Mörder von Lilo Kalkar überführen zu lassen. Wenn wir jetzt einfach mal so tun, als wären damals nicht zwei Verliebte miteinander durchgebrannt, sondern Lilo Kalkar wäre ermordet worden. Und dazu kommen wir jetzt. Bitte schön.«

Hansen deutete auf einen Kollegen, mit dem er schon vorab über seine Befragung der Nachbarn gesprochen hatte. Der Beamte stutzte einen Moment, weil er nicht verstand, wie das, was er von der Nachbarin gehört hatte, einen Mord an Lilo Kalkar nahelegen sollte.

»Erzählen Sie einfach«, ermunterte ihn Hansen. »Ich erkläre den Zusammenhang dann schon noch.«

»Gut«, begann der Kollege. »Wir haben eine frühere Nachbarin von Hubert Franck befragt, die heute in Illertissen wohnt. Ein ziemliches Tratschweib, aber sie hat ein gutes Gedächtnis. Ich sollte sie für Herrn Hansen danach fragen, ob sie noch weiß, ob Georg Farsnau am 10. März 2002 und am 7. Juni desselben Jahres zu Hause war.«

Marle sah Hansen verblüfft an.

»Hä?«

»Ich hab mich auch gewundert«, fuhr der Beamte fort. »Und ich hätte nie gedacht, dass die Frau das nach vierzehn Jahren noch wissen könnte.«

»Man muss auch mal Glück haben«, sagte Hansen und lehnte sich lächelnd zurück.

Marle wurde aus dem Wortwechsel nicht schlau.

»Sie hat natürlich erst auch so reagiert, wie ich es vermutet habe«, erzählte der Beamte. »Aber als ich sie daran erinnert habe, dass es sich um das Jahr handelt, in dem ihr Nachbar wegen der verschwundenen Lilo in allen Zeitungen war, ist es ihr tatsächlich wieder eingefallen. Beide Male, erinnerte sie sich nach einigem Nachdenken, war Farsnau auf einem Wanderausflug in Österreich.«

»Und das weiß die noch auf den Tag genau?«

Marle schüttelte den Kopf.

»Da sind uns wohl zwei Zufälle zu Hilfe gekommen«, schaltete sich Hansen ein. »Farsnau hat am 17. März Geburtstag, und üblicherweise verbringt er den mit einem Wanderausflug in den österreichischen Bergen. Je nachdem, wie es zu seinen Terminen und zum Wochentag passt, macht er um den Geburtstag herum zwei, drei Tage frei und fährt weg. Das hat er 2002 ebenfalls gemacht, aber er war eben auch schon eine Woche zuvor weggefahren, und die Nachbarin fand es seltsam, dass er entgegen seiner sonstigen Gewohnheiten nicht nur alle paar Monate wandern fuhr, sondern ausnahmsweise an zwei aufeinander folgenden Wochenenden. Farsnau macht wohl seit Jahren vieles immer auf dieselbe Weise – da ist es der Nachbarin im Gedächtnis geblieben, dass er dieses eine Mal von seinen … na ja … Ritualen abwich. Und am 7. Juni 2002 ereignete sich in Bayern ein schweres Unwetter. Es gab Tote, Katastrophenalarm wurde ausgelöst, besonders schwere Schäden wurden aus dem Unterallgäu und aus Diedorf bei Augsburg gemeldet – auch Krumbach hat das eine oder andere abbekommen. Das hat sich der Nachbarin regelrecht eingebrannt, sie hat wohl einen Riesenschreck bekommen wegen des Unwetters. Und sie weiß noch, wie sie Farsnau nach seiner Rückkehr gefragt hat, warum er seine Wanderung in Österreich nicht abgebrochen habe und früher nach Hause gekommen sei, wo er doch befürchten musste, dass es auch in seinem Garten alles kurz und klein geschlagen haben könnte.«

»Meinetwegen«, knurrte Marle, der immer unleidiger wurde. »Und was haben wir jetzt davon, dass die Frau so ein gutes Gedächtnis hat?«

Hansen nahm das oberste Blatt von Hannas Stapel und schob es Marle so hin, dass er es lesen konnte. Es war ein Computerausdruck mit einigen Daten und Anmerkungen, sauber in zwei Spalten gegliedert:

Do., 17. 1. 2002	*Lilo Kalkar wird letztmals gesehen*
Sa., 19. 1. 2002	*Farsnau fährt nach eigener Aussage frühmorgens nach Österreich zum Wandern und kommt erst spätnachts nach Hause*
Sa., 9. 3. 2002	*Farsnau fährt lt. Nachbarin nach Österreich*
So., 10. 3. 2002	*frühmorgens wird mit Lilo Kalkars EC-Karte in Montluel bei Lyon Geld abgehoben, spätabends kehrt Farsnau lt. Nachbarin zurück*
Do., 6. 6. 2002	*Farsnau fährt lt. Nachbarin nach Österreich*
Fr., 7. 6. 2002	*schwere Unwetter in Bayern, spätabends wird mit Lilo Kalkars EC-Karte in Torremolinos, Spanien, Geld abgehoben*
So., 9. 6. 2002	*Farsnau kehrt lt. Nachbarin mittags zurück*

Marle las die Aufstellung, dann sah er Hansen stirnrunzelnd an. »Das ist doch diese Räuberpistole, die sich Steinfordt zurechtgelegt hat«, sagte er. »Machen Sie die sich jetzt zu eigen?«

»Wenn wir ehrlich sind, haben wir sonst keine Spur – wobei ich zugeben muss, dass auch die hier bisher nicht belastbar ist. Aber nehmen Sie noch die beiden Blitzerfotos von der A96 dazu, die Farsnau an den Tagen auf der Heimfahrt zeigen, als Steinfordt vom Campingplatz verschwand und als seine Leiche in Kurzingers Scheune gelegt wurde. Und wenn die beiden zusammen in den Puff gehen, könnte Farsnau durchaus wissen, wann Kurzinger üblicherweise nach Österreich fährt. Also hätte er die Leiche nach dem 1. Mai nur irgendwo verstecken müssen, bis er am Abend des 4. Mai den richtigen Platz für ein Szenario zur Verfügung hatte, um den Toten auf verhältnismäßig unverdächtige Weise verschwinden zu lassen.«

»Und jetzt wollen Sie Farsnau besuchen und ihn fragen, ob Sie mal in seiner Kühltruhe nach Spuren suchen dürfen?« Der Tonfall des Soko-Chefs war nicht halb so spöttisch wie seine Formulierung.

Deshalb ging Hansen gar nicht weiter darauf ein, sondern nickte bedächtig. »Ich würde gern mit ihm reden und je nachdem, was sich ergibt, entscheiden, was als Nächstes zu tun ist. Bei einem hinreichenden Verdacht ist es sicher kein Problem, einen Durchsuchungsbeschluss zu bekommen.«

Marle musterte Hansen eine Weile, als wolle er in dessen Miene lesen. Dann seufzte er.

»Vermutlich hat Steinfordt seinen früheren Chef in Hannover genau mit solchen Theorien genervt. Und zumindest die Geschichte mit den EC-Abhebungen und Farsnaus Ausflügen geht ja genau in die Richtung, von der auch er regelrecht besessen war. Ich nehme an, Sie haben letztendlich ›nur so ein Gefühl‹, dass das Gespräch mit Farsnau was bringen könnte, oder?«

Hansen lächelte und nickte.

»Dacht ich's mir«, brummte Marle. »Aber Sie lagen mit Ihrem Gefühl ja schon häufiger richtig. Also meinetwegen: Fahren Sie nach Grünenbach, und reden Sie mit Farsnau. Die Polizeiinspektion Lindenberg soll einen Wagen schicken, vielleicht können die ja in Zivil dorthin fahren und Farsnaus Haus im Auge behalten. Am besten machen Sie sich gleich auf den Weg. Falls die Lindenberger feststellen, dass Farsnau nicht da ist, können die Ihnen ja gleich Bescheid geben. Es sollte auch jemand in Farsnaus Haus in Krumbach vorbeifahren. Vielleicht ist er ja schon wieder dort aufgetaucht – er scheint in letzter Zeit viel mit seinem Mieter zu besprechen haben.«

Marle sah Hansen an.

»Das zum Beispiel finde *ich* interessant: Sie reden mit dem Vater der verschwundenen Lilo Kalkar, Farsnau bekommt es mit und ist danach an zwei, drei Tagen hintereinander in Krumbach, während er sonst wochenlang nicht dort auftaucht.«

»Da haben Sie recht, das ist schon auffällig«, meinte Hansen. »Ich würde übrigens gern Hanna Fischer und Willy Haffmeyer mit nach Grünenbach nehmen. Das ist kein Problem, oder?«

Marle grinste, weil er wusste, wie gut das skurrile Trio zusammenarbeitete – und weil Hansen als Chef des K1 in Kempten ihn als Leiter der Soko nun wirklich nicht um Erlaubnis dafür bitten musste, seine eigenen Leute mitzunehmen.

»Gerade wollte ich es vorschlagen«, sagte er deshalb nur und wandte sich an die beiden Kollegen: »Und passen Sie mir auf den Hansen auf!«

Zwei Anrufe gingen während der Fahrt nach Grünenbach ein, und beide boten Grund zur Sorge. Ein Kollege aus dem Soko-Innendienst gab die Info durch, dass Georg Farsnau über einen Jagdschein, eine Waffenbesitzkarte und zwei darauf eingetragene Schusswaffen verfügte. »Der hat offenbar in allem eine Schwäche für Österreich«, teilte der Kollege mit, und man konnte ihm dabei das Schmunzeln fast anhören. »Sein Gewehr ist eine Steyr Mannlicher SM 12, und als Pistole hat er eine Glock 17, beides von österreichischen Herstellern.«

Hansen erinnerte sich an eine Statistik, nach der der Landkreis Lindau, zu dem Grünenbach gehörte, im Zuständigkeitsgebiet des Polizeipräsidiums Schwaben Süd/West mit 144 Schusswaffen pro tausend Einwohner den Spitzenreiter stellte. Dass Farsnau bewaffnet sein konnte, wenn sie ihm gegenübertraten, war jedenfalls keine gute Nachricht.

Und der zweite Anruf machte es nicht besser. Einer der Beamten, die Farsnaus Haus unauffällig im Auge behalten sollten, meldete: »Der Farsnau steigt jetzt in sein Auto und fährt weg. Er hat einen Rucksack dabei.«

»Das ist schlecht«, meinte Hansen. »Bleibt unauffällig an ihm dran, und gebt uns durch, wohin er fährt.«

»Geht klar.«

Sie hatten auf der B 12 inzwischen Weitnau passiert und waren von der Bundesstraße abgefahren, um Grünenbach auf einem kleinen Bogen zu erreichen – eine richtig gerade Verbindung gab es nicht. Nun hatten sie vielleicht die Chance, Farsnau abzufangen, falls er in Richtung Süden nach Österreich unterwegs war.

»Könnten wir das schaffen?«, fragte Hansen.

Haffmeyer warf einen Blick auf die Tachonadel, dann schüttelte er betrübt den Kopf. Hansen fuhr recht flott, wie er fand, aber Haffmeyer hatte sicher recht: Da ging noch mehr. Er drückte das Gaspedal stärker durch, nahm die nächste Abzweigung ziemlich sportlich und schoss mit weit überhöhter Geschwindigkeit durch einen Weiler. Erst flog er an einer Pizzeria vorbei, neben der ein Mann mit Kochmütze stand und eine Zigarette rauchte. Als Hansen kurz in den Rückspiegel schaute, sah er den Mann hinter ihm herstarren und mit erhobener Faust herumfuchteln. Dann musste er einem Traktor ausweichen, der langsam aus einer Seitenstraße tuckerte und seelenruhig vor ihnen einfädelte.

Von da an konzentrierte er sich lieber wieder auf die Straße vor ihm. Hanna sah inzwischen etwas blass aus und versuchte sich auf der Rückbank ein wenig aufrechter hinzusetzen. Dabei umklammerte sie den Griff oberhalb ihres Seitenfensters und krallte die andere Hand in eine der hinteren Kopfstützen.

»Wir werden's trotzdem nicht schaffen, Chef, du brauchst uns deswegen nicht gegen den Baum zu fahren«, bemerkte

Haffmeyer trocken. »Farsnau hat's nur zwei Kilometer weit bis zu der Kreuzung nördlich von Harbatshofen, wo wir ihn spätestens abfangen müssten – und wir sind noch gut sieben Kilometer von der Kreuzung entfernt.«

Hansen überlegte kurz. Dann wären sie, wenn sie gut vorankamen und Farsnau normal schnell fuhr, an der Kreuzung noch etwa zwei, drei Minuten hinter ihm.

»Nur mal angenommen, er will mit seinem Rucksack wieder zum Wandern nach Österreich: Gibt es da von diesem Harbatshofen aus viele Möglichkeiten?«

»Alles außer der Strecke über Oberstaufen wäre ein Riesenumweg.«

Das Handy klingelte. Der Kollege gab durch, dass Farsnau tatsächlich Richtung Süden fuhr. Wohl nicht besonders schnell, aber sie würden nach ihm an der Kreuzung ankommen.

Hansen behielt das hohe Tempo bei, und bis auf zwei etwas knappe Situationen kamen sie recht gut durch. Haffmeyer telefonierte mit der Polizeistation Oberstaufen und der Kripo Lindau. Hanna hockte verängstigt und kreidebleich auf der Rückbank. Ihre Lippen bewegten sich lautlos, als murmele sie ein Gebet.

»Zwei Kollegen von der Lindauer Kripo«, berichtete Haffmeyer, »hatten gerade an der österreichischen Grenze zu tun. Sie beziehen jetzt Posten direkt vor der Grenze und werden Farsnau aufhalten, falls er nach Österreich will. Das spart uns den ganzen Kram mit der ausländischen Amtshilfe. Obwohl ja die Sara Konner vom Bezirkskommando Liezen eine ganz Nette war.«

Hansen warf Haffmeyer einen kurzen Seitenblick zu, schaute aber sofort wieder nach vorn, als er aus dem Augenwinkel bemerkte, dass sich Hanna dabei noch mehr versteifte. Haffmeyer hatte gegrinst und bei dem Gedanken an die Kollegin aus der Steiermark sehr genießerisch dreingeschaut.

Da schau her, dachte sich Hansen und grinste ebenfalls, bis vor ihm nach einer Kurve ein dahinzuckelnder Lieferwagen auftauchte und er ihn in einer waghalsigen Aktion überholen musste.

»Wir wollen ja eigentlich nur mit Farsnau reden, aber wir können nicht ausschließen, dass er sich gerade jetzt aus dem Staub machen will«, meinte Haffmeyer. »Er könnte mitbekommen haben, dass er inzwischen verdächtigt wird. In Oberstaufen macht sich eine Streife auf den Weg, die sich kurz vor Aach bereithalten will, das ist das letzte Dorf vor der Grenze.«

In Stiefenhofen war gegenüber der Kirche ein Pick-up am Straßenrand geparkt und blockierte die Fahrbahn, und Georg Farsnau wartete davor mit seinem dunklen Kombi auf eine Lücke im Gegenverkehr. Direkt hinter ihm stand das Zivilfahrzeug der Kollegen, die ihn verfolgten. Hansen schaltete zwei Gänge zurück und fuhr nun langsamer. Auf der Rückbank begann sich Hanna ein wenig zu entspannen.

Als sie das Dorf hinter sich gelassen hatten, eröffnete sich wieder das wunderbare Panorama aus saftigen Wiesen, dunklen Waldstücken, ansteigenden Hügeln und dem mächtigen Hochgrat im Hintergrund – doch Hansen und Haffmeyer hatten auch diesmal keinen Blick dafür. Haffmeyer rief die

Beamten im Wagen vor ihnen an und schlug ihnen vor, an der nächsten Kreuzung abzubiegen und sie direkt hinter Farsnau vorrücken zu lassen – auch für den Fall, dass sich der inzwischen fragte, ob er von dem Auto hinter ihm wohl verfolgt wurde.

Und wirklich setzte der Fahrer vor ihnen den Blinker, bremste ab und rollte langsam auf den Parkplatz der Hochgratklinik. Hansen näherte sich Farsnaus Kombi, der mit unveränderter Geschwindigkeit weiter auf Oberstaufen zufuhr, bis auf fünfzig, sechzig Meter. Einen halben Kilometer weiter fuhr ein Lastwagen aus einer Seitenstraße und rumpelte elend langsam vor Hansen her, sodass sie Farsnau für eine kurze Zeit aus den Augen verloren. Doch der Laster bog schon im nächsten Dorf wieder links ab, und noch vor dem Oberstaufener Ortsschild hatten sie wieder Sichtkontakt zu Farsnaus Kombi. Hinter ihnen hatte der Wagen mit den beiden Beamten, die sie vorgelassen hatten, wieder Anschluss gefunden, und so ging es im lockeren Konvoi durch Oberstaufen, dann ein Stück weit an der B 308 entlang und schließlich in einer zunehmend kurviger werdenden Strecke das Tal zur Linken hinunter.

»Er scheint wirklich nach Österreich zu wollen«, sagte Haffmeyer halb zu sich selbst, und Hansen ließ sich ein wenig zurückfallen, um nicht doch noch von Farsnau bemerkt zu werden. Als sie bald darauf ein längeres Straßenstück überblicken konnten, war der Kombi, den sie verfolgten, nicht mehr zu sehen. Hansen wurde langsamer und suchte auf der linken Seite, Haffmeyer musterte die Feldwege und Gehöfte rechts von ihnen. Als er wieder nach vorne schaute, konnte er in der

Ferne einen Mann sehen, der neben einem am Straßenrand abgestellten Auto stand und mit einem Fernglas zu ihnen herschaute.

»Scheiße!«, sagte Haffmeyer und machte Hansen auf den Mann aufmerksam. »Er ist uns draufgekommen.«

Inzwischen konnte man schon Farsnaus dunklen Kombi erkennen. Der Fahrer sprang wieder ins Fahrzeug und fuhr mit quietschenden Reifen los. Der Wagen kam für einen Moment ins Schlingern, dann sauste er mit hoher Geschwindigkeit an Weilern und Scheunen vorbei und raste wenig später mit kaum vermindertem Tempo nach links auf einen Feldweg. Ein paar Mal sah Hansen den Kombi noch auf dem holprigen Untergrund in die Knie gehen und bockig aus den Federn springen, dann verschwand der Wagen hinter einer Kuppe.

Hansen bog ebenfalls etwas zu flott auf den Feldweg ein. Farsnau hatte nicht viel Vorsprung, und Hansen wollte nicht abgehängt werden. Und dann war es auch schon passiert: Hansen erkannte zu spät, dass sich Farsnau an einer Gabelung nach links gewandt hatte, wo der Weg kaum mehr auszumachen war und durch die Lücke einer Baumreihe hindurchführte. Er riss das Steuer zwar noch herum, aber mit einem hässlichen Knirschen streifte der Unterboden des Wagens über Steine und Erde, und dann regte sich gar nichts mehr. Während Hansen noch versuchte, den Wagen wieder freizubekommen, sprangen Hanna und Haffmeyer schon aus dem Fahrzeug.

Hansen sah seine beiden Kollegen auf dem Pfad davonrennen. Der aufgeschossene Haffmeyer warf seine dürren Beine hin und her wie ein halb lahmendes Fohlen. Die dicke Hanna hatte ihn mit einem beachtlichen Spurt längst abgehängt und verschwand gerade aus Hansens Blickfeld. Mit einem deftigen Fluch brach er das fruchtlose Vor- und Zurückschaukeln des Wagens ab und stieg aus. Farsnau musste die Strecke mit großer Geschwindigkeit gefahren sein und vor allem ohne Rücksicht auf seinen Wagen, denn hier ging es gut zwanzig Meter lang über eine Wiese und über Stock und Stein, bevor dahinter wieder so etwas wie ein befahrbarer Weg zu erkennen war.

Plötzlich hörte er einen Schuss.

Er spurtete los. Das heißt: Er versuchte es. Nach zwei Schritten trat er in ein Loch und knickte um. Ein stechender Schmerz fuhr ihm in den Knöchel und zog ihm den Boden unter den Füßen weg. Er rappelte sich auf, so gut es ging, versuchte den schmerzenden Knöchel zu ignorieren und rieb sich im eiligen Dahinhumpeln das rechte Handgelenk, das er sich etwas geprellt hatte.

Eine allzu lange Strecke musste er nicht mehr zurücklegen. Erst sah er Haffmeyer stocksteif dastehen, dann Hanna, die ihn umklammerte wie eine Ertrinkende. Er sorgte sich, ob der Schuss womöglich ihr gegolten hatte, doch im Näherkommen bemerkte er, dass sie wohl unverletzt war. Dennoch wurde ihr fülliger Körper von heftigem Schluchzen geschüttelt. Wenig später sah er den Grund dafür.

Etwa zwanzig Meter vor ihnen in der Wiese stand der Kombi, den sie verfolgt hatten. Schon durch die Heckscheibe war zu erkennen, dass das Innere des Wagens eine einzige Riesensauerei war. Die Scheiben waren mit Spritzern übersät, und neben dem Auto waren Glassplitter, Blutflecken und

Knochenstücke auf der Wiese verteilt. Das linke Seitenfenster des Kombis war geöffnet, auf dem Boden lag eine schwarze Pistole. Ein Arm ragte aus dem Wagen, er lag auf der Türfüllung auf und die halb geöffnete Hand hing bewegungslos in der Luft. Hansen näherte sich dem Wagen und machte einen Bogen, um keine wichtigen Spuren zu verwischen. So wie es hier aussah, konnte man für Farsnau ohnehin nichts mehr tun.

Als Hansen auf der Höhe des Fahrersitzes angelangt war, musste er schlucken. Farsnau hatte sich in den Kopf geschossen. Er hatte die Mündung an der Schläfe angesetzt und abgedrückt – und ihm war das widerfahren, was bei einem solchen Schuss drohte: Er hatte nicht richtig getroffen.

Und jetzt hockte er da in seinem Wagen, die Augen schreckgeweitet, den Mund zu einem stummen Schrei geöffnet, die linke Wange blutverschmiert, während sein Arm reglos zum Autofenster hinausragte.

Nun musste Hansen doch Hilfe rufen. Er warf einen letzten Blick ins Wageninnere und sah ein Foto, das auf dem Armaturenbrett direkt vor der Windschutzscheibe lag – blutverschmiert und kaum mehr erkennbar als das Porträt einer hübschen jungen Frau. Dann humpelte er zu Haffmeyer, denn er hatte in der Eile sein eigenes Handy im Auto vergessen, und rief auf dessen Telefon den Notarzt an. Er ging zwar ein paar Schritte von den Kollegen weg, musste dem Mann am anderen Ende der Leitung Farsnaus Zustand wegen der schlechten Verbindung jedoch so laut schildern, dass Hanna alles mit anhören musste. Dennoch hatte sie sich nach ein paar Minuten wieder leidlich im Griff. Haffmeyer strich ihr noch einmal tröstend übers Haar, dann trat er zu Hansen.

»Das Gespräch mit Farsnau hat sich erledigt, was?«

Hansen schnappte kurz nach Luft, weil Haffmeyer das in einem so trockenen Tonfall gesagt hatte, aber seine blasse Gesichtsfarbe sprach Bände.

»Sieht so aus«, sagte Hansen. »Wenn er Pech hat, wird er's sogar überleben, aber …«

»Schläfe, oder?«, brummte Haffmeyer. Er war wohl nicht weiter gekommen als bis zu der Stelle, an der er Hanna getröstet hatte.

Hansen nickte.

»Schön blöd«, knurrte Haffmeyer noch, dann fiel ihm auf, dass Hansen vor sich auf den Boden starrte. Er legte ihm eine Hand auf die Schulter und sah ihn an, bis der den Blick hob.

»Mach dir keine Vorwürfe, Chef. Ich glaube, der hätte sich auch was angetan, wenn wir ihn nicht in Panik versetzt hätten. Ich meine, wozu sollte er sonst seine Waffe mitnehmen? Der hat mitbekommen, dass wir ihm auf der Spur sind, und dann wollte er in seinen geliebten österreichischen Bergen allem ein Ende setzen. Nun hat er's halt schon hier gemacht. Zumindest hat er's versucht.«

Von der Straße her war ein Martinshorn zu hören, das schnell näher kam. Der Notarzt bog mit einem weißen Porsche auf den Feldweg ein, dann verstummte die Sirene, und kurz darauf spurtete ein sportlicher Mann mit silbergrauem Kurzhaarschnitt und Arztkoffer auf Farsnau zu, flitzte an den drei Beamten vorbei, zog sich im Rennen Gummihandschuhe über und rief ihnen zu: »Schieben Sie Ihre Scheißkarre da unten weg, wie sollen denn da die Sanis durchkommen?«

Hansen wollte sich gerade auf den Weg machen, aber Haffmeyer hielt ihn zurück und ließ sich von seinem Chef sein Telefon zurückgeben. Dann rief er noch einmal die Leitstelle an und ließ sich mit dem Fahrer des Krankenwagens verbinden, um ihm einen besseren Anfahrtsweg zu beschreiben. Keine zwei Minuten später schoss der Sanka um die Kurve, dass der Kies nur so spritzte.

Die beiden Sanitäter rissen die Hecktüren auf, zerrten eine Liege aus dem Wagen und rannten damit zu Farsnaus Kombi. Dort wurden ihre Bewegungen bald langsamer. Der Notarzt stand noch eine Weile neben dem Wagen, den Oberkörper durch das Seitenfenster ins Wageninnere gebeugt, und hantierte mit Spritzen und Verbandszeug. Als er endlich wieder aus dem Wagen tauchte und ein paar Schritte zurücktrat, hob einer der beiden Sanitäter Farsnaus noch immer zuckenden Arm, während der andere vorsichtig die Fahrertür aufzog. Sie holten den Mann aus dem Wagen, betteten ihn auf die Liege und brachten ihn behutsam zum Krankenwagen, der wenig später auf dem Kiesweg davontuckerte.

Der Notarzt zog die Handschuhe aus, verstaute die Utensilien in seinem Koffer und ging dann gemächlich auf die drei Polizisten zu. Er kramte eine Packung Zigaretten hervor und bot allen daraus an, aber am Ende stand er als Einziger rauchend auf der Wiese, zog etwas zu heftig an seinem Glimmstängel und stieß den Rauch zischend zwischen seinen Backenzähnen hervor.

»Schläfe!«, knurrte er kopfschüttelnd. »Wann lernen es diese Deppen denn endlich?«

Er sah die anderen an, dann trat er auf Hanna zu.

»Brauchen Sie was?«, fragte er sie.

»Danke, geht schon wieder.«

»Entschuldigen Sie, dass ich Sie vorhin so angeschnauzt habe. Stress halt.« Er grinste matt und zuckte mit den Schultern. »Eigentlich sollte ich das nach all den Jahren besser vertragen, aber was will man machen?«

Er zog an der Zigarette und schaute zu dem Kombi hin, der leer auf der Wiese stand.

»Tja, Ihr Herr ... wie heißt er eigentlich, der Depp?«

»Farsnau.«

»Ihr Herr Farsnau wird's nie wieder eilig haben in seinem Leben. Oder in dem, was er sich als Leben übrig gelassen hat.«

Er warf die halb gerauchte Kippe vor sich auf den Boden und trat sie so wütend aus, als hätte sie ihm etwas getan. Dann wandte er sich abrupt um und stapfte nach einer dahingemurmelten Verabschiedung zurück zu seinem Wagen.

»Die KT aus Lindenberg ist unterwegs und wird in fünfundzwanzig Minuten hier eintreffen«, berichtete Haffmeyer, der in der Zwischenzeit telefoniert hatte. »Die Kollegen aus Kempten sind auch schon auf dem Weg, brauchen aber natürlich etwas länger. Den anderen habe ich durchgegeben, dass sie die Zufahrten sichern sollen. Die eine, die wir genommen haben, und die andere weiter im Osten, über die der Krankenwagen gekommen ist. Da wird's nicht viel zu sichern geben, aber ich finde, das hier muss ja auch nicht jeder anschauen müssen.«

Hansen nickte ihm dankbar zu, dann hakte er Hanna unter und führte sie zurück zu seinem Wagen. Haffmeyer fiel ein, dass Hansens Auto ja noch freigeschoben werden musste. Unten an der Abzweigung stand der Wagen mit den beiden Beamten, die Farsnau ebenfalls gefolgt waren. Er suchte im Anrufspeicher nach ihrer Nummer und bat den Kollegen, der sich meldete, doch kurz mit anzupacken. Von seinem Posten aus sah Haffmeyer, wie drüben ein Mann aus dem Fahrzeug stieg und flott den Feldweg entlangmarschierte. Er drehte sich noch einmal zu Farsnaus Kombi um, zog scharf die Luft zwischen den Zähnen ein und wandte sich ebenfalls zum Gehen.

Die Kaffeepause hatte gutgetan. Erst war Hanna noch ganz schweigsam gewesen, irgendwann wurde es besser, und am Ende redeten sie wieder ausführlich miteinander – zunächst über die Ereignisse auf der Wiese vor Aach und dann über alle möglichen Aspekte des Mordfalls Claus Steinfordt.

Kurz bevor sie Grünenbach erreichten, meldete sich Ulf Kayserling. Haffmeyer hatte sich hinters Steuer gesetzt, und Hanna hatte Hansen den Beifahrersitz überlassen. Einige Kemptener Kriminaltechniker hatten sich zu Farsnaus Haus in Grünenbach aufgemacht und sicherten dort Spuren und Unterlagen. Kayserling selbst war mit den anderen verfügbaren KT-Leuten vor knapp einer halben Stunde bei Farsnaus Auto eingetroffen, wo sie zusammen mit den Lindenberger Kollegen das Wageninnere untersuchten.

»Ich bin gespannt, welche Spuren wir erst finden, wenn wir die ganze Sauerei in diesem Auto beseitigt haben. Aber schon jetzt dürfen wir vermuten, dass Sie, Herr Hansen, mit Ihrem Bauchgefühl richtiglagen: Auf dem Armaturenbrett lag ein Foto von Lilo Kalkar. Wenn ich die Blutflecken und alles, was ich sonst mit bloßem Auge sehen kann, richtig deute, hat er das Foto in der rechten Hand gehalten, als er mit links abdrückte. Wahrscheinlich müssen wir noch froh sein, dass Farsnau während seines Selbstmordversuchs die Hose zugelassen hat. Ich würde sagen, dass der ein heftiges Problem im Kopf hatte. Und zwar schon vor dem Pistolenschuss.«

Hansen verzog das Gesicht. Ihm war im Moment nicht nach schwarzem Humor. Doch der KT-Chef plauderte ungerührt weiter.

»Sieht übrigens so aus, als hätte er das mit der Pistole nicht langfristig geplant. Auf dem Rücksitz lag ein Rucksack, da war ein Vesper und was zu trinken drin. Ich bin ja kein Wanderer – aber ein Kollege, der in seiner Freizeit ständig von Alm zu Alm hetzt, meinte, dass der Proviant für einen halben Tag reichen dürfte. Im Rucksack haben wir außerdem noch eine Art Tagebuch gefunden. Der erste Eintrag stammt aus dem November 1986. Farsnau hat also entweder nicht viel erlebt, oder er war eher faul als Tagebuchschreiber. Der Rucksack geht gleich ins Labor – ich lasse für die nächste Soko-Besprechung Fotos vom Inhalt machen, und vielleicht ist bis dahin das Tagebuch selbst schon so weit, dass ich es mitbringen kann. Wann ist denn die nächste Besprechung?«

»Weiß ich nicht, aber Marle wird wohl bald einen Termin ansetzen. Haben Sie sonst noch was für mich? Wir wollten uns jetzt mal Farsnaus Haus in Grünenbach ansehen.«

Haffmeyer hatte den Wagen inzwischen vor dem Gebäude abgestellt.

»Wir sind gerade angekommen«, fuhr Hansen fort. »Ihre Kollegen sind schon fleißig bei der Arbeit.«

»Na, was denn sonst?«, versetzte Kayserling und lachte trocken. »Im Rucksack haben wir noch Brennspiritus gefunden, ein Feuerzeug und ein paar dieser großen Streichhölzer – Kaminhölzer heißen die, glaube ich. Was er damit anstellen wollte, kann ich mir im Moment noch nicht recht vorstellen. Bis später – dann sind wir vielleicht schlauer.«

Einer der Kriminaltechniker unterbrach seine Arbeit, um sie vor Farsnaus Haus in Grünenbach zu begrüßen und sie auf den neuesten Stand zu bringen. Demnach waren im Haus Eiswürfelbeutel und andere Kühlelemente in ungewöhnlich großer Anzahl gefunden worden. Ein Eisbeutel – das wär's jetzt, ging es Hansen durch den Kopf, während er versuchte, seinen noch immer schmerzenden Knöchel möglichst wenig zu belasten.

Der Kollege erzählte unterdessen ohne Punkt und Komma weiter. In einem Schuppen, der zu dem etwas heruntergekommenen Anwesen gehörte, waren ein Schragen und mehrere Decken gefunden worden, die schon auf dem Weg ins Labor waren. Im Keller hatten die Beamten gut zwei Dutzend Dosen Starterspray gesichert, und dort waren auch mehrere zerschnittene und mit Plastiktüten verklebte Atemmasken sowie allerlei anderer Kram eingelagert.

Der Kriminaltechniker nannte ihnen die Räume, die sie schon besichtigen konnten. Hansen betrat den Flur, immer darauf bedacht, kein Täfelchen umzustoßen und sich zwischen den Absperrbändern zu halten.

Es roch streng im Haus, und es dauerte nicht lange, bis Hansen den Grund dafür fand. Im Wohnzimmer lag ein überreifer, an einer Stelle schon fauliger Apfel auf der Fensterbank, und auf der Kommode stand ein Teller, auf dem ähnlich überreifes Rauchfleisch vor sich hin müffelte. In einer Bodenvase neben der Wohnzimmertür steckte ein kleines Bündel Heu, und als er näher kam, stellte Hansen fest, dass das Gefäß mit Wasser gefüllt war. Das Heu hatte die Flüssigkeit teilweise aufgesogen und roch dementsprechend.

Als die Soko Scheunenbrand um fünfzehn Uhr in Krumbach zusammenkam, empfing sie ein nicht sehr glücklich wirkender Fritz Marle: Der Leiter der Soko saß auf seinem angestammten Platz und schien zu überlegen, womit er am besten anfangen sollte. Kayserling hatte ihm erst vor einer Dreiviertelstunde Georg Farsnaus Tagebuch auf den Tisch legen können. Die Stellen, die ihm bei der technischen Untersuchung aufgefallen waren, hatte er mit bunten Merkzetteln markiert. Diese Seiten hatte Marle überflogen, und das hatte ihm schon gereicht. Nun lag das ledergebundene Buch zugeklappt vor ihm.

»Zum Zustand von Georg Farsnau gibt es nichts Gutes zu berichten. Er hat seinen Selbstmordversuch … nun ja: überlebt. Aber dass wir jemals mit ihm würden reden können oder dass er sich eines Tages so weit erholen könnte, dass er auch ohne maschinelle Unterstützung weiterleben kann – darauf haben uns die Ärzte keine Hoffnung gemacht.«

Marle seufzte und trommelte mit den Fingerspitzen auf das Tagebuch.

»Leider gibt es auch über Farsnaus bisheriges Leben nichts Gutes zu sagen. Erst mal die für uns positiven Nachrichten: Herr Hansen lag richtig mit seinem Bauchgefühl. Wir haben den Mörder von Claus Steinfordt – und zugleich den Mörder von Lilo Kalkar und Hubert Franck. Tatsächlich hat er Steinfordt getötet, weil er befürchtete, dass der ihn letztlich wegen der beiden Morde im Jahr 2002 überführen könnte.«

Der Soko-Chef lächelte schmerzlich.

»Die Ironie daran ist, dass Steinfordt keinen blassen Schimmer hatte, dass nicht Hubert Franck, den er verdächtigte, sondern dessen Nachbar Farsnau hinter dem Doppelmord stand. Und so geschickt, wie der seine Spuren verwischte, wäre er ihm wohl auch nie auf die Schliche gekommen. Aber in seinem Tagebuch schreibt Farsnau, dass er Steinfordt kurz vor der Auflösung der alten Mordfälle sah. Aus Steinfordts Unterlagen, die wir in Hildesheim sichern konnten, wissen wir: Er ging davon aus, dass Hubert Franck seine Freundin Lilo ermordete – und dass er anschließend spurlos verschwand und auf der Flucht Geld abhob, um Lilos Weiterleben zu simulieren. Das hat sogar geklappt, auch wenn es Farsnau war und nicht Franck.«

Marle erzählte in groben Zügen, was er in der kurzen Zeit aus den Einträgen für die betreffenden Tage erfahren hatte. Dass Farsnau wirklich – wie von Hansen vermutet – im März und Juni 2002 eigens nach Frankreich und Spanien gefahren war, um dort die EC-Karte einzusetzen und so eine falsche Spur zu legen. Dass Farsnau sich in die hübsche junge Frau verguckt hatte, als er die beiden am Abend des 17. Januar 2002 in Krumbach hatte ankommen sehen. Dass er sie in der Nacht und während des gesamten folgenden Tages beobachtet hatte. Dass er schon früh am Samstagmorgen, dem 19. Januar 2002, auf der Lauer lag und dass er, als er seinen Nachbarn gegen sieben Uhr morgens zu Fuß mit seiner jungen Freundin aufbrechen sah, sich in sein Auto setzte, den beiden folgte und sie noch innerhalb des Krumbacher Stadtgebiets – am damals neu gebauten B 16-Zubringer auf der grünen Wiese, wo sich inzwischen ein Kreisverkehr befand, aber noch immer keine Wohngebäude in unmittelbarer Nähe – mit dem Wagen aufgelesen hatte. Der Kollege, der zur Soko-Besprechung Käselaugen von seiner Lieblingsbäckerei mitgebracht hatte, nickte wissend: Er fuhr jeden Morgen auf seinem Weg zur Polizeiinspektion genau durch diesen Kreisel.

»Farsnau hat Lilo und Franck gefragt, wohin sie wollten«, fuhr Marle fort. »›Ins Elsass‹, haben die beiden gesagt, und da hat er behauptet, dass er zu einer Vertretertagung nach Offenbach müsse und sie deshalb gut bis in die Nähe der deutsch-französischen Grenze mitnehmen könne, und sie sind eingestiegen. Die Tat schildert er sehr ausführlich, auch wie es dazu kam. Er hat einen fürchterlichen Stil, und je mehr er sich im Tagebuch der Tat nähert, desto nüchterner, desto distanzierter schreibt er. Da dürfte ein Psychologe noch viel Arbeit vor sich haben. Jedenfalls war er wohl scharf auf Lilo, und als die Frau ihn mehrfach abwehrte und irgendwann auch Hubert Franck auf die Anmache aufmerksam wurde – er saß hinten und war zwischendurch eingeschlafen –, eskalierte die Situation. Lilo musste austreten, und als sie im Gebüsch verschwunden war, stellte Franck seinen Nachbarn wegen Lilo zur Rede. Der stach Franck daraufhin nieder, kroch zu Lilo ins Gebüsch und versuchte dort auch noch einmal, sich an sie heranzumachen. Als das nicht klappte, erstach er sie ebenfalls.«

Marle machte eine kurze Pause und erzählte dann weiter.

»Seine Schusswaffen hatte er damals schon, aber er hat sie nicht benutzt, um durch die verwendete Munition keine Spuren zu hinterlassen – darauf war er offenbar mächtig stolz. Die Kleider, die auf dem Gelände des Kieswerks gefunden wurden, können übrigens wirklich von Lilo Kalkar gestammt haben: Farsnau hatte sie eine Zeit lang bei sich aufbewahrt und sie erst weggeworfen, nachdem immer wieder Zeitungsartikel über die verschwundene Lilo erschienen. Damit fehlt uns nicht mehr als ein kleines Puzzlestück, das Geständnis steht im Tagebuch. Sehr ausführlich.« Er sah müde in die Runde. »Zu ausführlich, für meinen Geschmack.«

Hansen kamen einige mögliche Gründe dafür in den Sinn, dass ein Mörder Kleider oder Wäsche von seinem Opfer aufbewahrte – und er fragte sich, was mit Lilo Kalkar passiert war, nachdem Farsnau sie getötet hatte. Aber laut ausgesprochen wurde die Frage von Staatsanwältin Doris Brunckhorst.

»Er hat also die beiden erstochen und später Lilos Kleider versteckt. Und was ist dazwischen passiert?«

Marle machte nun ein noch gequälteres Gesicht.

»Alles habe ich noch nicht gelesen, dieses Buch ist ziemlich dick«, antwortete er. »Es ist auch kein Tagebuch in dem Sinn, dass sich da einer jeden Abend hinsetzt und aufschreibt, wen er tagsüber getroffen und was er so gemacht hat. Es enthält Ereignisse, Gedanken und Gefühle aus dreißig Jahren. Mal lässt er sich über einen Tag oder eine Stunde seitenlang aus, dann wieder schreibt er jahrelang keine Zeile. Der erste Eintrag stammt aus dem November 1986, und hätte ich nicht weiterlesen müssen, dann hätte ich das Ding sofort aus der Hand gelegt.«

Doris Brunckhorst begann ungeduldig zu werden, aber weil sie dem Leiter der Soko ansah, dass er sich mit dem Inhalt des Tagebuchs schwertat, wartete sie noch ab.

»Um es kurz zu machen«, sagte Marle schließlich. »Farsnau war nekrophil, und dementsprechend ist er mit Lilo Kalkars Leiche umgegangen.«

Die Staatsanwältin wirkte angewidert, aber nicht so überrascht wie manch anderer in der Runde. Sie räusperte sich, dann fragte sie ruhig: »Er hat sich an der toten Lilo vergangen?«

Marle nickte.

»Dazu hat er sie ausgezogen und die Kleider später als … Gedächtnisstütze bei sich daheim aufbewahrt?«

»Wahrscheinlich. Wir haben Lilos Leiche nicht, auch die Kleider sind weg – aber rein technisch stelle ich mir das so vor, ja.«

»Und was schreibt er über den Verbleib der Leichen?«

»Dazu habe ich noch nichts gefunden. Ich habe dieses widerliche Buch erst vor einer Stunde erhalten, und obwohl mir Kollege Kayserling dankenswerterweise einige Stellen markiert hat, konnte ich natürlich nur wenige Passagen überprüfen.«

»Na gut, mit dem Tagebuch können wir uns nach dieser Besprechung noch in Ruhe beschäftigen«, sagte die Staatsanwältin mit finsterer Miene. »Die Leichen bleiben tot, und Farsnau läuft uns auch nicht mehr weg.«

Sie sah die Notizen durch, die sie sich während Marles Vortrag gemacht hatte. Dann tippte sie mit dem Stift auf eine Stelle ihres Aufschriebs und sah Marle fragend an.

»Sie hatten erwähnt, dass der erste Eintrag vom November 1986 stammt – und dass Sie den schon schlimm fanden. Was stand denn da drin?«

Marle fasste das Gelesene in nüchternen Worten zusammen. Im Besprechungsraum hätte man eine Stecknadel fallen hören. Am Ende saßen alle schweigend da, bis Marle die anstehenden Aufgaben verteilte und die Besprechung für beendet erklärte.

Den Korb mit den Käselaugen hatte keiner angerührt.

Der Rest des Nachmittags flog geradezu an Hansen vorbei. Zusammen mit Hanna Fischer und Willy Haffmeyer machten sie sich daran, einige Details zu überprüfen, die Marle im Tagebuch gefunden hatte. Ein Teil der Angaben bestätigte sich, der Rest war nach so langer Zeit nicht mehr zu klären – aber in keinem der aufgelisteten Punkte ergab sich ein offenkundiger Widerspruch zu den Akteneinträgen der betroffenen Polizeibehörden.

Ulf Kayserling brachte die Ergebnisse aus dem Labor, und kopfschüttelnd schilderte er, welcher Verdacht sich dadurch bestätigt hatte.

»Auf dem Schragen in der Scheune hat er wohl die Leiche

von Claus Steinfordt gelagert. Wir haben passende Haare gefunden, und auch wenn der DNA-Abgleich noch nicht abgeschlossen ist, gehe ich davon aus, dass es die Haare von Steinfordt sind. Das würde auch die zahlreichen Kühlelemente erklären: Er musste die Leiche regelmäßig kühlen, damit sie nicht zu stinken begann. Ob er sich an Steinfordt vergangen hat, werden wir nie erfahren – aber ich glaube eher nicht: Diesen Mord hat er sicher nicht aus Lust begangen, sondern aus Angst, entlarvt zu werden.«

Hansen mochte kaum mehr hinhören. Dieser kranke Kerl hatte ihm seinen bisher heftigsten Fall beschert. Doch Kayserling war noch nicht am Ende mit seinen Ausführungen.

»Die Kollegen haben in Farsnaus Haus in Grünenbach zahlreiche Spraydosen und einige Atemmasken gefunden«, fuhr Kayserling fort. »Offenbar hatte er Spaß an Chemie und eine Schwäche für abenteuerliche Pläne.«

Hansen verzog das Gesicht. Kayserling schien kalt wie eine Hundeschnauze, während es ihm für heute eigentlich schon reichte.

»Wir waren zunächst davon ausgegangen, dass Steinfordt in dieser Trekkinghütte im Schlaf überrascht und danach vom Campingplatz geschafft wurde. Mit dem Starterspray ergibt das ein stimmiges Bild. Das besteht aus Diethylether, außerdem noch aus Öl und ein paar anderen Bestandteilen.«

»Da ist Äther drin?«

»Ja, etwa zehn bis dreißig Prozent des Sprays besteht aus Äther – aber wenn er das Steinfordt direkt ins Gesicht gespritzt hätte, wäre der sicher eher von der ekligen Mischung aufgewacht, als dass er damit hätte narkotisiert werden können. So wie es sich für uns darstellt, ist es Farsnau gelungen, aus dem Starterspray den Äther zu extrahieren und abzufüllen – einer meiner Mitarbeiter ist Hobbychemiker, der könnte Ihnen das besser erklären. Jedenfalls ist er auf diese Weise an eine ausreichende Menge Äther gekommen, um Steinfordt zu betäuben – ohne dass er beim Kauf irgendwo registriert worden wäre. Starterspray ist ja frei erhältlich, und wenn er die Dosen irgendwo dutzendweise gekauft hat, fällt das auch keinem auf. Den Äther hat er dem schlafenden Steinfordt dann über eine manipulierte Atemmaske verabreicht, was ihm recht schnell die Lichter ausgeknipst haben dürfte. Die Wirkung von Äther hält recht lange vor, wenn Sie genug davon nehmen. Zeit genug also, um den Bewusstlosen über den Erdwall und ins Auto zu schaffen und ihn später anderswo zu töten.«

»Das kommt mir aber sehr umständlich vor.«

»Das können Sie laut sagen! Aber wahrscheinlich hatte er schon seinen Spaß damit, diesen Plan auszutüfteln und Schritt für Schritt auszuführen – vermutlich geht es in Hirnen wie dem von Farsnau nicht mit derselben Logik zu wie in unseren.«

Gegen fünf war vor allem Hanna Fischer völlig erledigt, und Haffmeyer erklärte sich bereit, sie nach Hause zu bringen. Hansen erbat von Marle das Tagebuch, um nun ebenfalls mit nach Füssen zu fahren. Dort wollte er sich Farsnaus Schilderungen durchlesen, um darin für den nächsten Tag weitere Ansatzpunkte für ihre Ermittlungen zu finden.

»Wenn Sie sich das antun wollen: bittschön.«

Marle sah aus, als wäre er heilfroh, dass ihm jemand das Buch abnahm.

Auf der Heimfahrt in Haffmeyers Wagen wappnete sich Hansen für eine anstrengende Lektüre. Nachdem sein Mitarbeiter ihn abgesetzt hatte, trat er ein paar Mal vorsichtig etwas fester mit dem rechten Fuß auf – offenbar hatte er nach seinem Fehltritt auf der Wiese das Schlimmste überstanden, der Knöchel schmerzte so gut wie gar nicht mehr.

Hansen ging in die Küche, richtete sich ein Vesperbrett mit Käse- und Rauchfleischstücken und zwei Scheiben vom frischen Bauernbrot, das ihm seine Vermieterin in einer Papiertüte auf dem Küchentisch deponiert hatte. Er schenkte sich ein Bier ein, legte das Tagebuch vor sich auf den Tisch, lehnte sich zurück, schloss die Augen und wartete noch ein Weilchen, bevor er sich aufrecht hinsetzte und Georg Farsnaus Tagebuch aufschlug.

Dass da starker Tobak auf ihn wartete, war ihm klar. Aber auf alles war er trotzdem nicht vorbereitet. Manchmal musste er eine Pause einlegen, und wann immer er etwas las, was die Soko mit Recherchen überprüfen konnte, schrieb er das Datum des Ereignisses auf und fasste in eigenen Worten zusammen, was Farsnau in teils unerträglich drastischer Weise beschrieb.

Schlimm fand er nicht nur die Taten an sich, sondern vor allem die Art, wie Farsnau die Details schilderte, wie er seine oft bizarren Handlungen mit der Beschreibung der wunderbarsten Gefühle verband, wie er sich zwischen den Zeilen als Monster entlarvte, ohne sich selbst als etwas besonders Böses oder Abstoßendes zu empfinden.

Der Abend verging, und manchmal war Hansen so sehr in die Lektüre versunken, dass er Ignaz nicht bemerkte, wenn der von draußen hereinkam, laut maunzte, weil sein Napf leer war, und sein Zweibeiner nicht daran dachte, ihn endlich zu füllen. Es war gegen halb elf, als es Ignaz reichte. Seinen ärgsten Hunger hatte er draußen mit einer Maus gestillt, aber seine gewohnte Speisenfolge sah danach einen Gang Trockenfutter vor oder noch besser eine Portion aus der Nassfutterdose. Doch Hansen saß stumm am Küchentisch, machte sich Notizen und blätterte in einem Buch.

Natürlich hatte der Kater den herrlichen Duft, den Hansens Vesperbrett verströmte, längst erschnuppert. Und natürlich schlich er sich nun an, sprang leichtfüßig auf die Eckbank und näherte sich langsam den Leckereien. Aber irgendetwas hielt ihn zurück. Er musterte Hansen, und etwas in dem Blick, mit dem er die handgeschriebenen Zeilen vor sich überflog, ließ Ignaz zurückschrecken. Mehrere Male schob er seine Schnauze bis auf eine Handbreit an das Vesperbrett heran, das Hansen noch gar nicht angerührt hatte. Der Kater hob schon die Tatze, um etwas Rauchfleisch auf den Boden zu schleudern, doch irgendetwas hielt ihn zurück. Irritiert von seinen eigenen Gefühlen schaute er zu Hansen, der ihn noch immer nicht beachtete. Schließlich warf er einen letzten Blick auf die Leckereien, wandte sich ab und trollte sich in den Schuppen, wo er selbst ein reichlich bestücktes Käselager unterhielt. Dort nagte er lustlos an einigen Beutestücken aus den vergangenen Tagen und sinnierte darüber, warum er die günstige Gelegenheit eben nicht genutzt hatte. Ob er wohl alt wurde, fragte sich der Kater, oder sentimental?

Als es ihm zu dumm wurde, streunte er hinaus in die Nacht, verdrosch den Nachbarskater und machte sich noch einmal auf zur Mäusejagd.

Freitag, 13. Mai

Hansen bekam von alldem nichts mit. Es gelang ihm, ein Gesamtbild dessen zu erstellen, was Georg Farsnau in den vergangenen dreißig Jahren getan hatte – und das in einem Stil, der es auch den Kollegen ermöglichen sollte, die Schilderung zu ertragen, ohne dabei allzu tief in die seelischen Abgründe eines kranken Mannes blicken zu müssen.

Die Küchenuhr zeigte zwanzig vor vier, als er seine Notizen noch einmal überflog.

Mittwoch, 12. November 1986

Spätabends bricht Georg Farsnau die Hintertür eines Bestattungsinstituts in Ravensburg auf. Im Kühlraum des Instituts macht er sich am Leichnam einer jungen Frau zu schaffen. Er notiert, dass das Verlangen danach in ihm gewachsen sei, nachdem seine Freundin mit ihm Schluss gemacht habe. Sie hatte ihn mit drastischen Worten fortgejagt und in der gemeinsamen Clique als Schlappschwanz verunglimpft. Er habe an mehreren Abenden nachts vor ihrer Wohnung gestanden, sich aber nicht getraut zu klingeln. Er hat Vergewaltigungsfantasien, befriedigt sich später zu Hause.

Dienstag, 8. November 1994

Farsnau wohnt inzwischen in Wangen. Dort kommt es zu einer zufälligen Begegnung mit seiner früheren Freundin. Sie gibt vor, mit ihm zu flirten, aber als er darauf eingeht, lacht sie ihn aus und geht weg. Das macht ihm tagelang zu schaffen. Er verlegt einige Termine, die er als Außendienstler in den kommenden Tagen hätte wahrnehmen müssen, und fährt am 8. November, dem Jahrestag der Trennung, nach Fürstenfeldbruck. Dort bricht er spätabends in ein Bestattungsinstitut ein und stiehlt die einzige zu diesem Zeitpunkt dort vorhandene weibliche Leiche, eine Frau Ende fünfzig. Er bringt die Tote in eine verfallene Waldhütte etwa zwanzig Kilometer nordwestlich von Augsburg und vergeht sich in den folgenden Tagen mehrfach an ihr. Er bewegt die Gliedmaßen der Leiche in den ersten dreißig Stunden regelmäßig, um die Totenstarre weitgehend zu unterbinden. Am späten Abend des 11. November bricht er die Tür einer Aussegnungshalle bei Landshut auf und legt dort die Leiche der Frau ab.

Donnerstag, 17. Januar 2002

Seit 1995 lebt Farsnau in der Nassauer Straße in Krumbach. Er ist mit seinem Nachbarn Hubert Franck locker befreundet, beide sind Außendienstler, beide leben allein. Als Franck für zehn Tage zu einer Schulung reisen muss, vertraut er Farsnau einen Zweitschlüssel an, damit der die Blumen gießen und nach der Post sehen kann. Bevor Farsnau seinem Nachbarn den Schlüssel zurückgibt, lässt er einen Nachschlüssel anfertigen. Am Abend des 17. Januar sieht Farsnau seinen Nachbarn mit Lilo Kalkar nach Krumbach kommen. Seit 1994 hat er sich an keiner Leiche mehr vergangen, aber die (eingebildete?) Ähnlichkeit von Lilo Kalkar mit seiner letzten Freundin weckt in ihm die Erinnerung an die Trennung und an sein Vergehen in Ravensburg.

Freitag, 18. Januar 2002

Lilo Kalkar und Hubert Franck verbringen den Tag im Haus, Farsnau beobachtet die beiden und dringt dazu teilweise sogar mit seinem Nachschlüssel in Francks Haus ein. So schnappt er unter anderem ein Gespräch im Schlafzimmer auf. Darin ist die Rede davon, dass Lilo und ihr Freund einen längeren Frankreichurlaub planen und dorthin trampen wollen. Als mögliche Ziele besprechen sie das Elsass und Südfrankreich, angesprochen wird auch eine mögliche Weiterreise nach Spanien.

Samstag, 19. Januar 2002

Gegen sieben Uhr morgens sieht Farsnau, wie Franck mit seiner jungen Freundin das Haus verlässt, und eilt in die Garage. Er fährt weg, ohne von den Nachbarn gesehen zu werden, holt Hubert und Lilo ein und nimmt sie mit. [Weiterer Verlauf siehe

Kurzreferat von Soko-Leiter Marle.] Farsnau durchsucht die Kleider der Toten und nimmt ihnen alle Papiere, Karten etc. ab. Wie schon 1994 im Wald bei Augsburg verhindert er die Totenstarre von Lilo Kalkar, indem er ihre Gliedmaßen bewegt. Die Leichenschändung findet tief im Wald statt, ein Stück von der Landstraße von Laupheim nach Illertissen entfernt. Mitten in der Nacht nähert er sich mit den beiden Leichen im Wagen seinem Wohnort Krumbach. Ihm wird klar, dass er die Toten verschwinden lassen muss. In panischer Angst fährt er planlos durch die Gegend und kommt auch am damaligen Kieswerk beim Oberrieder Weiher vorbei, verwirft den Ort aber als Versteck für die Leichen. Nach einer weiteren Irrfahrt sucht er entlang der B 300 zwischen Dasing und Schrobenhausen links und rechts der Bundesstraße nach kleinen Dörfern mit weit außerhalb gelegenen Friedhöfen. Schließlich wird er fündig, entdeckt ein frisches Grab sowie in einem Verschlag neben der Kapelle eine Schaufel. Er schafft Kränze und Blumenschmuck beiseite, hebt ein Loch aus, das bis zum Sargdeckel reicht, und legt die beiden Leichen hinein. Danach schaufelt er die Erde wieder ins Grab und legt Kränze und Blumenschmuck wieder obenauf. Dann fährt er nach Hause und bewahrt dort die Kleidungsstücke, die er der ermordeten Lilo ausgezogen hat, in einer Tüte auf.

Januar/Februar 2002 (ohne Tagesangabe)

Mit zunehmender Sorge liest Farsnau die Zeitungsberichte über die verschwundene Lilo Kalkar und darüber, dass Hubert Franck verdächtigt wird, die junge Frau entführt und womöglich ermordet zu haben. Eines Nachts nimmt er die Tüte mit Lilos Kleidern aus ihrem Versteck und bringt sie zum Kieswerk am Oberrieder Weiher. Dort versenkt er die Tüte, indem er sie mit einigen Steinen beschwert und zubindet.

Samstag, 9. März/Sonntag, 10. März 2002

Farsnau zitiert im Tagebuch Zeitungsartikel, in denen die Annahme der Polizei referiert wird, dass Lilo und Hubert gemeinsam ausgerissen seien und inzwischen irgendwo im Süden Europas ihre Freiheit genössen. Am Morgen des 9. März bricht er zu einem angeblichen Wanderausflug auf, fährt aber nach Montluel bei Lyon, wo er an einem Bankautomaten mit Lilos EC-Karte Geld abhebt. Vor der dort installierten Kamera schützt er sich mit einem breitkrempigen Strohhut. Die Geheimzahl ihrer Karte hat er in einem Adressbuch in ihrer Handtasche gefunden. Hubert Franck hatte seine PIN-Nummer auf einem nicht eingereichten Lottoschein in der Brieftasche notiert. Am Sonntag gegen Abend trifft Farsnau wieder in Krumbach ein.

Donnerstag, 6. Juni – Sonntag, 9. Juni 2002

Farsnau fährt am 6. Juni morgens los, angeblich wieder zum Wandern nach Österreich, in Wirklichkeit aber nach Spanien. Übernachtung im Wagen, am späten Abend des 7. Juni hält er in Torremolinos und hebt wieder Geld ab, diesmal sowohl von Lilo Kalkars Karte als auch von der von Hubert Franck. Übernachtung im Wagen, Heimfahrt, um die Mittagszeit Ankunft in Krumbach, Gespräch mit einer Nachbarin und Sichtung etwaiger Sturmschäden.

Donnerstag, 1. August 2002

Beim Schafkopfen im Gasthaus erfährt Farsnau vom bereits angetrunkenen Karl Faulhaber, dass er am Vortag beim Kieswerk eine Tüte mit Frauenkleidern gefunden und die Polizei informiert habe. Farsnau spendiert ihm noch zwei Bier und einen Schnaps und redet ihm ein, dass das niemand ernst nehmen werde. Und dass er, wenn er jemanden zum Reden brauche, jederzeit zu ihm, Farsnau, kommen könne.

Donnerstag, 10. Oktober 2002

Hubert Francks Vermieter hat das Haus in der Nassauer Straße verkauft. Nun zieht der neue Eigentümer ein. Farsnau hört einen der Umzugshelfer den Namen Kalkar erwähnen, und am Tag darauf steht er mit Kuchen vor der Tür seines neuen Nachbarn.

Dienstag, 13. Januar 2009

Am Abend lädt Gert Kalkar seinen Nachbarn Farsnau zu Gulasch und Rotwein ein. Farsnau macht es zu schaffen, dass Kalkar sein Haus als Gedenkstätte für Lilo eingerichtet hat. An diesem Abend will Kalkar den 25. Geburtstag seiner Tochter begehen, und Farsnau ist sehr durcheinander: Einerseits quälen ihn die Erinnerungen an die junge Frau, andererseits scheint er sich als Freund von Lilos Vater und fast wie ein Familienmitglied zu fühlen.

März/April 2009

Farsnau kauft das Haus in Grünenbach und zieht dorthin. Das Haus in Krumbach vermietet er, seine Besuche dort nutzt er, um den Kontakt zu Kalkar zu halten und sich im Gasthaus und unter früheren Nachbarn unauffällig nach etwaigen Neuigkeiten zum Verschwinden von Lilo Kalkar und Hubert Franck zu erkundigen.

Hansen holte sich ein Glas Wasser, ehe er seine Notizen zu den Tagebuchaufzeichnungen der vergangenen Wochen durchschaute. Alles passte zu den bisherigen Ermittlungen. Haarklein und unverkennbar stolz auf seine akribischen Recherchen und seine Schlussfolgerungen, die auf Hansen eher wahnhaft wirkten, hatte Farsnau die Ereignisse geschildert. Wie er von dem Fremden erfuhr, der sich auf dem Campingplatz am Oberrieder Weiher einquartiert hatte und sich in der Gegend umhörte, um mehr über Hubert Franck und den Kleiderfund auf dem Kieswerkgelände zu erfahren. Wie er seine Entlarvung zu fürchten begann und »Rockford« erst observierte, dann betäubte, entführte, ermordete und gut gekühlt in seinem Schuppen lagerte. Zu diesem Zeitpunkt wusste Farsnau aus einem Gespräch mit seinem Kunden Valentin Kurzinger bereits, dass dieser am 4. Mai zu seinem üblichen Kurzurlaub in die Steiermark aufbrechen würde. Er beschrieb, wie er sein Opfer spät am Abend in Kurzingers Scheune brachte, wie er Utensilien auslegte, die auf Landstreicher hindeuten sollten, wie er die Scheune anzündete und in einem Versteck in der Nähe wartete, bis alles lichterloh in Flammen stand, und erst dann nach Grünenbach zurückfuhr.

Hansen fand Farsnaus Taten auch in der von ihm protokollierten Form noch widerlich, aber so hatten die Kollegen die Informationen, die sie für die weitere Arbeit brauchten, wenigstens in einer einigermaßen lesbaren Form vorliegen und mussten die ekelhaften Schilderungen nicht im Original lesen.

Er schüttelte sich und streckte seine steif gewordenen Glieder. Es klapperte von der Hintertür her, und wenig später tapste Ignaz in die Küche. Er sah furchtbar schmutzig aus.

»Na, komm mal her, du Streuner«, sagte Hansen und tätschelte den freien Platz neben sich.

Ignaz musterte ihn irritiert, dann kam er langsam näher und sprang schließlich auf die Bank. Hansen, der schon oft genug von diesem Mistvieh Kratzer und Bisswunden davongetragen hatte, war froh, dass er nach dieser aufwühlenden

Lektüre jemanden bei sich hatte, der ohne Hintergedanken einfach neben ihm saß und sich vielleicht sogar von ihm kraulen und streicheln lassen würde.

Hansen streckte langsam seine Hand aus. Ignaz schaute zwischen dem Gesicht seines Zweibeiners und den näher kommenden Fingern hin und her. Als die erste Fingerspitze ihn ganz behutsam zu kraulen begann, verharrte er einen Moment reglos, bevor er sich so umsetzte, dass Hansens Fingerspitzen den Punkt zwischen den Schulterblättern massierten. Ignaz schloss wohlig die Augen. Nach einer Weile glaubte Hansen, ihn ganz leise schnurren zu hören. Er lächelte und kraulte weiter.

Gert Kalkar klang fürchterlich, als er Hansen auf dem Handy anrief. Er habe einen Brief von Farsnau erhalten und schaffe es beim besten Willen nicht, ihn zu lesen. Offenbar hatte sich schon herumgesprochen, dass es Farsnau übel erwischt hatte. Hansen wusste nicht, was Kalkar alles aufgeschnappt hatte, aber er schien mit den Nerven am Ende – und weil Hansen ohnehin schon in der Krumbacher Polizeiinspektion saß, wo sich die Soko gegen vierzehn Uhr treffen wollte, beschloss er, Kalkar selbst einen Besuch abzustatten. Er kannte sich inzwischen leidlich in der Stadt aus, und der Fußweg von wenigen Minuten würde ihm guttun. Zu seiner Erleichterung stellte er auf dem kurzen Fußmarsch fest, dass ihm sein rechter Knöchel keine Probleme mehr bereitete.

Kalkar stand schon vor seinem Haus und hielt nach dem Kommissar Ausschau. Nach einer kurzen Begrüßung schlug Hansen vor, ins Haus zu gehen.

»Darf ich mal sehen?«, fragte er mit Blick auf den Brief, sobald sie drinnen waren. Er hatte aus purer Gewohnheit dünne Plastikhandschuhe aus der Tasche gezogen und übergestreift, bevor er den Briefumschlag anfasste. Dazu bestand genau genommen keine Veranlassung mehr, aber schaden konnte es auch nicht. Er zog den Brief nur ein kleines Stück aus dem Kuvert, erkannte sofort Farsnaus markante Schrift und schob ihn wieder in den Umschlag zurück.

»Ich würde den Brief gern mitnehmen«, sagte er. »Sobald die Kollegen im Labor damit fertig sind, bringe ich ihn zurück. Vielleicht machen wir uns für die Unterlagen auch eine Kopie. Und falls wir das Original aus irgendwelchen Gründen behalten müssen, lasse ich Ihnen eine Kopie anfertigen.«

Kalkar winkte müde ab. »Ich schaffe jetzt ohnehin nicht, den Brief zu lesen. Was ich gehört habe, reicht mir fürs Erste.«

»So? Was haben Sie denn gehört?«

»Farsnau ist im Krankenhaus, nachdem er versucht hat, sich umzubringen. Um kurz nach neun stand ein Reporter vor meiner Tür und neben ihm ein Fotograf. Eigentlich haben die wohl in Oberstaufen für einen Artikel zu irgendeiner Autorallye recherchiert, aber dann haben sie zufällig von Farsnaus Selbstmordversuch gehört und natürlich sofort eine Story gewittert. Denen habe ich erst einmal klargemacht, dass ich nicht fotografiert werden will. Hat mich selbst gewundert, dass sich der dran gehalten hat.«

»Und haben Sie denen was erzählt?«

»Ach was, da gab es doch gar nichts zu erzählen. Was hätte ich denn sagen sollen? Natürlich frage ich mich, warum sich

Farsnau umbringen wollte. Auf mich hat er immer einen ganz netten Eindruck gemacht, und er wirkte … wie soll ich sagen … stabil, ja, stabil – der schien immer zu wissen, was er wollte. Er wirkte oft sehr kontrolliert. Was für einen Grund könnte so einer haben, sich umzubringen? Wissen Sie was darüber? Hatte er eine schwere Krankheit oder sonst einen Grund zu verzweifeln?«

Hansen zuckte lahm mit den Schultern und schwieg.

»Der Reporter hat mir wahre Schauermärchen darüber erzählt, wie Farsnau ausgesehen haben soll«, fuhr Kalkar fort. »Ein Sanitäter hat ihm wohl davon erzählt, der vor Ort war und sich später in dem Gasthaus hat volllaufen lassen, wo der Reporter übernachtet hat.«

Kalkar schüttelte sich.

»Und jetzt, wo Farsnau schwerverletzt im Krankenhaus liegt und womöglich stirbt, soll ich einen Brief von ihm lesen? Das können Sie vergessen!«

»Haben Sie nicht mal reingesehen?«

»Doch, ganz kurz. Der Briefträger hat ihn gegen elf gebracht. Ich hab den Umschlag aufgeschnitten und den Brief ein Stück rausgezogen – ähnlich wie Sie gerade, nur halt ohne Handschuhe. Das Schreiben beginnt mit: ›Lieber Gert, wenn Sie mir erlauben, Sie heute so zu nennen …‹ Ich war ganz verblüfft, weil mir niemand eingefallen ist, der mich so geschraubt anschreiben würde. Dann erst habe ich den Absender gelesen, und da ging's nicht mehr. Nach dem, was mir der Reporter zwei Stunden vorher erzählt hat!«

Hansen ließ den Brief in eine Plastiktüte gleiten, bedankte sich bei Kalkar für den Anruf und plauderte mit ihm noch über ein paar Belanglosigkeiten, um ihn ein wenig von den Gedanken an den verhinderten Selbstmörder Farsnau abzulenken. Dann machte er sich auf den Weg zurück.

Auf dem Flur der Polizeiinspektion kam ihm Ulf Kayserling entgegen. Er sah müde aus.

»Ich wollte Ihnen das hier geben«, sagte Hansen und zog die Tüte mit dem Brief hervor.

»Aha? Und was ist das?«

»Georg Farsnau hat an Gert Kalkar geschrieben. Der Brief ist heute früh angekommen.«

»Um Himmels willen! Und Kalkar hat ihn gelesen?«

»Nein, er hat nur kurz reingeschaut, dann hat er mich gleich angerufen. Er hat gehört, dass Farsnau im Krankenhaus liegt – da hat er befürchtet, dass ihm der Brief zu sehr zu schaffen machen könnte.«

»Na, da hat er wohl richtig vermutet, was? Wenn auch aus den falschen Gründen …«

Kayserling unterbrach sich und sah Hansen fragend an.

»Er weiß doch nicht, dass Farsnau seine Tochter …?«

»Nein, das kann ich mir nicht vorstellen. Er hat sich gefragt, warum ausgerechnet so ein netter und – wie er es ausdrückte – ›stabiler‹ Mann Selbstmord begehen will.«

Um zwei Uhr traf sich die Soko zur Besprechung.

»Inzwischen habe ich mit dem Psychologen telefoniert, der zu unserer Ermittlungsgruppe stoßen wird«, berichtete Kayserling. »Er hat mir ein paar Punkte genannt, die für Nekrophile typisch sein sollen und die auch auf Farsnau zutreffen. Im Haus in Grünenbach hat es ziemlich intensiv gerochen.

Vermutlich hat er extra zu diesem Zweck diverse Dinge in seiner Wohnung ausgelegt.«

»Den fauligen Apfel, das Rauchfleisch und das gewässerte Heubündel in der Bodenvase?«, fragte Hansen.

»Genau das. Der Psychologe sagt, dass Nekrophile oft schlechte Gerüche mögen – alles, was nach Verwesung, Exkrementen und Ähnlichem riecht.«

»Und warum hat er dann Steinfordt in seinem Schuppen gekühlt gelagert?«

»Nun ja, der Verwesungsgeruch hätte womöglich den Nachbarn verraten, was in dem Schuppen lag«, entgegnete Kayserling. »Der Brief, den Gert Kalkar heute früh dem Kollegen Hansen übergeben hat, rundet das Bild ab, das wir uns von Georg Farsnaus gestrigem Tag machen können.«

Er hatte die erste und die letzte Seite des Briefs eingescannt und per Beamer an die Wand projiziert.

Lieber Gert, wenn Sie mir erlauben, Sie heute so zu nennen, da ich mich ein letztes Mal an Sie wenden will. Ich möchte mich auf diesem Weg für die vielen guten Gespräche bedanken, die wir in den vergangenen Jahren geführt haben und die mir mehr bedeuten, als Sie je ahnen konnten. In gewisser Weise durfte ich mich dadurch – ich hoffe, dass Ihnen das nicht zu aufdringlich erscheint – als Teil Ihrer Familie fühlen. In meinem Herzen war ich das längst: Seit vierzehn Jahren empfinde ich eine unsterbliche Liebe zu Ihrer wunderbaren Tochter Lilo, die ich zwar nur kurz, aber doch unvergleichlich intensiv kennenlernen durfte.

Hansen schluckte und hörte auf zu lesen. In der Runde war es totenstill geworden, und als er sich umsah, konnte er die Wirkung des Briefs auf die anderen in deren Gesichtern ablesen. Haffmeyer bewegte stumm seine Lippen, sein hageres Gesicht wirkte noch ein wenig eingefallener als sonst. Hanna hatte Tränen in den Augen, und die resolute Staatsanwältin Doris Brunckhorst starrte fassungslos auf die beiden Seiten und schluckte immer wieder.

»Ich erspare euch die anderen Seiten«, sagte Kayserling. »Wer mag, kann den Brief gerne einsehen – aber ich rate euch davon ab. Ich habe schon viel erlebt, aber dass ein Nekrophiler dem Vater seines Opfers schreibt und ihm darin von der glühenden Liebe zu dessen Tochter vorschwärmt – das habe ich noch nicht erlebt. Und ich könnte mir vorstellen, dass dieses Schreiben Gert Kalkar den Rest gibt.«

Alle nickten, nur die Staatsanwältin presste ihre Lippen zusammen und starrte vor sich hin.

»Was meinen Sie, Frau Brunckhorst?«, ergriff Soko-Leiter Marle das Wort. »Muss Kalkar erfahren, dass Farsnau seine Tochter …?«

»Wir werden sehen. Immerhin geht es um drei Morde, und in einem Fall ist Herr Kalkar unmittelbar betroffen. Ich werde das mit meinem Vorgesetzten besprechen.« Sie sah Marle ernst an. »Und ich hoffe sehr, dass ihm etwas einfallen wird, was uns einen gewissen Spielraum in dieser Angelegenheit verschafft.«

Hansen sah ihr an, wie sehr sie litt. Nicht zum ersten Mal war er froh, dass seine Arbeit nach Abschluss der Ermittlungen und dem Verfassen der Berichte erledigt war.

»Ich habe vorhin gesagt, dass der Brief unser Bild von Farsnau abrundet«, fuhr Kayserling fort. »Den Mord an Steinfordt erwähnt er übrigens gar nicht. Auf der letzten Seite des Briefs schreibt er, was er gestern vorhatte: Er wollte nach Österreich, in seine geliebten Berge. Dort hatte er eine letzte Wanderung geplant, das Tagebuch wollte er unterwegs verbrennen – zu diesem Zweck hatte er Spiritus und ein Feuerzeug dabei. Wir können seinen Brief an Kalkar als Abschiedsbrief verstehen – als einen sehr speziellen allerdings. Offenbar hat er sich mit Kalkar tatsächlich freundschaftlich verbunden gefühlt und sich selbst als Lilos Freund gesehen. Wenn er das Tagebuch verbrennen will, um die Spuren seiner Morde zu vernichten, und zugleich in dem Brief den Mord an Lilo gesteht, ist das natürlich völlig unlogisch. Ich würde das so interpretieren, dass er glaubte, Kalkar würde ihn nicht verraten und sein grausiges Geheimnis für sich behalten.«

Er räusperte sich.

»Dass dieses Geheimnis gewissermaßen ... in der Familie bleiben würde.«

Im Lauf des Tages schloss sich eine Wissenslücke nach der anderen. Kayserling hatte einige Passagen des Briefes abtippen lassen, die keine Rückschlüsse auf den Mord an Lilo und den Grund für Farsnaus Selbstmordversuch zuließen, und übergab den Ausdruck Hansen. Der überflog die Zeilen und nickte anerkennend.

»So müsste es gehen«, sagte Hansen. »Ich werde Kalkar die Kurzfassung bringen. Dann kann er die Abschrift lesen, sobald er sich dafür bereit fühlt – und muss sich nicht ständig das Hirn zermartern, was wohl dringestanden hat.«

»Sie hatten das Tagebuch doch gestern mit nach Hause genommen und dankenswerterweise ausgewertet. Haben Sie denn genauere Hinweise gefunden, wo er die Leichen verscharrt hat?«

»Nein, aber die Kollegen werden herausfinden, wer in den fraglichen Tagen zwischen Dasing und Schrobenhausen beerdigt wurde. Und dann wird die Staatsanwaltschaft entscheiden müssen, ob sie die als Versteck infrage kommenden Gräber öffnen lässt – oder ob das angesichts von Farsnaus Geständnis im Tagebuch und im Brief vielleicht doch nicht nötig ist«, sagte er. »Mit der Brunckhorst möchte ich wirklich nicht tauschen.«

Kayserling hatte gar nicht bemerkt, dass die Staatsanwältin hinter ihm erschienen war, und Hansen konnte ihn nicht rechtzeitig darauf aufmerksam machen.

»Ich auch nicht«, sagte die Staatsanwältin und ging ohne einen weiteren Kommentar an den beiden Männern vorbei.

Kayserling schaute ihr verblüfft hinterher, dann grinste er und beugte sich zu Hansen.

»Cool drauf ist sie ja schon, oder?«

Resi erreichte Hansen am späten Nachmittag auf dem Handy.

»Ich habe gerade von der Geschichte mit Farsnau erfahren«, sagte sie. »Macht dir das sehr zu schaffen?«

»Ja, schon«, gab er zu, dann stutzte er. »Von wem hast du das denn erfahren? Bist du nicht in München?«

»Ich bin auf der Fahrt nach Füssen. Unterwegs habe ich kurz mit deinem Chef Huthmacher telefoniert. Ich habe am Montag einen Termin bei ihm.«

»Äh … bei Huthmacher, dem Polizeipräsidenten? Was willst du denn von dem?«

»Mich vorstellen, gewissermaßen«, sagte sie und fügte schnell hinzu: »Aber mehr sag ich dir jetzt nicht. Die Details erfährst du, wenn ich da bin. Wollen wir irgendwo ein Bier trinken gehen?«

Hansen hatte seine dringendsten Aufgaben erledigt, und die Kollegen konnten die ihnen anvertrauten Recherchen auch ohne ihn fortführen. Für den morgigen Samstagnachmittag war die Soko noch einmal in Krumbach verabredet, für heute konnte er gut Feierabend machen. Nur ein letztes Gespräch musste er noch führen.

»Gut«, sagte Resi, als er ihr verraten hatte, wohin er noch musste. »Dann treffen wir uns doch auf dem Campingplatz am Oberrieder Weiher. Hast du nicht erzählt, dass die da einen netten, kleinen Biergarten haben? Oder ist dir das nicht recht, weil der Platz mit deinem Fall zu tun hat?«

Einen Moment dachte er nach. Wenn er sich an keinem Ort mehr aufhalten konnte, mit denen ihn beruflich etwas verband, dann könnte er genauso gut aus dem Allgäu wegziehen. Sie verabredeten eine Uhrzeit, und Hansen beeilte sich, um rechtzeitig am Weiher einzutreffen.

Offenbar hörte Frieder Fesler noch schlechter, als alle dachten. Hansen drückte den Klingelknopf, und es brach ein furchtbares Spektakel los. Die Klingel schrillte in einer Lautstärke wie die Pausenglocke in seiner Grundschulzeit. Das kratzige Gebimmel wollte gar nicht mehr aufhören.

Nur Fesler reagierte nicht.

Als auch das zweite Höllengeklingel den Alten nicht zur Tür lockte, drückte Hansen die Klinke und stellte fest, dass der Zugang zum Haus nicht verschlossen war.

»Herr Fesler?«, rief Hansen in den dämmrigen Flur, aus purer Gewohnheit, weil er sich ja denken konnte, dass der Alte auch das nicht hören würde.

Es roch streng nach Kartoffeln und ungewaschenen Kleidern. Aus einer offen stehenden Tür waberte Wasserdampf, und die Abendsonne inszenierte die Wolke recht malerisch. Die Tür führte in die Küche, und der Wasserdampf kam vom altmodischen Herd, auf dem ein zerbeulter Topf stand. In den intensiven Kartoffelgeruch mischten sich jetzt auch beißende Aromen von Angebranntem. Hansen schnappte sich ein eingerissenes Geschirrtuch, umfasste damit einen Griff des Topfs und zog ihn schnell von der Herdplatte. Dann drehte er sich um – und erstarrte mitten in der Bewegung.

Frieder saß mit gesenktem Kopf am Esstisch, vor ihm stand ein Steinkrug. Hansen blieb einen Moment stehen und horchte – bis er ein röchelndes Schnarchen hörte und erleichtert aufatmete. Er trat an den Tisch und schnupperte an dem Krug. Ein saurer Geruch schlug ihm entgegen, Frieder schien sich nun doch mal betrunken zu haben – mit einem ziemlich billigen Wein, dem Aroma nach zu urteilen.

Hansen sah sich um, dann machte er sich daran, dem Alten einen starken Kaffee zu kochen. Als er sich an den Tisch setzte und Frieder einen vollen Becher hinschob, schlief der noch immer.

»Herr Fesler?«

Hansen musste ihn mehrmals laut ansprechen, bis Frieders

Augenlider zitterten und er schließlich die Augen öffnete. Der Alte brauchte einen Moment, dann schien er Hansen zu erkennen und setzte zu einer Begrüßung an. Die mündete aber schnell in einen schlimmen Hustenanfall, und als Frieder wieder zu Atem kam, schob Hansen den Kaffee noch ein bisschen näher zu ihm hin.

»Trinken Sie das mal, Herr Fesler«, rief er. »Ich würde Ihnen gerne etwas erzählen.«

Der Alte kniff die Augen zusammen, fuhr sich durch die struppigen Haare und griff dann nach der Tasse. Dass er laut schlürfte und danach ebenso laut aufstoßen musste, störte den fast tauben Mann natürlich nicht, und Hansen ging darüber hinweg. Er wartete, bis Frieder die Tasse halb geleert hatte und sein Blick ein wenig klarer wurde.

»Herr Fesler«, setzte Hansen nun an, wieder recht laut, doch Frieder stoppte ihn gleich wieder, indem er die flache Hand hochhielt.

»Falls Sie jetzt gerade sehr laut waren, dürfen Sie damit gern aufhören«, lallte er und grinste. »Sie müssen nicht schreien. Ich bin zwar so gut wie taub, aber ich kann von Ihren Lippen ablesen, was Sie mir erzählen.«

»Gut, danke.«

Hansen sprach nun leiser, dafür bemühte er sich, die Worte mit seinen Lippen deutlich zu formen.

»Ich wollte mich noch einmal bei Ihnen dafür bedanken, dass Sie so hartnäckig waren.«

Ein wehmütiger Zug legte sich auf Frieders Gesicht.

»Wenn Sie nicht darauf bestanden hätten, dass Herr Burghamer wegen Ihrer Beobachtung die Polizei anruft, hätten wir es sicher sehr viel schwerer gehabt, den Mord an Claus Steinfordt aufzuklären.«

»Haben Sie ihn denn aufgeklärt?«

»Ja, aber Sie werden sich denken können, dass ich Ihnen darüber einstweilen noch nichts sagen darf, nicht wahr?«

Frieder winkte ab.

»Kommen Sie auf ein Bier zu Herrn Burghamer mit?«

»Na ja, Alkohol hatte ich heute schon mehr als genug. Und Burghamer …«

»Ja?«

»Der ist sicher nicht gut auf mich zu sprechen. Wir haben uns unlängst unterhalten, und er hat nicht gut verbergen können, dass er sauer auf mich ist. Er hat Angst, dass sein Campingplatz Schaden nehmen könnte, wenn er mit einem Mord in Verbindung gebracht wird.«

Frieder seufzte und nahm noch einen Schluck Kaffee.

»Und damit er mich nicht erst rauswerfen muss, bin ich seit ein paar Tagen nicht mehr hingegangen. Die Gänse wird ein Nachbar bei ihm abholen, und das Pferd wird hoffentlich noch eine Weile bei ihm stehen bleiben können. Den alten Stall hier beim Haus muss ich erst noch herrichten, bevor Anton da unterkommen kann.«

»Hat Burghamer das wirklich so zu Ihnen gesagt? Dass er sauer auf Sie ist und Sie am liebsten gar nicht mehr auf dem Campingplatz haben möchte?«

»Nein, nicht direkt, aber ich konnte es ihm schon anmerken. Ich kenn ihn ja schon eine ganze Weile.«

»Ich glaube, das bilden Sie sich nur ein. Ich red nachher mit ihm, kommen Sie doch am besten gleich mit.«

»Nein, ich hab mir Kartoffeln gekocht.«

Der Alte erschrak und lugte zum Herd hinüber.

»Die sind wohl fertig«, sagte Hansen. »Ich hab den Topf eben von der Platte gezogen. Aber die untersten Kartoffeln sollten Sie wegwerfen, die sind angebrannt.«

Frieder zuckte mit den Schultern.

»Ich muss los, Herr Fesler. Kann ich Sie denn allein lassen?«

»Klar, kein Problem.«

Der Alte nestelte ein klobiges Handy aus der Tasche. Es war eines dieser Seniorengeräte, die auf der Rückseite einen roten Knopf hatten, mit denen man mit einem Finger jederzeit einen Notruf absetzen konnte.

»Hat mir Burghamer gekauft. Und seine Nummer ist auch die erste, die das Handy anruft.«

»Na, sehen Sie, der mag Sie. Und der ist auch nicht sauer auf Sie. Ich red mit ihm, okay?«

»Meinetwegen.«

Hansen kam noch vor Resi auf dem Campingplatz an, und er nutzte die verbleibende Zeit, um Jörg Burghamer auf Frieders Befürchtung anzusprechen. Als Hansen ihm schilderte, welchen trüben Gedanken der Alte nachhing, war er ganz erstaunt.

»Ach was, auf den alten Zausel bin ich doch nicht sauer!«, versicherte er. »Jedenfalls nicht ärger als sonst. Was der hier schon alles angestellt hat, und seine blöden Gänse – ich bin nur froh, dass wenigstens der lahme Gaul seine Schnauze hält.«

Burghamer lachte, dann wurde er nachdenklich.

»Sie könnten ihn doch kurz anrufen und ihm das selbst sagen«, schlug Hansen vor. »Er sitzt auf seiner Eckbank, und das Handy, das Sie ihm geschenkt haben, hat er griffbereit.«

»Das würde nicht viel bringen. Inzwischen hört er so schlecht, dass er das meiste nur noch von den Lippen abliest. Das war doch bei Ihnen auch so, als Sie ihn vorher besucht haben, oder?«

Hansen nickte.

»Dann fahr doch kurz zu Frieder rüber«, schlug Jennifer Burghamer ihrem Mann vor. »Ich bin ja hier.«

Burghamer nahm das Angebot gerne an, schwang sich auf sein Rad und flitzte in Richtung Oberried davon.

Wenig später saß Hansen im Biergarten vor einem kühlen Weißbier. Bevor Resi eintraf, gesellten sich auch noch die vier Dauercamper zu ihm. Als er ihnen sagte, dass er auf seine Freundin wartete, zwinkerten sie ihm allerdings mit Verschwörermiene zu und verzogen sich lachend und schwatzend an einen eigenen Tisch.

Resi traf Hansen recht entspannt vor, ernst zwar, aber nicht mehr so niedergeschlagen wie vorhin am Telefon. Sie nahm ebenfalls ein Weißbier und bestellte ein kleines Vesper für sie beide – und dann fragte sie Hansen, was ihm vorhin so sehr zu schaffen gemacht habe. Er fasste die wichtigsten Inhalte des Tagebuchs ganz knapp zusammen.

»Leute gibt's!«, sagte Resi. Es war ihr erster, einziger und treffender Kommentar, und es war ihr anzusehen, dass sie jetzt – da Hansen hoffentlich etwas von seiner Last hatte abgeben können – darauf brannte, ihre Geschichte loszuwerden. Hansen versuchte sich daran zu erinnern, welche Andeutung sie vorhin gemacht hatte, dann fiel es ihm wieder ein.

»Und jetzt sag, warum bist du mit meinem Polizeipräsidenten verabredet?«

»Na ja, verabredet …«

Sie kicherte, prostete ihm zu und grinste ihn an.

»Ich werde von der Uni weggehen.«

Den Satz musste Hansen erst einmal sacken lassen. Resi hatte ihm, seit sie zusammen waren, immer wieder davon vorgeschwärmt, wie gut es ihr in der rechtsmedizinischen Abteilung der Ludwig-Maximilians-Universität in München gefiel – und nun wollte sie dort weg?

»Ich hab schon eine neue Stelle, und zwar in … jetzt halt dich fest!«

Hansen sah sie ganz erschrocken an. Seine Hand fuhr in die Tasche, in die er vorhin die kleine Schachtel gesteckt hatte, die seit einigen Tagen im Handschuhfach seines Wagens lag. Womöglich hatte er zu lange gewartet, und nun ließ sich Resi irgendwohin weit weg versetzen, weil sie dachte, er wolle ihre Beziehung auch weiterhin eher locker halten.

»Ich wechsle nach … Kempten.«

»Hä?«

»Ja. Ich trete dort die Nachfolge des jetzigen Gerichtsmediziners an. Der geht in Pension, schon zum 31. Juli. Er hat noch etwas Resturlaub, den er vorher nimmt – und dann muss er mir ja auch noch ein paar Sachen erklären, die ich wissen sollte.«

Hansen sah sie verblüfft an.

»In München ist schon alles geregelt, und mein Chef hat

bereits eine junge Nachfolgerin für mich gefunden – und zum 1. Juli wechsle ich ans Landgericht Kempten. Vor dir sitzt die künftige Kemptener Landgerichtsärztin.«

Er brachte immer noch keinen Kommentar hervor.

»Du nimmst mich morgens mit nach Kempten und abends wieder heim. Dein Büro ist zu Fuß keine zehn Minuten von meinem neuen Arbeitsplatz entfernt.«

»Das ist ja …«

»Na?«

»Toll ist das, ehrlich!«

Er meinte es, wie er es sagte, aber seine Miene hatte noch nicht ganz den begeisterten Ausdruck, den Resi erwartet hatte.

»Was ist denn jetzt wieder?«, fragte sie und wirkte dabei ein kleines bisschen eingeschnappt. »Ist es dir nicht recht, wenn ich dein Haus am Forggensee als mein ›Heim‹ bezeichne?«

»Doch, natürlich. Ich freu mich, aber …«

»Aber?« Sie hob die Augenbrauen.

»Hast du nicht immer erzählt, wie toll es an der LMU ist? Und wie spannend du es findest, dass du da viel mehr interessante Fälle bearbeiten kannst, als das zum Beispiel an einem Landgericht der Fall wäre? Deine Worte, wenn ich mich richtig erinnere. Und die Chancen, die dir eine Uni bietet: Aufstiegsmöglichkeiten, Forschung, das ganze Umfeld einer namhaften Universität. Und jetzt Kempten?«

Ein nachsichtiges Lächeln breitete sich auf ihrem Gesicht aus. »Na ja, Meinungen ändern sich. Und die Prioritäten auch. Ich stell mir das sehr schön vor, wenn wir beide richtig zusammenwohnen – sofern du das überhaupt willst.«

»Aber klar will ich das!«

»Siehst du? Wer weiß, vielleicht gibt dir das ja einen kleinen Schubs, und du denkst womöglich doch mal drüber nach, ob aus uns noch etwas mehr werden könnte …«

Sie zwinkerte ihm zu, aber Hansens Miene verfinsterte sich. Irritiert sah sie, wie er etwas Geld aus der Tasche kramte und es auf den Tisch legte. Wie er sie bat, jetzt aufzustehen und ein paar Schritte mit ihm zu gehen. Sonst sagte er kein Wort, aber es arbeitete sichtlich in ihm, und Resi befürchtete das Schlimmste.

In Hansens Schlepptau marschierte sie auf die Straße hinaus. Sie wandten sich nach links und passierten die Zufahrt zum Segelklubgelände. Der kleine Weg führte auf einem schmalen Damm zwischen dem Oberrieder Weiher und einem kleineren Baggerteich hindurch. Hier blieb Hansen stehen und wandte sich zu Resi um. Sie sah ihn stehen, die Lippen aufeinandergepresst, hinter sich das Wasser, das sich im Abendlicht in einer leichten Brise kräuselte.

»Versuchst du mir jetzt schonend beizubringen, dass das mit uns nicht mehr werden wird?«, fragte sie, als Hansen den Mund immer noch nicht aufbrachte. »Oder dass es vielleicht auch schon wieder vorbei ist?«

Sie mochte sich kaum selbst zuhören, so schmalzig klang das. Resi war nicht die Art Frau, die darauf angewiesen war, dass ein Mann ihr die Welt zu Füßen legte. Sie konnte auch gut auf Wegen gehen, die vorher niemand für sie mit Rosenblättern bestreut hatte. Sie kam auch allein zurecht, aber das mit Hansen …

»Hast du denn auch noch etwas Resturlaub?«, begann er endlich.

»Äh … ja, klar, ein paar Tage. Wieso?«

»Ich würde gern mit dir nach Wunstorf fahren und nach Hannover. Dir ein paar alte Kollegen vorstellen, ein, zwei Freunde von früher.«

Sie stutzte. Was hatte das jetzt mit ihrem Gespräch von vorhin zu tun?

»Und wenn es für dich okay ist, würden wir auch zum Grab meiner Eltern fahren. Ich war vor Kurzem selbst mal wieder da. Das erste Mal seit langer Zeit.«

»Ja, natürlich können wir das machen. Aber was hat das …«

»Meine Eltern sind ja leider schon tot«, fuhr er fort. »Das weißt du ja. Also kann ich dich ihnen nicht mehr wirklich vorstellen, deshalb das Grab …«

Hansen druckste herum und wirkte ziemlich unsicher, wie er da vor ihr stand und sie anlächelte. Dann zog er etwas aus der Hosentasche und hielt es ihr auf der Handfläche hin. Es war ein Schmuckschächtelchen, das er mit den Fingern aufknipste. Darin steckte ein schöner, schlichter Ring in schwarzem Samt. Resi starrte auf den Ring, dann auf Hansen, dann wieder auf den Ring.

»Willst du …?«

Weiter kam er nicht. Sie nickte, sagte: »Ja«, und küsste ihn – alles gleichzeitig, weshalb das »Ja« auch etwas undeutlich klang.

»Und warum hast du dann vorhin so ein finsteres Gesicht gemacht, als ich dir von meinem Wechsel nach Kempten erzählt habe und davon, dass ich künftig ganz bei dir wohnen will?«

»Na, ich dachte, jetzt trage ich den Ring die ganze Zeit mit mir herum, und bevor ich dich fragen kann, plapperst du mich in die Ecke mit deinen Plänen und überfährst mich – und am Ende steh ich da als einer, der die Hosen so voll hat, dass ihm seine Freundin einen Antrag machen muss, weil er es selbst nicht hinbe…«

Der nächste Kuss, den Resi ihm gab, war lang und intensiv, und sie mussten sich nach einiger Zeit geradezu voneinander losreißen, damit sie zu ihren Wagen eilen und hintereinanderher nach Füssen zurückfahren konnten. Sie kamen zum Glück gut voran. Die Autos ließen sie unverschlossen vor Hansens Haus stehen, und die ersten Kleider fielen noch auf dem Weg ins Schlafzimmer zu Boden.

Ignaz hatte die beiden beobachtet, wie sie ineinander verhakt und küssend durch die Wohnung getaumelt waren und sich dabei gegenseitig ausgezogen hatten. Er schlich ihnen hinterher, schlüpfte durch die offen stehende Schlafzimmertür und sprang auf die kleine Kommode, von der er den besten Blick auf das Geschehen hatte. Doch auf den Kater wartete eine Enttäuschung.

»Tut mir leid, Resi«, flüsterte Hansen, »aber so kann ich das nicht.«

Er deutete auf den Kater, und Resi warf Ignaz ein so zuckersüßes Lächeln zu, dass der nicht anders konnte, als sich wieder zu trollen. Draußen im Flur ließ er sich nieder und lag ganz still, die Ohren gespitzt.

»Alles wieder gut?«, hörte er Resi fragen.

»Alles gut«, murmelte Hansen. »Sehr gut sogar …«

Dann wurde nicht mehr viel gesprochen.

Danksagung

Danke an alle, die sich auch seltsame Fragen gefallen ließen und die diesem Buch informative und skurrile Details bescherten. Wenn Sie Fehler finden, kreiden Sie sie einfach mir an. Ich bitte alle um Nachsicht, denen ich einen Täter oder ein Opfer in die Nachbarschaft hineinerfunden habe, ein Tempolimit, einen Zaun oder einen breiteren Feldweg: Sobald Sie den Krimi zu Ende gelesen haben, ist auch alles sofort wieder weg – versprochen!

Sollte sich jemand in diesem Buch wiedererkennen, danke ich für das (unverdiente) Lob: Wie in Krimis üblich, sind Handlung und Personen frei erfunden. Für den Versuch, herauszufinden, was an den Schauplätzen real und was erfunden ist, wünsche ich viel Spaß.

Wenn Sie mehr über Kommissar Hansen wissen wollen, besuchen Sie ihn unter: www.kommissar-hansen.de

Jürgen Seibold